HEYNE BÜCHER

SCIENCE FICTION

Herausgegeben
von Wolfgang Jeschke

Von Caroline Janice Cherryh erschienen in der Reihe
HEYNE SCIENCE FICTION & FANTASY:

Brüder der Erde · 06/3648
auch in: Chroniken der Zukunft,
hrsg. von Wolfgang Jeschke, Band 1 · 06/1001
Weltenjäger · 06/3772
Der Biß der Schlange · 06/4081
Die letzten Städte der Erde · 06/4174
Das Kuckucksei · 06/4496
Der Engel mit dem Schwert · 06/4526

DIE MORGAINE-TRILOGIE
Das Tor vor Ivrel · 06/3629
Der Quell von Shiuan · 06/3732
Die Feuer von Azeroth · 06/3921
Alle drei Romane in einem Band als illustrierte Sonderausgabe
unter dem Titel:
Tor ins Chaos · 06/4204

EALD-ZYKLUS:
Stein der Träume · 06/4231
Der Baum der Schwerter und Juwelen · 06/4514

DIE DUNCAN-TRILOGIE
(auch ZYKLUS DER STERBENDEN SONNEN)
Kesrith – die sterbende Sonne · 06/3857
Shon'jir – die sterbende Sonne · 06/3936
Kutath – die sterbende Sonne · 06/3948

DER PELL-ZYKLUS
Pells Stern · 06/4038
Kauffahrers Glück · 06/4040
40 000 in Gehenna · 06/4263

DER CHANUR-ZYKLUS
Der Stolz der Chanur · 06/4039
Das Unternehmen der Chanur · 06/4264
Die Kif schlagen zurück · 06/4401
Die Heimkehr der Chanur · 06/4402

Darüber hinaus:
Kassandra
in: SF Story Reader 13
hrsg. von Wolfgang Jeschke · 06/3685
und in: Science Fiction Jubiläumsband
25 Jahre Heyne Science Fiction & Fantasy 1960–1985,
Das Lesebuch
hrsg. von Wolfgang Jeschke · 06/4000
Hestia
in: Heyne SF Jahresband 1982,
hrsg. von Wolfgang Jeschke · 06/3870

C. J. CHERRYH

DAS KUCKUCKSEI

Roman

Science Fiction

Deutsche Erstausgabe

WILHELM HEYNE VERLAG
MÜNCHEN

HEYNE SCIENCE FICTION & FANTASY
Band 06/4496

Titel der amerikanischen Originalausgabe
CUCKOO'S EGG
Deutsche Übersetzung von Thomas Schichtel
Das Umschlagbild schuf Michael Whelan
Die Illustrationen zeichnete John Stewart

Redaktion: Wolfgang Jeschke

Printed in Germany 1988
Umschlaggestaltung: Atelier Ingrid Schütz, München
Satz: Schaber, Wels
Druck und Bindung: Elsnerdruck, Berlin

ISBN 3-453-02750-7

ERSTES KAPITEL

Er saß in einem Zimmer, in dem der Sand synthetisch war und in Opalfärbungen glänzte und sich fein und leicht unter seinen nackten Füßen anfühlte. Die Fenster boten keinen Ausblick auf die Stadt, sondern ein fortwährend rotierendes Panorama der Khogghut-Ebene. Es war eine Lüge. Verkehrslärm drang herein.

Sein Name war Duun. Vollständig hieß er Dana Duun Shtoni no Lughn. Aber Duun reichte für den alltäglichen Gebrauch. Die Leute hatten noch weitere Bezeichnungen für ihn: Sey, was General bedeutete, und Mingi, was Lord hieß. Oder etwas sehr Ähnliches. Shonunin auf der ganzen Welt wußten das und kannten Duun; und als es an der Tür läutete und sie hereinkamen, um ihm das Alien zu bringen, wollten ihn die Träger des Behältnisses nicht anblicken, nicht nur wegen der Narben, die ein Shonun sehen konnte, der bleichen kahlen Narben, die sich auf seinem halben Gesicht durch das Fell zogen und wie die Äste eines vom Blitz getroffenen Baumes wirkten, der Narben, die sein rechtes Ohr verzerrten und seinen Mund zu permanenter Ironie verzogen hielten, die ein Auge umgaben, das aus der Verwüstung hervorstarrte.

Er war Duun von *Shanoen*. Er streckte die Hände aus, von denen eine so entstellt war wie sein Gesicht, und nahm das geschlossene Behältnis entgegen, das sie ihm reichten, und er stellte dabei fest, wie sie die Ohren nach hinten legten und sich voller Entsetzen von ihm abwandten – keineswegs aufgrund dessen, was sie sahen, denn sie waren Meds und hatten schon vorher Entstellungen gesehen. Es lag an der Kraft in Duun, die sie auf ihren Gesichtern spürten wie einen starken Wind, wie große Hitze.

Aber seine Hände waren ganz sanft, als sie ihnen das Behältnis abnahmen.

Die Meds gingen wieder, und vor lauter Schrecken vergaßen sie jede Höflichkeit.

Duun bedeutete der Tür mit einem Wink, sich zu schließen, und legte das Behältnis auf die Erhebung, die ihm als Tisch diente, öffnete es und nahm das kleine, eingewickelte Wesen daraus hervor.

Shonunin wurden nackt geboren, hatten jedoch einen silbrigen Flaum, der sich schnell zu dichten Flecken entwickelte und dann zu dem grauen Körperfell, das nur auf den Gliedern, der Brust und dem Kamm schwarz war. Duun hielt die Kreatur auf den Wickeln, die er von ihr entfernt hatte, auf seinen Knien. Die flaumfreie Haut des Wesens war nackt und rosig, ganz so, als wäre es kürzlich gehäutet worden. Eine Ausnahme bildete nur ein seltsamer, dichter Haarwald auf dem Schädel. Die weichen Glieder zuckten hilflos. Die Augen waren geschlossen, und sie lagen in einem flachen Gesicht, das dem eines Shonun nicht unähnlich war. Zwischen den Beinen hatte das Wesen ein ungewöhnlich großes Organ von merkwürdiger Form und (wie sie gesagt hatten) mehrfacher Funktion. Der Mund arbeitete ruhelos und verzerrte dabei das kleine Gesicht. Und Duun berührte das Wesen mit seinen empfindlichen Fingerkuppen, mit den vier Fingern seiner linken Hand und den zweien an seiner verstümmelten rechten, und so erforschte er das warme, glatte Gefühl des bandagierten Bauches, der Brust, der Glieder. Nur mit der Spitze einer Kralle zog er sanft die Unterlippe des Wesens herunter, um den Mund zu inspizieren – und fand darin nur Zahnfleisch ohne Zähne, denn es war ein Säugetier. Mit derselben Kralle hob er das Lid eines schlafenden Auges an; es war milchig weiß mit blauem Zentrum, und es war ruhelos in seinen natürlichen Bewegungen. Duun berührte die Windungen der steifen, kleinen Ohren; erforschte das sichtbare Organ und provozierte damit eine Reaktion; also war es empfindlich. Wie interessant. Er untersuchte die fetten, krallenlosen Füße, jeder ein geschlossener Ballen bis zu den Zehen. Er faltete mit vorsichtigem Griff eines einzelnen krallenbewehrten Fingers eine fünffingrige Hand auseinander, und die winzige Faust schloß sich hartnäckig wieder. Das Wesen wedelte mit den Gliedern. Flüssigkeit schoß aus dem Organ hervor und benetzte Duuns Kleider.

Jeder Shonun wäre bei diesem Anblick zusammengezuckt. Aber Duun wickelte den Säugling wieder ein und wischte sich mit grenzenloser Geduld ab. So. Auch Shonun-Babies brachten solche Obszönitäten fertig, wenn auch weniger auffällig. Das Wesen stieß Schreie aus, weich und schwach, inhaltslos wie alle Säuglingsschreie. Es kämpfte mit weniger Kraft, als Duuns eigene Kinder gezeigt hatten.

Er wußte, wie es später aussehen würde, wenn es ausgewachsen war. Er kannte sein Gesicht. Er kannte jeden Aspekt seines Körpers. Er drückte es sich in der stinkenden Windel an die Brust und stand auf, ging hinüber zu dem Paket, daß sie ihm an diesem Morgen gebracht und auf die Erhebung neben dem Bett gestellt hatten. Er hielt das leise weinende Geschöpf in der Beuge des linken Armes, denn er konnte mit der rechten Hand immer noch besser greifen, obwohl er nur noch zwei Finger daran hatte. Er schaffte es, den Behälter zu öffnen und die Milch zu wärmen – keine Milch von Shonunin, sondern ein synthetisches Produkt, das die Meds durch ihre eigene Erfindungsgabe bereitstellten.

Vor Tagen hatte er die Unterlagen erhalten und sich eingeprägt. Das Geschöpf jammerte; genauso jammerten Shonunin-Säuglinge und übten dabei ihre Lungen. Und es atmete dieselbe Luft, die auch die Shonunin atmeten, und vielleicht akzeptierte sein Bauch eines Tages

auch das Fleisch, das die Shonunin verzehrten. Die Meds glaubten es. Das Kind würde Zähne bekommen, einige davon so spitz wie die größeren Zähne der Shonunin. »Ruhig, ruhig«, sagte Duun zu ihm und schüttelte es dabei an seiner Brust. Er holte die gewärmte Flasche aus dem Behälter und schob den Sauger in den weichen Mund, der zwischen den Decken herumsuchte. Das Kind saugte geräuschvoll und beruhigte sich, und Duun ging wieder über den Sand zu der Erhebung hinüber, wo er vorher gewesen war, setzte sich mit gekreuzten Beinen darauf, wiegte das Kind und flüsterte ihm leise zu:

»Sei ruhig, sei ruhig.«

Das Kind schloß zufrieden die Augen; es schlief wieder ein, satt und geborgen. Es konnte nicht wie ein Shonun als selbstverständlich betrachtet werden. Duun war sehr zärtlich mit ihm. Er legte es schließlich in die Schale des eigenen Bettes und setzte sich daneben, betrachtete die kurzen Bewegungen, die regelmäßigen Hebungen des winzigen runden Bauches. Und als sich die Aussicht durch die Fenster änderte und in das abendliche Meer verwandelte, beobachtete Duun immer noch das Kind.

Es war nichts, dessen er schnell müde werden würde. Er badete nicht. Er war verwöhnt, aber er atmete den Geruch des Kindes und der verschmutzten Windel und seiner Nahrung ein, und er zuckte nicht davor zurück, denn er hatte sich gegen jede Art von Abscheu geschult.

Die Meds waren bestürzt, als sie kamen, um sich mit ihm auseinanderzusetzen, um das Kind zu untersuchen und es wieder in die Einrichtung unten am Korridor zu bringen, wo sie es wiegen und seine Verfassung kontrollieren würden. Duun schritt hinter ihnen her, als sie es in dem geschlossenen Behältnis dorthin trugen; er beleidigte ihre Nasen mit seinem Gestank.

Bei allem, was sie mit ihm zu tun hatten, vermieden es die Meds, ihm in die Augen zu blicken, zogen sogar den Anblick des Aliens dem Risiko vor, dem starren, kalten Blick zu begegnen, den er für sie und all ihr Tun übrig hatte.

Sie wogen den Säugling, hörten seine Atmung und sein Herz ab, fragten Duun leise (ohne ihn je ganz anzusehen), ob er Schwierigkeiten gehabt hatte.

»Duun-hatani, Sie könnten sich ausruhen«, sagte die Chefärztin am zweiten Tag, an dem sie wegen des Kindes kamen. »Dies ist alles Routine. Wir brauchen Sie nicht. Sie könnten die Gelegenheit nutzen ...«

»Nein«, entgegnete Duun.

»Aber ...«

»Nein!«

Ein unbehagliches Schweigen folgte. Seit Tagen hatte Duun sie betrachtet, ohne Antworten zu geben. Jetzt blickte ihm die Chefärztin suchend und besorgt voll in die Augen, und sie fand dann sofort etwas anderes, womit sie sich beschäftigen konnte.

Duun lächelte zum ersten Mal in diesen Tagen, und dieses Lächeln paßte zu seinem Blick.

»Du bringst sie zur Verzweiflung, Duun«, meinte der Abteilungsleiter.

Duun ging von dem Schreibtisch weg, an dem Ellud saß, und starrte durch die falschen Fenster, die Schneefall zeigten. Eis bildete sich an den Ästen eines Baumes über einer heißen Quelle. Das Sonnenlicht tanzte zwischen den mit Juwelen besetzten Ästen, und Dampf stieg auf und kräuselte sich. Duun blickte wieder zurück, den Daumen der verstümmelten Hand hinter dem Rücken mit dem der gesunden verhakt, und er entdeckte einen weiteren Mann, der es vorzog, irgend etwas unmittelbar hinter Duuns Schulter zu studieren. Das falsche Sonnenlicht vielleicht. Alles wäre geeignet gewesen. »Es ist bei guter Gesundheit«, sagte Duun.

»Duun, das Personal ...«

»Das Personal tut seine Arbeit.« Nicht ein einziges Mal hatte der andere ihn ganz angesehen. Duun holte tief Luft. »Ich will Sheon.«

»Duun ...«

»Sheon gehört Duun, nicht wahr? Ich sage dir, daß es so ist.«

»Die Sicherheit ist auf Sheon nicht ...«

»Ich rieche. Ich stinke. Merkst du es, Ellud?«

Eine lange Pause trat ein. »Der Besitz ...«

»Du hast mir angeboten, irgend etwas zu nehmen. Hast du es nicht so ausgedrückt? Jede Form der Zusammenarbeit? Würde irgendein Shonun auf der Welt mir etwas verweigern ... wenn ich eine Frau wollte; wenn ich einen Mann wollte; wenn ich Geld wollte oder deinen nächsten Verwandten, Ellud ... wenn ich wollte, daß der Präsident nackt hinausgeworfen und mir das Schatzamt geöffnet wird ...?«

»Du bist Hatani. Du würdest das alles nie verlangen.«

Duun betrachtete wieder die falsche Quelle, die sprudelnd ihre winterlichen Dämpfe erzeugte. »Bei den Göttern, du vertraust mir aber sehr!«

»Du bist Hatani.«

Duun wandte den Blick wieder Ellud zu, und es war der erste Blick mit wirklich klaren Augen, den er seit Jahren für jemanden übrig hatte. Aber nicht einmal damit schaffte er es, daß Ellud seinen Blick offen erwiderte. »Ich bitte dich, Ellud. Muß ich denn bitten? Gib mir Sheon!«

»Siedler haben sich dort niedergelassen. Ihr Anspruch ist mittlerweile rechtsgültig.«

»Wirf sie hinaus! Ich will das Haus haben. Die Berge. Abgeschiedenheit. Komm schon, Ellud! Willst du vielleicht, daß ich in deinem Büro kampiere?«

Das wollte Ellud nicht. Sie waren Freunde gewesen. Früher einmal. Jetzt sah Duun, wie Ellud vorsichtig die Ohren senkte. Als schämte er sich. Als ginge er ein Risiko ein, das er unbedingt eingehen wollte. Um jeden Preis.

»Du bekommst es«, sagte Ellud. Ohne ihn richtig anzusehen. Ellud fuhr die Krallen ein Stück weit aus und schob damit Papiere zur Seite, während er abwesend auf den Schreibtisch blickte. »Ich werde etwas unternehmen. Ich kümmere mich darum.«

»Danke.«

Damit zog Duun die Augen seines Gegenübers auf sich. Ein verletzter Blick. Voller Schrecken, wie bei den anderen. Der Todeskampf der Freundschaft.

Der verletzten Treue.

»Gib es auf«, bat Ellud, gegen sein eigenes Interesse; gegen alle Interessen. Die Loyalität war aufgerüttelt, so verspätet es auch geschah.

»Nein.« Für einen Moment blickten sie sich gegenseitig in die Augen, ohne daß einer auswich. Duun erinnerte sich an Ellud unter Beschuß. Ein ruhiger, kühler Mann. Aber der Blick glitt schließlich zur Seite, und etwas zerbrach.

Das letzte.

Duun ging hinaus, fühlte sich jetzt freier, denn es war nichts übriggeblieben. Nicht einmal Ellud. Und er hüllte sich in diese Einsamkeit und fand, daß sie paßte.

Er erreichte die Sheon-Berge morgens, an einem echten Morgen, während die Sonne rosarot und golden über den Höhenzug stieg; und der Wind, der auf dieser grasbedeckten Ebene an ihm zerrte, war der Wind seiner Kindheit, und er rüttelte an seinem Umhang, dem grauen Umhang der Hatani, den er um sich und den Säugling zog. Elluds Helfer zeigte sich besorgt, dort auf der staubigen Straße, die in die Berge führte, in der gegenwärtigen Stille des Hubschraubers, der sie hierhergebracht hatte und jetzt drüben auf der Wiese stand. Die Ohren des Helfers lagen flach an im Wind, der an seinem ordentlich geschnittenen Kamm zerrte und die sorgfältigen Falten seines Kilts durcheinanderbrachte. Der Wind war kalt für einen Stadtbewohner, für einen Weichling wie ihn. »Es ist in Ordnung«, sagte Duun. »Ich sagte es Ihnen schon. Dies ist der einzige Weg, der hinaufführt. Sie brauchen hier nicht zu warten.«

Der Helfer drehte das Gesicht ein wenig zu den Landbewohnern hin, die sich außer Hörweite sammelten, in kleinen Gruppen, die Familien zusammen, der Kälte nicht achtend. Der Helfer blickte wieder zurück und ging dann mit wedelnden Armen auf die Versammlung zu. »Verschwindet, verschwindet, der Mingi braucht euch nicht! – Dummköpfe«, fügte er dann hinzu, als er sich wieder umdrehte, denn sie wichen nur wenig zurück. Er bückte sich und hob das bißchen Gepäck auf, das am Straßenrand lag, hängte sich den Sack über die Schulter. Seine Ohren waren immer noch besorgt nach hinten gelegt. »Hatani, ich begleite Euch selbst hinauf.«

Es war ein Wunder. Der Helfer erwiderte Duuns Blick mit standhafter Offenheit. Ellud suchte junge Leute dieser Art aus, verstand sich immer noch darauf, die besten zu wählen, die ehrlichsten. Duun hatte für einen Moment das Gefühl, als schiene die Sonne voll auf ihn; oder vielleicht war es der Duft des echten Windes, der Duft von Gras und Sauberkeit. Er empfand eine Regung des Herzens für diesen jungen Mann, und es tat weh.

Aber er grinste, der alte Soldat, der er war, und blickte die Straße hinauf, die in die Berge führte, denn diesmal war er es, der zurückschreckte, der vor der Unschuld und Verehrung des jungen Mannes zurückzuckte. »Geben Sie mir den Sack!« sagte er, und er nahm den Tragriemen von der Schulter des jungen Mannes und nahm ihn auf die eigene, die rechte Schulter. Den Säugling hielt er auf dem linken Arm, wo er seine Bewegungen spürte, seine Wärme, denn das Kind wand sich wie ein Wurm zwischen den Windeln und schmiegte sich unter dem Umhang an Duun.

»Aber, Hatani ...«

»Sie kommen nicht mit. Ich brauche Sie nicht.«

Er ging los.

»Hatani!«

Er blickte nicht zurück. Auch nicht zu den Bergbewohnern, die beim Hubschrauber die Straße säumten. Einige von ihnen waren sicher die Vertriebenen, Leute, denen Sheon gehört hatte, die es übernommen hatten, nachdem Duun sich zurückgezogen hatte. Jetzt waren sie von einem Tag zum anderen enteignet worden. Duun spürte ihre Blicke, hörte undeutlich ihr Flüstern.

»Hatani«, verstand er. Und: »Ein *Alien*.« Sie brauchten gar nicht zu flüstern. Er spürte, wie ihre Blicke seinen Umhang zu durchdringen versuchten. Sie waren hergekommen, um sich zu fragen, wer er war, ebenso, wie sich über das zu wundern, was er brachte. »Hatani.« Respekt schwang darin mit. »Was ist mit seinem Gesicht passiert?« fragte ein Kind.

»Still!« antwortete ein Erwachsener. Und plötzlich herrschte verlegenes Schweigen. Es war nur ein Kind. Es wußte noch nicht, was Narben waren. Es war nur arglos.

Duun sah sie nicht an. Kümmerte sich nicht um sie. Er war Hatani, hatte entsagt. Seine Waffen trug er unter dem Umhang an der Seite. Eines forderte er von der Welt: diese Berge, diese Gegend.

Ein wenig Frieden.

Daß ein Hatani sie enteignet hatte ... Die Bewohner Sheons hatten ihren Rechtsanspruch gewiß für sicher gehalten. Das Land lag brach; das Haus stand leer; zehn Jahre nach Duuns Verzicht gehörte es rechtmäßig ihnen.

Aber es stimmte, was er zu Ellud gesagt hatte: Es gab nichts, was er nicht fordern und erhalten konnte, nichts auf der ganzen Welt.

Er spürte ihre Blicke. Vielleicht erwarteten sie, daß er

etwas sagte. Vielleicht erwarteten sie, daß er sich um sie kümmerte, daß er tröstende Worte für sie fand.

Aber er ging nur an ihnen vorbei die Straße hinauf, die staubige Straße zu den Höhen und dem Haus, das tief zwischen den Bergen aus örtlichem Gestein errichtet war.

Er hörte den Hubschrauber starten und sich mit klopfenden Geräuschen entfernen, wie Herzschläge, die Echos an der Gebirgsflanke erzeugten. Der Hubschrauber war am vergangenen Abend und an den drei Tagen vorher oft hier gelandet und wieder gestartet, zusammen mit anderen Hubschraubern, hatte Vorräte gebracht, Spezialausrüstung, lauter solche Dinge, wie sie Ellud und seinesgleichen zufriedenstellten.

Eine Last, das ganze Zeug.

Er wappnete sich innerlich. Er wußte, daß sich Sheon verändert haben mußte. Er stählte seine Entschlußkraft, in dieser wie in anderen Fragen. Er brauchte Kraft, suchte sie im Verzicht. Er suchte sie, indem er sich bemühte, sich nichts aus dem Anblick zu machen, der sich ihm bot, als er zur Mittagszeit die Berghöhen erreichte; er sah nun die Veränderungen, die die Landleute an Sheon vorgenommen hatten, und mit denen er schon vorher gerechnet hatte: einen hingestreckten Neubau aus Trümmersteinen, der die frühere Schönheit Sheons zerstörte, eine Schönheit, die ein gepflegtes Kunstwerk gewesen war, nicht unterscheidbar vom gewachsenen Fels, der es flankierte. Das Haus war jetzt ausgebaut, kunstlos und nützlichkeitsorientiert, der Hof, der es umgab, freigeräumt und staubig. Duun war jedoch nicht bestürzt.

Erst, als er das Haus betrat und entdeckte, was Ellud und seine Leute damit gemacht hatten – da war er wirklich betroffen. Anstelle der ländlichen Unordnung, mit der er gerechnet hatte (anders als in seiner Kindheit, als die Steine sorgfältig poliert gewesen waren, als er geräumige Dielen und einen Sandgarten gekannt hatte, in dem der Wind Muster zeichnete), hatte die Regierung für Sterilität gesorgt, die Steinwände lackiert, die Böden mit weißem Sand bestreut, nicht rotem, eine neue Küche installiert, die Räume neu möbliert, alles mit großen Kosten. Und alles roch neu und stechend nach Fixativen und Farbe und frisch gebranntem Sand.

Da stand Duun an diesem sauberen, sterilen Ort ohne Erinnerungen, in diesem Haus mit seinen reichlichen Vorräten, dem neuen Mobiliar aus der Stadt ...

Für das Kind. Natürlich für das Kind. Die Meds sorgten sich um seine Gesundheit. Sie wollten für Hygiene sorgen.

Und hatten dabei Verwüstungen angerichtet ...

Er stand dort lange, sehr lange, und es schmerzte ihn, was er sah. Das Kind wand sich und fing an zu weinen. Und trotz seines Zorns ging er sehr behutsam mit ihm um, so behutsam, wie er nur je mit ihm umgegangen war. Er suchte in den Schränken nach neuen Kleidern, fand die bereitstehende Wiege ...

Das Kind machte sich wieder schmutzig. Duun kannte dieses Weinen schon, kannte den Gestank, der ihn nun schon längere Zeit umgab und der jetzt stärker war als der Lack und der Geruch von trockenem Staub, den der Sand erzeugte.

Er legte das Kind in den Sand, zog sich den Umhang aus und legte seine Waffen auf die Erhebung neben dem Kamin. Er hörte dem Geschrei des Kindes zu. Es war größer geworden. Die Stimme war lauter und heiserer als zuvor, und das Gesicht war vor Wut verzerrt.

Duun holte Tücher, machte sie naß, kniete sich neben das Kind und säuberte es mit eiserner Geduld von seinem Kot; dann machte er die Rezeptur warm und fütterte es, bis es einschlief. Danach ging er ziellos durch das Haus, roch den Gestank, den das Kind an ihm hinterlassen hatte, und den Gestank des neuen Putzes, des neuen Lacks, der neuen Möbel.

Früher war er barfuß durch die Korridore gelaufen, hatte gelacht, mit einem Dutzend Geschwister und Cousins Streiche gespielt, sich im Bodensand gewälzt, bis aufgebrachte Ältere sie hinaus auf den gut im Schatten alter Bäume liegenden Hof trieben.

Die Bäume waren nicht mehr. Der neue Flügel erhob sich dort, wo der älteste Baum gestanden hatte. Soviel zur Heimkehr.

Er machte ein Feuer. Dies wenigstens war unberührt geblieben: die alten Mauern des Kamins, neben denen er als Kind gesessen hatte. Von einem hochragenden Haufen bei den Felsen holte er Stücke eingerissener Nebengebäude und die Überreste der Zäune und machte damit das Feuer, verbrannte damit andere Erinnerungen an sein Heim.

Dann nahm er das Kind mit nach draußen, gut eingewickelt gegen die Kälte; er trug es auch durch das Haus und in die Küche und brachte es schließlich zum Feuer, setzte sich vor den Kaminsteinen in den sauberen tiefen Sand und hielt das Kind auf dem Schoß.

Er hatte sich daran gewöhnt. Das flache, runde Gesicht beunruhigte ihn nicht mehr. Der Geruch des Kindes war auch sein eigener, zusammengesetzt aus dem Schweiß von ihnen beiden. Dämonenaugen blickten zu ihm herauf. Das kleine Gesicht schnitt Grimassen, die für sie beide bedeutungslos waren, beleuchtet vom flakkernden Feuerschein, von den tanzenden Flammen.

Duun umfaßte den Schädel des Kindes mit den Händen, der gesunden und der verstümmelten, und er war dabei so behutsam, als wäre der Schädel eine Eier-, und keine Knochenschale. Er lächelte und zog dabei die Lippen von den Zähnen zurück, und er blickte in Augen, die ihn vielleicht sahen, vielleicht aber auch nicht.

»Wei-na-ya«, sang er dem Kind vor, »wei-na-mei.« Seine heisere Männerstimme eignete sich nicht für Wiegenlieder. *Kleiner Vogel, kleiner Fisch*. Das Lied war schon früher in diesem Haus erklungen. »Hei sa si-lan-nei ...« *Geh nicht. Der Wind ist kalt, das Wasser dunkel, aber hier ist es warm.* »Wei-na-ya, wei-na-mei.«

Und er sang das »Sha-khe'a«. Leise, wie das Wiegenlied, sang er auch dieses Hatani-Lied.

Es war das Todeslied. Er sang es wie das Wiegenlied. Er lächelte, grinste dem Kind ins Gesicht.

»Du bist *Haras*«, sagte er zu dem schrecklichen Dämonengesicht, zu den geschlitzten Augen mit ihren runden Zentren, die den Wolken eines Wirbelsturms glichen. Er sprach jetzt Sadoth, die Sprache seiner Vorfahren, die Bergbewohner gewesen waren. »Du bist *Haras. Dorn* lautet sein Name.«

Das Kind sah ihn ernst an.

Ohne Furcht.

Es wedelte mit den Armen. *Er,* sagte sich Duun. Er. Haras. Dorn. Der Wind fuhr heulend ums Haus, pfiff im Schornstein und brachte die Flammen im Kamin zum Flackern.

Duun grinste und wiegte das Kind und tat etwas, was das Blut aller Landleute zum Gefrieren gebracht hätte, jener Enteigneten, die sich zweifellos jetzt aneinanderdrängten; oder das Blut der Meds; oder das Elluds in seiner schönen Stadtwohnung.

Er hielt das Kind wie ein Shonun-Kind und reinigte ihm mit der Zunge die Augen (stellte dabei einen salzigen und faden Geschmack fest). Er ersparte sich nichts, ließ keinen Widerwillen unüberwunden. Von solcher Art war seine Geduld.

ZWEITES KAPITEL

Sie kamen aus der Hauptstadt. Hubschrauber landeten, und Meds machten sich auf den langen, anstrengenden Weg in die Berge, trugen dabei ihre Instrumente, wie sie sie auch auf dem Rückweg bergab wieder mitnahmen. Sie waren nicht erfreut. Vielleicht machten die Bewohner der Gegend ihnen Angst, wenn sie sich in ihrer mürrischen Wachsamkeit am Fuß der Straße versammelten, dort, wo die Flugmaschinen landeten.

Die Meds kamen und gingen wieder.

Duun hielt das Kind und redete mit ihm, während er zusah, wie sie gingen – geistloses Gerede, wie man es bei Kindern verwendete.

Bei ihm. Haras. Dorn.

»Duun«, sagte Dorn; es war das Geplapper eines Kleinkindes.

»Duun, Duun, Duun.«

Dorn richtete geschäftig auf dem Sand vor dem Kamin ein Chaos an. Sein Geschrei war laut und ohrenzerreißend. Shonunin waren zurückhaltender. Er beschmutzte sich immer noch. Wann das aufhörte, wußte Duun nicht, und wie er es ihm abgewöhnen könnte, war ihm auch nicht bekannt. Dorns Appetit hatte sich gewandelt; er schlief jetzt mehr, zu Duuns Erleichterung.

»Duun, Duun, Duun«, sang das Kind, während es vor dem Feuer auf dem Rücken lag. Und es grinste und lachte, als Duun ihm auf den Bauch klopfte, quietschte, als Duun eine Krallenspitze benutzte. Lachte dann wieder. Freute sich, daß sein Bauch gerieben wurde, der fette runde Bauch, der jetzt flacher wurde, wie auch die Glieder jetzt länger wurden. »Duun.« Duun beugte sich vor und zwickte Dorns Hals. Dorn packte ihn an den

Ohren, und Duun lehnte sich zurück und entkam so dem Griff des Kindes, wenn auch ramponiert. Er hatte sich den Kamm wachsen lassen; das Haar war zottig bis auf den Rücken gewachsen und verirrte sich jetzt vor seine Ohren.

Auf Händen und Knien liegend ging er wieder auf Dorns Kehle los, und Dorn quietschte und strampelte. Schlug mit den kurzen fetten Fingern nach ihm, deren Nägel alles waren, was er zur Verteidigung besaß.

Duun lachte laut und war hocherfreut.

Dorn lief jetzt, lief auf wackligen Beinen zu den Türen hinaus auf die staubige Erde, wo die Nebengebäude gestanden hatten, und er war nackt in der Frühlingswärme.

Duun kniete sich hin. Niemand sah seinen Körper heute mehr, die durch Laserblitze in seinen rechten Arm gebrannten Narben, die Narben, die wie ein Flechtwerk über eine Seite und das Bein liefen. Aber hier, in der Wärme, trug er nicht mehr als den kleinen Kilt, jetzt, während der Hiyi an der Hintertür blühte und dabei Blüten trieb, so rosig wie Dorns glatte Haut. Das Haar des Kindes war verschwunden und golden zurückgekehrt, dann in der Metamorphose des Winters wieder dunkel geworden. Vielleicht war das jahreszeitlich bedingt; vielleicht war es eine Phase in Dorns Leben. Duun streckte die Arme nach ihm aus, und Dorn warf sich lachend hinein, ganz nach Staub riechend.

»Noch einmal«, sagte Duun und stellte ihn aufrecht hin, hockte sich dann in einiger Entfernung hin, damit Dorn laufen mußte. Die Beine versuchten es und versagten erschöpft. Duun fing ihn auf und drückte ihn an sich, leckte ihm den Mund und die Augen, was Dorn dann auch bei ihm tat, sobald er aufgehört hatte, zu lachen und zu keuchen. Er krallte jetzt die kleinen, fünffingrigen Fäuste in Duuns herabhängendes Kammhaar und das kürzere Stirnhaar, vergrub schlau das Gesicht in der Höhlung von Duuns Hals, um ihn zu beißen, sobald er eine Chance bekam, jedoch zog Duun den Kopf seitlich weg und biß ihn als erster. Die kleinen, krallenlosen Füße drückten fest auf seinen Schoß, und der kleine Körper spannte sich, als Dorn sich duckte, um Duun unsanft in die Brust zu beißen.

»Ah!« schrie Duun, packte ihn knieend mit beiden Händen und hielt den tretenden und quietschenden Dorn auf Armeslänge in der Luft. »Ah, wie hinterhältig!«

Er drückte ihn wieder an sich, und Dorn biß ihn erneut. Er hatte Zähne bekommen und war stark geworden, aber seine Zähne konnten nicht mit Duuns mithalten. Duun biß auf seine Finger, und Dorn packte seinen Mund und zog ihm die Lippen auseinander, versuchte, mit den Fingern an Duuns längere und schärfere Zähne zu kommen. Duun biß leicht zu, und Dorn rettete seine Hand und quietschte.

Weitere Besuche erfolgten. »Tschüs, tschüs, tschüs«, scheuchte Dorn die Meds von der Veranda. Er hockte sich dort hin, nackt wie er war, und schnitt eine Grimasse. Er hatte den Chefarzt gebissen, und der Arzt hätte dem unverschämten Kind beinahe eins auf die Nase gegeben.

Aber er hatte sich gerade noch gezügelt. Duun hatte danebengestanden, im grauen Hatani-Umhang, die Arme verschränkt.

Die Meds gingen wieder. Dorn ließ einen lauten Furz und urinierte auf die Stufe.

Duun kam hinzu und schlug ihm mit Daumen und Zeigefinger kräftig aufs Ohr. Dorn jammerte.

»Du warst böse«, sagte Duun. Das Gejammer ging weiter. Duun ging ins Haus, in die Küche, und tauchte die Hand ins Becken. Dorn folgte ihm nackt, die Hände ausgestreckt, jammerte auf dem ganzen Weg und hüpfte vor Verzweiflung.

»Sei still!« befahl Duun. Er schnippste ihm kaltes Wasser ins Gesicht. Dorn blinzelte und heulte und kratzte heftig an Duuns Beinen. Er tat es nicht aus Wut, sondern zeigte ihm damit, daß er hochgehoben werden wollte.

Duun hob ihn hoch, die ganze Armvoll, zu der sich Dorn inzwischen entwickelt hatte, und er wiegte ihn, indem er sich selbst hin und her wiegte, was dem Kind sehr gefiel, wie er gelernt hatte. Das kleine Gesicht drückte sich an seinen Hals, was nicht immer einen Biß bedeutete. Diesmal auch nicht. Dorn klammerte sich an ihn und schniefte, netzte Duuns Umhang mit den tränenden Augen und der laufenden Nase.

»Du warst böse«, sagte Duun. Zu solch schlichten Feststellungen neigte die Philosophie des Hatani jetzt. Er schwang hin und her, und das Schluchzen hörte auf. Dorn steckte den Daumen in den Mund, ein unbezähmbarer Drang, obwohl er jetzt Fleisch aß, was Duun für ihn kaute und ihm dann in den Mund spuckte. (»Nicht ratsam«, meinten die Meds, besessen von dem Gedanken an eine Krankheit. Aber Duun machte weiter damit; es war eine alte Tradition in den Bergen, und es fiel leichter, als Dorn einen Löffel in den widerwilligen Mund zu zwängen, oder aufzuwischen, wenn Dorn selbst aß und das Essen überall verschmierte. Duun war von seiner Mutter und seinem Vater auch so gefüttert worden. Es bereitete ihm ein perverses Vergnügen, diesen pflichtbewußten Dienst zu leisten. Es schockierte die Meds, was ihm ebenfalls perversen Spaß machte. Er lächelte die Meds an. Es war seltsam. Sie hatten sich jetzt an ihn gewöhnt, blickten ihm sogar in die Augen, sogar mehr als einmal, wenn sie ihn besuchten. »Ellud-mingi läßt Euch Grüße bestellen«, sagten sie. »Ich grüße auch ihn«, erwiderte Duun. Und fügte querköpfig hinzu: »Mein Sohn ebenfalls.« *Das* veranlaßte sie, eilig aufzubrechen. Zweifellos, um sich Notizen zu machen.)

Er wiegte Dorn und sang ihm vor: »Wei-na-mei,

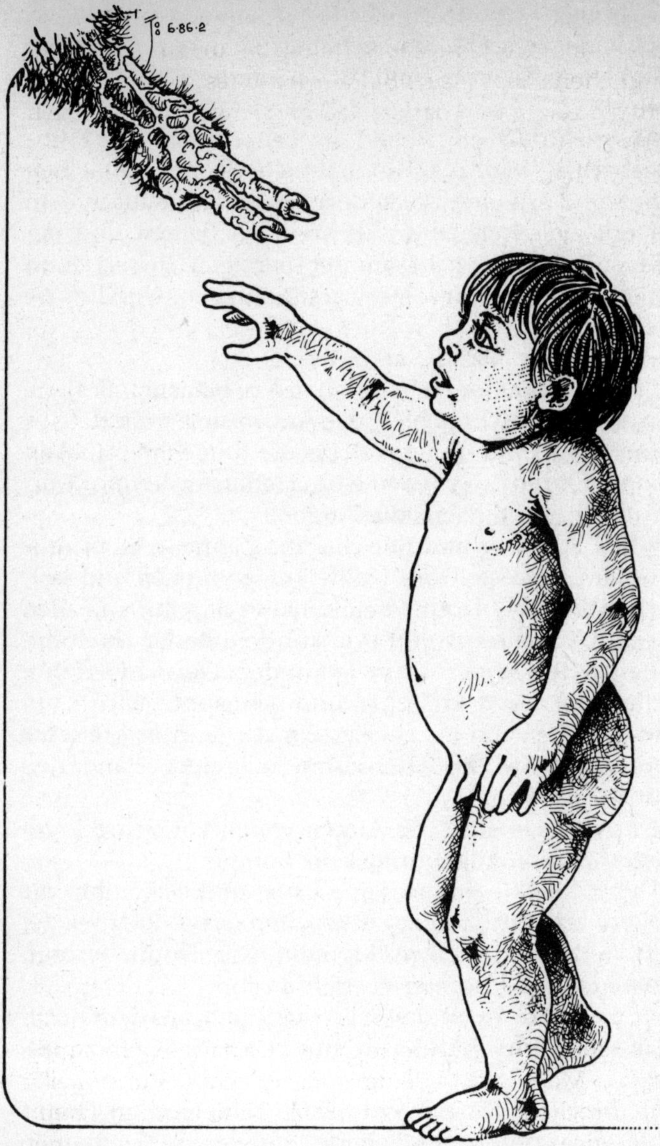
6·86·2

wei-na-mei.« Und Dorn wurde auf seinen Armen ruhig. »Du wirst zu groß, um gehalten zu werden«, stellte Duun fest. »Zu groß, um Pfützen auf die Stufen zu machen.«

Als sie an diesem Abend am Feuer saßen (die Frühlingsnächte waren kalt), krabbelte Dorn auf seinen Schoß und saß eine Weile dort. Stand dann auf in dem Dreieck zwischen Duuns gekreuzten Beinen und berührte Duuns Gesicht an der narbigen Seite. Duun packte die Hand mit seiner verstümmelten. Und ließ sie wieder los.

»Es ist eine Narbe«, erklärte er.

Er hinderte Dorn nicht daran, sie zu betasten. Er fügte sich in Geduld. Er schloß die Augen und gestattete es Dorn, zu tun was ihm gefiel, bis der Junge ihn brutal an beiden Ohren zog, was eine Herausforderung war. Duun öffnete blitzend die Augen.

»Ah!« schrie er und fletschte die Zähne in einer drohenden Grimasse. Dorn wollte ihm entfliehen und stolperte dabei über Duuns Beine. Duun fing ihn im Fallen auf und kugelte sich mit ihm auf dem Boden, hielt ihn dabei an den Armen, ohne je mit dem Gewicht auf ihm zu landen. Dorn kreischte und schnappte nach Luft, und als Dorn ihn biß, biß er zurück, und er kreischte und quietschte, bis Duun ihm mit einer Hand den Mund zuhielt.

Dorn wurde still. Die Augen waren vor Schreck geweitet. So so. Angst, und kein Kampf.

Duun drückte ihn an seine Brust und leckte ihm die Augen, bis Dorn anfing zu keuchen, als er jetzt wieder Luft bekam. Für einen Moment war Duun besorgt. Kleine Hände klammerten sich an ihn.

Er packte Dorn an beiden Armen und hielt ihn hoch. Lächelte. Dorn lehnte es ab, sich beschwichtigen zu lassen.

In dieser Nacht erwachte Dorn schreiend an Duuns Seite. Es waren kurze, scharfe Schreie, ein Schnappen nach Luft. »Dorn!« schrie Duun, und er schaltete das Licht ein und hob ihn hoch, dachte dabei, er wäre im Schlaf auf das Kind gerollt und hätte ihm irgendwie weh getan; aber Dorn hatte einen Alptraum gehabt.

Dorn hielt sich an ihm fest. Duun war es, was er fürchtete. Er war der Inhalt seines Alptraumes.

»Ah!« rief Duun im Zurücksinken und zog Dorn auf sich. »Du hast mich erschreckt! Du hast mich erschreckt ...« Um ihm die obere Hand zu reichen. Er besaß keinen Stolz in dieser Beziehung.

»Duun!« schrie Dorn und kuschelte sich an ihn.

Manchmal bedeuteten die Gene mehr als die Erziehung. Das Fremdartige. Dorn klammerte sich an das, was ihn ängstigte.

»Duun, Duun, Duun ...«

Duun hielt ihn fest. Das war alles, was Dorn begreifen konnte.

Eines Tages entdeckte Dorn beim morgendlichen Bad die eigene, nackte Haut. Dorn rieb mit einem rauhen Schwamm an Duuns Bauch und an seinem eigenen, ließ dann den Schwamm fallen, legte sich beide Hände auf den Bauch und rieb nachdenklich daran. Als er wieder aufblickte, zogen Gedanken hinter seinen Milch-und-Sturm-Augen vorbei, und die Stirn war leicht gerunzelt. »Glatt«, beschrieb er sich selbst. Er sprach nicht so schnell wie ein Shonun-Kind, aber Mund und Zunge waren bei ihm ja auch anders beschaffen. »Glatt.«

Vielleicht hätte er gefragt, falls es seinem jungen Verstand eingefallen wäre, wann denn sein eigenes Fell wachsen würde. Auf dem Kopf hatte er reichlich Haare, wuschelige Locken, deren Färbung sich endlich als ein blasses, irdenes Braun herausgestellt hatte. Die Augen hatten sich nicht verändert. Jetzt war ein gefährlicher Moment gekommen.

Duun hob Dorn aus dem Badewasser und hielt ihn vor dem Spiegel fest an sich gedrückt. Dorn hatte schon

Spiegel gesehen. Einen besaß er als Spielzeug. Auch in diesem Spiegel hatte er sich schon oft gesehen.

Heute war Kummer in Dorns jungen Augen zu erkennen, Kummer und Nachdenklichkeit. Dorn hatte noch nie ein Shonun-Kind gesehen. Er hatte auch, von den Meds abgesehen, noch nie andere Shonunin gesehen. Vielleicht dämmerte ihm etwas Schreckliches, zusammengesetztes aus kleinen wortlosen Teilen, aus Spiegelbildern, glatten Bäuchen, einem Organ, das Wasser in einem weiten Bogen hervorstieß, was eine Zeitlang ärgerlicherweise sein am stärksten ausgeprägtes Talent gewesen war. Er breitete die fünffingrige Hand vor Dorn-im-Spiegel aus, in einer Geste, die gedacht war, Krallen auszufahren, die dies aber nicht zuwege brachte. Er schnitt Grimassen vor diesem anderen Dorn, als wolle er ihm einen Schrecken einjagen, daß er floh. (Geh weg, häßlicher Dorn!) Er beugte wieder die Finger. Zog Gesichter.

Duun drehte ihn vom Spiegel weg. Ließ ihn auf dem Arm hopsen, um ihn abzulenken.

Danach erwähnte Dorn die Unterschiedlichkeit ihrer Häute nicht mehr. Aber hin und wieder ertappte ihn Duun bei Äußerungen anderer Art: Einem Augenblick der Ruhe, wenn Dorn, neben ihm liegend, eine Hand ausstreckte und seinen Arm streichelte, dabei das Fell hin und her strich. Einmal, als Dorn Duuns Handfläche bequem nach oben gewandt vorfand, zog er sie über Duuns Schoß näher an sich heran und spielte mit ihr, befingerte ihre andersartige Geometrie, bearbeitete hartnäckig die Finger, um die Krallen herauszulocken. Duun kam ihm entgegen. Es war seine rechte Hand. Was Dorn erforschte, war jedoch nicht die Verkrüppelung, sondern eine Fähigkeit, auf die er gewiß neidisch war; und Duun bemerkte plötzlich eine Stille in dem Kind, eine Verschwiegenheit, die ganz unbemerkt gewachsen war, einen kleinen abgetrennten Ort, der ein unabhängiger Geist war. Dorn hatte eine Eigenpersön-

7.86.2

lichkeit entwickelt, ein Selbst, das hervorkam, um die Welt zu erkunden, und sich dann wieder mit Brocken von ihr zurückzog, die sorgsam prüfend und mit anderen Wahrheiten verglichen werden mußten (Zeichen eines differenzierten Verstandes). Dorn hatte einen Selbstschutz entwickelt, denn er war, wie es schien, von seinem Körper enttäuscht. Sich der eigenen Mißgestalt bewußt. Und wahrhaftig nicht der Duuns. Duun war einfach Duun. Duun hatte schon immer Narben gehabt; sie gehörten zu dem Hatani, wie die Sonne zur Welt gehörte. Eine Vergangenheit existierte nicht. Dorn hatte sie nicht erlebt, und deshalb konnte er sie sich auch nicht vorstellen.

Aber Dorns Hände waren nicht so beschaffen wie die Duuns. Auch seine Haut nicht. Und Dorn machte sich jetzt Sorgen, argwöhnte eine Unausgeglichenheit in der Welt.

Duun drückte ihn fest an sich, wie er es getan hatte, als Dorn noch kleiner gewesen war, rollte ihn auf seinen Schoß und stupste ihm in den Bauch; Dorn widersetzte sich dem kurz und krümmte sich, aber dann gab er endlich nach, quietschte und lachte und unternahm einige gescheiterte Versuche, sich in gleicher Münze zu revanchieren. Dann ließ ihm jedoch Duun diesen Sieg und streckte sich vor dem Feuer rücklings auf dem Sand aus. Sein Bauch zuckte vor Lachen, einem Lachen, das nicht nur reflexhaft war wie das Dorns. An Hals oder Bauch berührt zu werden, verstieß gegen seine Instinkte. Eine Ahnung von Gefahr lag in solcher Selbstvergessenheit.

Aber ein Kind mußte manchmal gewinnen. Und manchmal verlieren. In beidem lag Kraft.

»Folge mir, folge mir!« drängte er das Kind und blickte bergabwärts. Der Abhang stellte die kleinen Beine auf eine harte Probe, und Duuns Schritte waren lang. Dorn stand breitbeinig da, die Arme herabhängend, und stolperte dann mit wackligen Knien ein paar Schritte weit. »Klettere weiter!« sagte Duun. »Du kannst es.«

Wieder ein paar Schritte. Dorn fiel hin und heulte, ein schwaches, atemloses Schluchzen. »Ich kann nicht!«

»Du hast noch genug Luft, um zu heulen, also reicht sie auch noch, um aufzustehen. Komm schon! *Auf!* Soll ich mich denn schämen?«

»Ich hab mir am Knie weh getan!« Dorn setzte sich auf, umklammerte das Knie und wiegte es hin und her.

»Ich habe mir einmal die Hand weh getan. Steh auf und komm weiter! Jemand verfolgt uns!«

Dorn holte tief Luft und blickte den Weg zurück, hickste dabei immer noch.

»Vielleicht frißt er uns«, überlegte Duun. »Steh auf und komm!«

Dorn ließ das gerötete Knie los. Er kämpfte sich hoch und tapste verzweifelt weiter.

»Ich habe gelogen«, gestand Duun. »Aber du auch. Du konntest nämlich doch wieder aufstehen. Und jetzt komm!«

Dorn schluchzte und schniefte. Heulte vor Wut. Aber er ging weiter. Duun machte jetzt kürzere Schritte, als käme auch ihm der Weg jetzt steiler vor.

»Noch einmal.« Duun reichte Dorn einen weiteren kleinen Stein. Dorn warf. Er traf einen Felsen, nicht mehr so hoch an den Klippen wie vorher. »Nicht sonderlich gut. Noch mal!«

»Mach *du* es!«

Duun warf. Der Stein stieg hoch in die Luft und traf dicht am oberen Rand der steilen Felsflanke auf. Das Kind riß bestürzt den Mund auf.

»Da siehst du, was ich schaffe«, sagte Duun. »Mach es mir nach!«

»Das kann ich nicht!«

»Ich höre schlecht. Jemand sagte, er könne nicht!«

Dorn hob einen Stein auf. Tränen stiegen ihm in die

Augen. Er warf. Der Stein beschrieb eine schmählich schiefe Bahn und verlor sich zwischen den Felsen am Fuß der Klippe.

»Ah, ich habe dir Angst gemacht. Dorn hat Angst! Ich höre wieder *kann nicht!*«

»Ich hasse dich!«

»Dann wirf nach *mir!* Ich stehe näher. Vielleicht kannst du *mich* treffen.« Duun reichte Dorn wieder einen Stein.

Dorns Gesicht war gerötet. Die Augen tränten und die Lippen bebten. Er schleuderte den Stein aber an die Klippe.

So so.

»Das war deine bislang höchste Marke«, stellte Duun fest.

DRITTES KAPITEL

Die Meds kamen wieder zu Besuch. Ellud begleitete sie. »Ellud«, begrüßte ihn Duun.

»Du siehst gut aus«, meinte Ellud, nachdem er ihn forschend betrachtet hatte. Er warf einen verstohlenen Blick auf Dorn, der im Hauptsaal des Hauses stand und nicht von der Stelle wich, dort, wo die verhaßten Meds ihre unangenehmen Maßnahmen vorbereiteten. Dorn machte ein finsteres Gesicht. Die Sonne hatte seine nackte Haut in ein goldenes Braun verwandelt. Sein Haar, das Duun auf eine Länge schnitt, bei der es sich nicht in Zweigen verfing und Dorn bei der Arbeit nicht die Sicht behinderte, war sauber und von glänzender Erdfarbe. Dorns Augen zeigten ebensoviel Weiß wie Blau. Seine Nase stand jetzt weiter hervor, und die Zähne waren stark, wenn auch stumpf. Er stand reglos da. Seine kleinen rundlichen Ohren waren unbeweglich. Nur das regelmäßige Blähen der Nasenlöcher verriet seine Abneigung.

»Dorn«, sagte Duun. »Komm her! Dies ist Ellud. Sei höflich, Dorn.«

»Ist er ein Med?« erkundigte sich Dorn argwöhnisch.

Elluds Ohren sanken herab. Ein Felsen, der ihn mit klaren Worten angesprochen hätte, hätte ihn nicht weniger schockiert. Er sah Duun an, sagte aber nichts.

»Nein«, antwortete Duun. »Ein Freund. Vor vielen Jahren.«

Dorn blickte auf und blinzelte. Ein Med kam, hob ihn hoch und traf Vorbereitungen, seinen Puls zu fühlen.

»Komm zurück in die Stadt«, sagte Ellud. »Duun, komm zurück!«

»Ist das eine Bitte oder ein Befehl?«

»Duun ...«

»Ich möchte dich daran erinnern, daß du mir alles versprochen hast. Nein, Ellud, ich komme jetzt noch nicht zurück.«

An diesem Abend war Dorn schweigsam, bedrückt und nachdenklich. Er stellte keine Fragen nach Ellud. Sagte auch nichts zu den Meds.

Dorn schlief jetzt für sich. Veränderungen in seinem Körper machten das ratsam. Er ging in sein Zimmer, eines der vielen Zimmer in diesem Haus, und rollte sich in seiner Zurückgezogenheit zusammen. Duun kam, um nach ihm zu sehen.

»Wachsen meine Ohren noch?« wollte Dorn wissen und blickte von seinem Kissen zu ihm auf, wie er dort in der Tür stand.

Die Ohren. Vielleicht war das die leichteste, am wenigsten schmerzliche Frage. Duun schwieg. Er hatte sich Antworten zu den Krallen und Haaren, der Form ihrer Gesichter und der Verschiedenheit ihrer Lenden zurechtgelegt. Er hatte sich auf alles vorbereitet, nur nicht auf die Ohren.

»Ich glaube nicht«, sagte er. »Es macht mir auch nichts aus. Dir vielleicht?«

Der kleine Schatten in der Bettschale schwieg.

»Du bist ungewöhnlich«, sagte Duun.

Ein Schniefen.

»Ich mag dich so, wie du bist«, erklärte Duun.

»Ich mag dich auch«, sagte die leise, fast geisterhafte Stimme. Wieder ein Schniefen. »Ich mag dich, Duun.«

›*Liebe*‹ war, erinnerte sich Duun, kein Wort, daß er je gegenüber Dorn geäußert hatte. Ich mag dich. Wie man ein warmes Feuer mochte. Die Sonne auf seinem Rükken.

»Ich mag dich auch, Dorn.«

»Ich will keine Meds mehr!«

»Ich spreche mit ihnen darüber. Möchtest du morgen auf die Jagd gehen? Ich gebe dir ein Messer, das dann dir gehört, und ich zeige dir auch, wie man die Klinge pflegt.«

»Was denn jagen?« Ein Schniefen. Schattenkind wischte sich mit einem Arm die Augen, mit dem anderen die Nase. Seine Stimme klang interessiert.

»Ich bin ein Hatani, Dorn. Es ist schwer, das zu sein. Darum fordere ich dich so sehr.«

»Was ist ein Hatani?«

»Ich zeige es dir. Morgen. Ich bringe es dir bei. Du wirst lernen, auch all das zu vollbringen, was ich kann. Es wird schwer werden, Dorn!«

Das Kind wischte sich wieder über die Augen.

»Morgen, Dorn?«

»Ja.«

»Dann schlaf jetzt.«

Duun kehrte zum Feuer zurück. Der Wind heulte draußen in der Kälte. Die Flammen hüpften. Das Brennholz von den alten Bewohnern war verbraucht. Duun und Dorn verwendeten jetzt einen alten Baumstamm von weiter unten am Berg. Duun zerschnitt ihn mit der elektrischen Säge, die er mit den Vorräten bestellt hatte, und trug ihn Stück für Stück herauf. Keiner von den Landleuten aus dem Tal würde sich an dem Stapel vergreifen, den er unten am Straßenrand errichtet hatte. Sie kamen ihm nicht unter die Augen und hinterließen keine Spuren in der Nähe des Hauses. Aber er wußte, daß sie da waren.

Sie würden die Geduld eines Hatani kennenlernen. Aber die Landleute waren auf ihre Weise auch geduldig. Vielleicht änderten sich die Dinge. Vielleicht starb der Hatani. Vielleicht hatte das Alien einen Unfall. Vielleicht wurde ihr Anspruch wieder rechtsgültig.

Vielleicht hatten sie schlechte Träume unten im Tal, auf der anderen Seite des Berges, außerhalb von Duuns Augen und Gedanken. Vielleicht hatten sie Alpträume, in denen sie sich vorstellten, daß ihre Wälder ihnen nicht mehr gehörten.

Oder daß die Wälder ihnen vielleicht niemals wieder gehören würden.

Er hatte um das Haus und die Ländereien Sheons gebeten. Die Ländereien hatte er nicht genutzt, bis jetzt nicht.

Er holte seine Waffen aus dem obersten Fach des verschlossenen Schranks, wo er sie unzugänglich für neugierige junge Hände aufbewahrte. Er hatte sie häufig hervorgeholt, um sie zu pflegen, und es Dorn zu dessen großer Enttäuschung nie erlaubt, sie zu berühren. Ein Kind sollte unerfüllte Ambitionen haben, sollte einige verbotene Dinge kennen. Zweifellos hatte Dorn versucht, heranzukommen. Kinder waren nicht immer tugendhaft. Das war zu erwarten. Und zu bewältigen.

»Hast du sie je ausprobiert?« fragte Duun, als Dorn ihm gegenübersaß, an der anderen Seite der Decke mit der kleinen Reihe von Messern, Schnur, Draht, den beiden Schußwaffen, einer, die Projektile verschoß, einer, die es nicht tat. »Hast du sie je in der Hand gehabt?«

»Nein«, antwortete Dorn.

»Wirst du es je tun, wenn ich dir sage, daß du es nicht tun sollst?«

Die fremdartigen Augen blickten zu ihm auf, zeigten einen Schrecken, der die Irides in rascher Folge weitete und verengte: eine schnelle, verdächtige Entscheidung, ihm zuzustimmen, den leichten Weg zu gehen, nur zu schnell wieder dagegen zu verstoßen – vielleicht. Wenn ein Kind das wollte. Aber dann würde er ihm schnell mit einem tadelnden Finger ans Ohr schnippsen, ihm vielleicht einen Klaps geben, der ihm die Tränen in die Augen trieb. Dorn konnte das ertragen. Nichts war beständig, nichts blieb für immer bestehen. Wie Dorn keine Vergangenheit hatte, so fehlte ihm auch eine echte Zukunft, und er glaubte, daß nichts ihm für immer im Weg stehen würde.

Für Dorn gab es kein *es geht nicht.* Duun hatte es ihm so beigebracht.

»Ich bitte dich nicht«, sagte Duun und hielt einen Finger seiner rechten Hand hoch. »Ich sage dir etwas. Ich will, daß du es glaubst. Wirst du diese Dinge jemals in die Hand nehmen, wenn ich dir sage, daß du es nicht darfst?«

Von kindlicher Erregung, vom Spiel zur Verblüffung. Dorn zog vor Sorge die Stirn krampfhaft in Falten. Würde Duun sein Versprechen brechen? Zog er ihn auf?

Duun nahm den Umhang ab und ließ ihn hinter sich fallen. Er hob die *Wer* auf, eine mittlere Klinge. Er streckte den nackten linken Arm aus, ballte die Faust und legte das Messer an den Unterarm.

»Nein!« schrie Dorn plötzlich. Ein Spiel? Eine Drohung? Hatte er etwas falsch gemacht? Neckte Duun ihn?

Duun drückte langsam die Klinge nach unten, tief in den Arm. Blut spritzte heraus und fiel in regelmäßigen, dicken Tropfen auf die Waffen und die Decke. Er hielt die Faust geballt und den Arm ruhig, ließ den Messergriff auf dem Knie ruhen. Dorn sah ihm mit aufgerissenen Augen zu; der Mund des Kindes stand offen, ohne daß ein Laut herausdrang.

»Dazu sind Waffen da«, erklärte Duun. Das Blut strömte, durchnäßte die Decke. »Jedesmal, wenn du sie aufnimmst, erinnere dich daran, wozu sie da sind.«

»Halt es auf!« schrie Dorn. »Duun, halt das Blut auf!«

Duun streckte das Messer aus, während der verletzte Arm immer noch spritzte. Er drehte es mit der verstümmelten Hand und bot Dorn den Griff an. »Kannst du das auch?«

Dorn ergriff das blutige Messer. Seine Augen blieben geweitet. Er preßte die Lippen zusammen, stülpte sie nach innen. Er streckte die geballte Faust aus und setzte sich das Messer an die Haut. Er drückte die Klinge nach unten, wie Duun es getan hatte, und sein Gesicht war rot und Tränen strömten ihm aus den Augen; seine Nasenlöcher und Lippen wurden blaß. Er drückte das Messer nach unten. Blut tropfte. Dann zog er die kleine Hand zurück, und das Messer zuckte mit dem konvulsivischen Zittern des Messerarms, das jetzt auch auf den anderen übergriff. Duuns Beispiel folgend legte Dorn die Messerhand auf das Knie, und sein Gesicht war jetzt ganz bleich und feucht, während das Blut herabfloß und einen zweiten Fleck auf der Decke erzeugte.

So so. Duun hatte erwartet, daß Dorn im letzten Moment zurückwich. Sein Kopf wurde leicht. Sein Schnitt war tiefer und blutete stark. Er streckte die Hand aus und nahm das Messer zurück. Er sah den Schrecken in dem Kind. (Was sonst noch, Duun? Was jetzt? Schlimmeres? Ich habe *Angst,* Duun!)

»Das ist kein Spiel«, sagte Duun. Er legte das Messer hin und drückte die rechte Hand auf die Wunde. »Du kannst das Blut aufhalten. Fest drücken!« Er erhob sich aus der Sitzhaltung mit gekreuzten Beinen, ohne eine Hand zu Hilfe zu nehmen. Er ging zur Medtasche, öffnete sie und drückte sich einen Verschlußfilm auf die Wunde. Er kehrte mit dem Gel zu Dorn zurück, drückte ihm auch einen Film auf den Arm und hielt ihn, wärmte ihn mit der Hand, bis er hielt, weich und vom Blut gerötet, auf einer Wunde, von der eine Narbe bleiben würde. Duun hielt den Arm. Die fremden Augen sahen zu ihm auf, weiß und rund. Sein Griff war zärtlich. »Du wirst es nicht vergessen«, meinte Duun. »Du wirst nie mehr vergessen, was Waffen sind. Du wirst sie niemals in die Hand nehmen, wenn ich dir gesagt habe, daß du es nicht tun sollst.«

»Nein.« Eine leise, schwache Stimme.

»Du wirst sie gebrauchen, wenn ich es sage. Und du wirst sie niederlegen, wenn ich es sage.«

»Ja.«

»Gut.« Er griff mit der blutbefleckten, verstümmelten Hand an Dorns Nacken und packte ihn fest, rieb ihn, bis sich die Spannung löste und Dorns Körper dieser Bewegung folgte, während die Augen des Jungen auf Duun gerichtet blieben. »Glaub mir, Dorn. Glaub mir. Jetzt tut es dir weh. Aber du hast getan, was ich forderte, und das war tapfer.«

Muskeln in Dorns Gesicht zitterten, wie in strengem Frost. Seine Glieder bebten konvulsivisch, wurden dann aber ruhig. Duun fuhr mit der Massage fort, bis das Zittern ganz aufhörte. Der gehetzte Ausdruck verschwand aus Dorns Augen. Sie waren geweitet und feucht durch Vorbedacht und Berechnung. (Was will er sonst noch? Was habe ich gewonnen? Was habe ich getan? Was jetzt?)

Duun ließ ihn los. Deutete auf die blutbefleckten Waffen. »Mach sie sauber! Ich zeige dir, wie es geht.«

Dorn regte sich wieder, rückte näher an die Reihe von Waffen auf der Decke. »Du hast gesagt ...«, setzte er an.

»Was habe ich gesagt?«

»Wir würden auf die Jagd gehen. Du hast gesagt – wir würden heute auf die Jagd gehen.«

»Das werden wir auch. Wir werden heute abend nichts zu essen haben, wenn wir nichts erlegen.«

Dorns Augen zuckten wieder hoch. Er brachte das fertig, ohne den Kopf zu drehen. Der Blick zeigte seine Hoffnung, Duun hätte einen Witz erzählt, und Duun machte ein unversöhnliches Gesicht.

Es gab natürlich keine Frage. Die Gegend wimmelte von unvorsichtigem Wild. Niemand jagte es hier viel. Bis jetzt nicht. Und ein Hatani war in der Lage, selbst in der schlimmsten Ödnis noch Nahrung zu finden.

Aber Dorn würde das herausfinden, wenn er hungrig wurde. Wenn er es selbst versucht und festgestellt hatte, daß er zu laut und zu ungeschickt war.

Wenn er gesehen hatte, was das Land bot und was die wilden Geschöpfe wußten.

»Ich habe dir ein Messer versprochen.«

Ein rascher Blick zu ihm hinauf, aufmerksames Interesse. Ein Blick aus weißen, geweiteten Augen.

»Das *Wer*-Messer. Das, was du benutzt hast. Es wäre ein gutes Messer für dich. Du kannst es haben, wenn du willst. Es ist eine hervorragende Klinge. Du mußt sie makellos sauberhalten. Schon Finger machen Flecken darauf. Ich zeige dir, wie man sie pflegt.«

Dorn nahm das Messer am Griff. Hielt es fest.

Der schlaksige Junge kam den Pfad herauf und dachte, er wäre wachsam, wie Duun wußte. Dorn wandte den Blick hierhin und dorthin. Seine schwieligen Füße machten nur wenige Geräusche auf dem staubigen Pfad zwischen den Felsen.

»Dort oben«, zischte Duun. »Sieh *hinauf!*«

Dorns Kopf ruckte hoch. Duun hatte sich schon bewegt und war im Unterholz verschwunden.

Der Junge blickte immer noch nach oben, als Duun ihn mit einem geworfenen Stein am Rücken traf. Dorn wirbelte herum und warf auch, aber sein Stein verschwand klappernd im Unterholz und zwischen den Felsen. Duun war ihm mit einer fließenden Hüftbewegung ausgewichen.

»Zu spät«, sagte Duun. »Du bist tot, ich nicht.«

Dorn ließ die Schultern hängen. Er senkte beschämt den Kopf.

Wirbelte herum und warf hinterhältig noch einen Stein.

Duun konnte auch dem mit lediglich einem Wechsel der Haltung ausweichen. Dorn wirkte nicht überrascht. Nur erschöpft. Endlich geschlagen.

Duun grinste. »Schon besser. Damit hast du mich wirklich überrascht.« Das Grinsen verschwand. »Aber mit der Wahl dieses Weges nach oben hast du es nicht. *Das* war dein erster Fehler. Woher wußte ich es schon vorher? Kannst du es dir denken?«

Dorn schnappte nach Luft. Hockte sich auf den Weg,

die Arme auf den verschorften Knien liegend. »Weil ich müde war. Der Anstieg ist hier leichter.«

»So ist es besser. Du hast recht. Aber denke nächstes Mal voraus, möglichst in *alle* Richtungen. Du kennst diesen Weg. Du hättest diese Felsen schon im Kopf sehen müssen, bevor du sie erreichtest.«

Keine Antwort. Dorn wußte Bescheid. Das war Duun klar. Dorn wischte sich mit dem Unterarm über das Gesicht und verschmierte Staub im Schweiß. Selbst auf diese Entfernung stank er nach Wärme.

»Also«, erinnerte Duun ihn feinfühlig. »Als du um den Berg herumkamst, blies der Wind von der Seite her, in einem Winkel zu den Felsen. Verstehst du, warum dich das hätte warnen sollen?«

Dorn blinzelte Schweiß aus den Augen und fuhr sich wieder mit dem Arm darüber. Seine Glieder waren länger geworden. Der Bauch war unterhalb der Rippen hohl geworden und oberhalb seines Lendentuches von Muskeln zerfurcht. Kratzer vom Unterholz schimmerten weiß auf der Haut. »Der Geruch«, antwortete Dorn. Er rang nach Luft. Ärger stand auf seinem staubverschmierten Gesicht zu lesen. »Entschuldige, Duun. Es tut mir leid.«

»Daß es dir leid tut, würde dich nicht retten. Die Tatsache, daß du nicht riechen kannst, bedeutet nicht, daß das für die ganze Welt gilt. Du wärst jetzt tot, Dorn.«

»Ja, Duun.« Mit schwacher, heiserer Stimme. Dorn ließ wieder die Schultern hängen. »Du wirst mich nicht noch einmal erwischen.«

»Wirklich nicht?«

»Duun ... Ich habe *Hunger, Duun!*«

Duun sprang an die andere Seite des Baumes, lehnte sich an den Stamm und musterte Dorn finster. »Dann jage, Dummkopf! Erzähl mir nicht, welche Bedürfnisse du hast! Ich weiß, wo ich dich finden kann. Vertraue mir nicht, Dorn!«

»Ich spiele nicht, Duun!«

»Dann tue ich es auch nicht.« Duun warf sich wieder herum. Eilte bergab. »Diesmal tue ich dir weh, Dorn!«

»Duun!«

Ein Feuer prasselte auf der Lichtung. Sie schlossen Frieden. Dorn pflegte seine blauen Flecken. Duun teilte seinen Fang mit ihm, gab ihm Fleisch, das Dorn behutsam anfaßte und schnell von einer Hand in die andere wechselte, während es abkühlte.

»Du machst es gut«, stellte Duun fest.

»Für jemanden, der nicht riechen kann«, versetzte Dorn heiser. »Der in Fallen gerät.«

Duun zuckte mit den Ohren. »Gut, du sorgst dich wegen deiner Mängel. Du wirst in Zukunft an sie denken. Du wirst sie nicht wieder vergessen.«

»Duun, was stimmt eigentlich mit mir nicht?«

Die Frage lähmte Duun. Das Fleisch verbrannte ihm die Finger, und er wechselte es hastig von einer Hand in die andere und legte es dann auf einen Stein. »Wer hat gesagt, daß mit dir etwas nicht stimmt?«

Schweigen antwortete ihm von der anderen Seite des Feuers. Tiefes Schweigen.

»Du bist anders«, sagte Duun. »Oder vielleicht bin *ich* anders. Hast du schon mal daran gedacht?«

Das hatte er nicht. Er blinzelte schockiert. Dann meldete sich Unglauben. Er kannte schließlich die Meds und auch Ellud. Der Ablenkungsversuch war fehlgeschlagen. Duun war auch darüber erfreut.

»Du bist gescheit«, sagte Duun. »Du bist schnell, und du bist klug. Tapfer. All diese Dinge. Du bist Dorn. Was, wenn du der einzige wärst? Was dann? Was, wenn ich der einzige Duun wäre? Würde das einen Unterschied machen? Du bist alles, was du sein kannst. Du brauchst sonst nichts. Ich auch nicht.«

»Drück dich klarer aus, Duun!«

»Die Welt ist groß, Junge. Sehr groß. Sie besitzt neun

Meere. Und Städte. Wege und Straßen. Leute, die es eilig haben. Die Städte sind voller Lärm. Sheon ist am besten. Sheon, das ist diese Gegend hier. Die Götter haben diese ganze Welt erschaffen, und als erstes erschufen sie dabei Sheon. Du sprichst mit den Winden, Dorn. Hörst du die Götter antworten? Hörst du sie?«

»Ich weiß nicht.«

»Du kannst es in einer Stadt nicht hören. Stadtleute können nicht riechen. Zu viele Gerüche. Sie machen einem Kopfschmerzen.« Duun riß ein Stück von dem Fleisch ab, steckte es in den Mund und schluckte es hinunter. »Die Götter erschufen die Welt, und als letztes schufen sie aus den Resten die Shonunin. Aber es fehlten einige Teile. Und es tat ihnen leid, also gaben sie einer nach dem anderen etwas von sich her und füllten damit die Lücken, bis sie genug Teile hatten. Und das ist nun unsere Natur: Wir bestehen aus Resten und zu einem Teil aus dem Wesen der Götter. Reines Flickwerk. Mit guten und schlechten Teilen. Und so kannst du nicht riechen, und ich habe nur sechs Finger, während du schon an einer Hand fünf hast.«

»Wie hast du ...«

Ah, der Fisch biß an! Duun hatte gedacht, daß der Köder ihn in die Irre führen würde. Er zuckte die Achseln. »Ich habe einen Fehler gemacht, verstehst du? Selbst ich mache Fehler. Und ich bin gut, Dorn! Ich bin sehr gut. Du weißt gar nicht, wie gut.«

Dorn würgte einen Bissen hinunter. Er mußte mehr kauen als Duun. Manchmal vergaß er es in der Eile. Er kämpfte mit dem Bissen. Schwieg danach. »Was ist passiert?« fragte er schließlich. »Duun, was ist mit deiner Hand passiert?«

»Ah, nun. Ich habe etwas gejagt, was zurückbiß, verstehst du?« Er hielt die verstümmelte Hand hoch. »Wenn man seine Hand irgendwo hineinsteckt, bekommt man vielleicht nicht das, was man will.«

»Was war es?«

Duun nahm einen weiteren Bissen und schluckte ihn hinunter. »Iß! Es wird sonst kalt.«

»Duun!«

»Vielleicht erzähle ich es dir einmal. Wenn du mich schlagen kannst, egal ob fair oder auf die krumme Tour.«

»Das würde ich nie tun!«

»Ah. Vielleicht würdest du es wirklich nie. Aber du bist mir um mehrere Finger voraus. Du bist jünger als ich. Die Knie tun mir weh, wenn es regnet.«

»Könnten die Meds nicht ...«

»Vielleicht will ich nicht, daß sie es tun.«

Dorn stand der Mund offen. Er schloß ihn wieder und hörte auf, Fragen zu stellen. In seinen Augen stand die Verwirrung vieler ungestellter Fragen und zu vieler Antworten. Er war ein zu wachsamer Jäger geworden, um einem Weg zu folgen, auf dem augenscheinlich Fallen lauerten. Er nahm noch einen Bissen und aß schweigend.

»Ich bringe dir das Schießen bei«, sagte Duun. »Du hast mich mit diesem Stein beinahe getroffen.«

Dorn blickte auf. Er war wieder abgelenkt durch das Spiel, das Duun mit ihm trieb, und das Versprechen, das er ihm machte. (O junger Dummkopf! Dummkopf, der mich liebt, Dorn!)

»Eine weitere Reihe«, sagte Duun. »Basis zehn diesmal. Die Zahlen lauten sechzehn, neunundvierzig, zweiundfünfzig, siebenundneunzig, acht und zwei.«

Dorn saß auf der rückseitigen Veranda des Hauses. Die Hiyi-Blumen blühten, Insekten summten, rosarote Blütenblätter taumelten herab. Dorn schloß die Augen und furchte die Stirn. »Zweihundertvierzigundzwanzig.«

»Teile es durch die dritte Zahl der Reihe.«

Dorn legte die Hände auf die Augen und drückte fest zu. »Vier komma drei.« Er blickte auf. »Können wir nicht jagen gehen, Duun? Ich bin es leid ...«

»Noch mehr Dezimalstellen.«

Wieder schloß Dorn die Augen. Legte die Hände darauf, um das Licht auszuschließen. »... drei null acht.«

»Addiere neun. Subtrahiere vier, zweiundachtzig. Sechs.«

Die Hände fielen herab. Dorns Augen blinzelten. »Entschuldige, Duun, sie sind mir entfallen. Ich habe sie vergessen ...«

»Nein. Du hast sie dir nicht eingeprägt. Denk nach! Nenn mir die Zahlen!«

»Ich ...«

»Bekomme ich jetzt vielleicht *›ich kann nicht‹* zu hören?«

»Ich habe sie mir nicht gemerkt!«

»Nicht gemerkt, nicht gemerkt! Da war ein Nest von Maganin, hier und hier und hier! Wie viele waren es? Was für Gruppen? Wo? *Sie haben dich gefressen, du Dummkopf!«*

»Maganin treten nicht zu fünfzig auf.«

»Ich schäme mich deiner.« Duun schob die Hände in den Bund seines Kilts und ging weg.

»Duun ...!«

Duun drehte sich um und spitzte die Ohren. »Sie sind dir wieder eingefallen.«

»Nein, nein, sie sind mir nicht wieder eingefallen! Ich kann mich nicht erinnern! Ich erinnere mich nicht mehr!«

»Dann schäme ich mich immer noch.« Duun legte die Ohren nach hinten, drehte sich um und ging weiter.

»Duun ...!«

Duun blickte nicht zurück. Tränen flossen hinter ihm. Wut tobte. Es war Dorns Natur.

Und es war auch Dorns Natur, daß er schließlich wieder ins Haus kam, als es dunkel wurde, als Duun ein Feuer gemacht hatte und vor dem Kamin im Sand saß. Duun hatte Essen gekocht. Er hatte auch schon gegessen. Er hatte Dorns Portion hinausgebracht und wortlos auf die Stufe gestellt. Dorn war nicht zu sehen. Aber es entsprach Dorns Wesen, eine Niederlage einzugestehen, sobald es Nacht wurde.

Dorn kam herbei, stand dann neben ihm auf dem Sand. »Zweihundertvierundzwanzig«, sagte Dorn.

Duun spitzte die Ohren. »Plus neun. Minus vier. Zweiundachtzig. Sechs.«

»Eins einundvierzig.«

»Ah. Du kannst es.«

Dorn kniete sich hin und stützte sich auf die Hände. »Was in der Welt tritt zu Zweihundervierundzwanzig auf?«

»Sterne. Bäume. Gräsersorten. Die Biegungen eines Flusses. Die Dickköpfigkeit eines Kindes. Die Welt ist groß, junger Dorn. Ich kann die Geschwindigkeit des Windes berechnen, die Sterne und die Städte der Welt mit Namen benennen. Ich kann die Absichten eines Mannes in seinen Pupillen erkennen.«

Duun schwang sich herum und schlug mit offener Handfläche zu. Dorns offene Handfläche war da, um sie aufzufangen, hielt sie dann zitternd fest.

»Ah, du bist ein Hatani, nicht wahr? Gib nach, kleiner Fisch! Du bist noch nicht bereit, mich zu schlagen. Laß die Hand sinken!«

Es war eine Falle. Dorn fiel nicht darauf herein. Er hielt stand, die Augen geweitet und weiß umrandet. Handfläche zitterte an Handfläche, und Duun ließ die Ohren sinken.

»Was willst du jetzt machen?« fragte er.

»Laß mich los!« Das Zittern wurde stärker. »Laß mich los, Duun!«

Duun umspannte Dorns Handgelenk sanft mit den zwei Fngern seiner verstümmelten Hand und zog. Dorn leistete Widerstand, wollte den Kontakt mit seiner Handfläche nicht unterbrechen. Der Arm bebte. Dorns aufgerissene Augen betrachteten fieberhaft, was Duun tat.

»Was willst du jetzt machen, kleiner Fisch? Du hast ein Problem, nicht wahr? Du hast es mir ermöglicht, mit zwei Händen zuzupacken.«

Dorn hob die andere Hand, aber ihre Bewegung erstarrte zitternd.

»Nicht klug. Gar nicht klug«, meinte Duun. »Du bist mir nicht gewachsen. Besser, wenn du aufgibst, meinst du nicht auch?«

»Laß mich los!«

»Entspanne dich! Entspanne dich und vertraue mir!«

»Nein!«

»Ich habe dir einmal etwas dazu gesagt, erinnerst du dich? Als du das Messer in die Hand nahmst, sagte ich, daß du es in die Hand nehmen würdest, wenn ich es dir befehle, und daß du es niederlegen würdest, wenn ich es dir befehle. Jetzt ist die Zeit gekommen, Dorn. Jetzt befehle ich dir, es niederzulegen. Hörst du? Ich befehle dir, es niederzulegen, Dorn!«

Das Zittern wurde stärker. Dorns Handfläche löste sich langsam von der Duuns. Duun umklammerte Donrs Handgelenk und riß ihn an seine Brust. Dorn verlor das Gleichgewicht und kippte an ihn. Duun grinste, packte den Jungen an beiden Armen, die Krallen ausgestreckt, schob ihn zurück und starrte ihm in die Augen. »Ich hätte dir gerade eben beinahe die Kehle aufgerissen. Glaubst du das?«

»Nein.«

»Warum würde ich das nicht tun?«

»Ich weiß nicht, Duun!«

Duun ließ ihn los. Dorn fiel auf das Hinterteil, setzte sich auf und rieb sich die Arme. Er würde blaue Flecken und Krallenspuren daran haben, wie Duun wußte.

»Bist du denn ein Dummkopf?« fragte Duun. »Warum hast du das gemacht?«

»Du hättest mich sonst geschlagen«, versetzte Dorn mit perfekter Logik.

»Ja«, bestätigte Duun.

Ein erneuter Wandel. Dorn saß mit hängendem Unterkiefer da, in benommener Stille und mit tränenden Augen. Der Junge entdeckte ein Chaos in der Welt, Aufgaben, die keine richtigen Lösungen besaßen. »Die Welt ist voller Entscheidungen, die immer schlecht sind, egal, wie sie ausfallen«, sagte Duun. »Zahlen gehen immer auf. Man kann sich auf sie verlassen. Darum lernen wir Zahlen. Um der Welt eine Ordnung zu geben. In keinem anderen Lebensbereich gehen die Dinge auf. Begreifst du das?«

»Ja.« Dorn klapperte mit den Zähnen. »Ich sehe es ein.«

»Du bist ein Hatani. Wei-na-hatani, kleiner Fisch. Ein kleiner Hatani. Ein Hatani ist nicht identisch mit seinen Waffen. Er ist nicht das Messer und nicht das Gewehr. Sie machen nicht das Wesen eines Hatani aus. Ich sagte dir, daß die Zeit kommen würde, diese Dinge niederzulegen. Jetzt brauchst du sie nicht mehr. Du kannst das Messer nehmen und wieder hinlegen. Ein Hatani ist nicht das Messer. Verstehst du? Auch nicht die Haut oder die Krallen oder die Augen. Verstehst du? Ich bringe es dir bei, und du wirst ein Hatani. Innerlich.«

Dorn blinzelte heftig. Schnappte nach Luft. »Duun, woher hast du mich?«

»Was denkst du?«

»Ich weiß es nicht.«

»Aber du vertraust mir. Stürz dich nicht auf jeden Happen, kleiner Fisch! Manche sind Köder. Habe ich dir das nicht beigebracht? Benutze deinen Verstand! Addiere nur, was addiert werden kann, aber vergiß trotzdem nie eine Zahl. Niemals auch nur eine einzige! Denn genau die wird dann sicherlich von hinten kommen und dich töten. Die Welt erlaubt keine zweiten Versuche. Nichts tritt doppelt auf.«

»Woher weißt du eigentlich alles?«

»Vergiß nie eine Zahl! Nicht einmal solche, die vor langer Zeit auftraten, denn man weiß nie, wann man sie wieder braucht. Lehne nie etwas ab, denn du weißt nie, was du irgendwann einmal brauchen könntest. Diese Dinge lehre ich dich.«

»Woher hast du mich?«

»Ich habe dich aus einem Fluß gezogen, kleiner Fisch. Du warst dabei zu ertrinken, und ich habe dich gerettet.«

»Stimmt das wirklich, Duun?«

»Ich habe gelogen.« Duun streckte eine Hand aus und streichelte Dorns Wangen, auf denen jetzt dünner Flaum wuchs. Auch anderswo an seinem Körper wuchs Haar und wurde dunkler, was Dorns Hoffnung und seine Verzweiflung war ... (›Es ist schlimmer als nichts!‹ schrie Dorn vor dem Spiegel im Bad. ›Ich bestehe nur aus Flicken, Duun!‹) Und noch mehr Zeichen waren an ihm zu erkennen. »Das eine sage ich dir: Ich finde, du solltest von diesem Thema ablassen, kleiner Fisch. Du hast recht, es ist hier und dort ... Ich würde es gleichmäßig machen.«

»Hör auf damit! *Lenk mich nicht ab!* Ich will eine Antwort, Duun!«

»Ah, du deckst meine Tricks auf, wie?«

»Ich will eine Antwort, Duun!«

»Diese Elritze verfügt über Hatani-Tricks!«

»Ich will eine Antwort, Duun!«

Duun schürzte die Lippen. Legte die Ohren nach hinten. »Ich würde die Antwort mit meiner Hand suchen. Schlage mich, und ich antworte dir!«

Dorns Schultern sackten herab. Er senkte den Kopf. Eine echte Niederlage. Dann hob er wieder das Gesicht und warf Duun einen durchdringenden, bangen Blick zu.

»Duun ... Duun, sag mir die Wahrheit! Ein einziges Mal! Sei fair zu mir! Weißt du es?«

»Ja«, sagte Duun und musterte ihn stechend, bis Dorn sich abwandte.

VIERTES KAPITEL

Glaube bin ich, wenn alles starb, dem du vertrautest;
Wahrheit bin ich, wenn alles log, dem du einst glaubtest.

Die Wahl dir bring ich, wenn jeder Weg verschlossen schien;
Verheißung bin ich, wenn jeder Glaub' verlorenging.

Die Rache bin ich, wenn ich dir auch Trauer bracht';
Gewinn dir bring ich, wenn jeder Wunsch nur Leid entfacht'.

Dorn sang. Es war ein Hatani-Lied. Duun hörte ihm zu wie auch den anderen Lektionen, träumte fast, während er Dorns Spiel lauschte. Eine ganz unerwartete Süße lag in Dorns Stimme, und in seinen Händen eine Geschicklichkeit, daß sie über die Saiten flogen. Vielleicht lag es an einer angeborenen Wildheit, daß der Junge dieses Lied liebte; vielleicht war es auch die Unschuld jenes Flachlandkindes, das Fragen nach den Narben eines Hatani gestellt hatte, glücklich in seiner Unwissenheit. Vielleicht liebte Dorn auch nur die Melodie. Er sang sie gut.

Duun übernahm die Ddkin und klimperte mit seiner zweifingrigen rechten Hand einen neuen Rhythmus. Klopfte den Takt auf dem Resonanzboden, und Dorn griff ihn mit angeborener Geschicklichkeit mit einer kleinen Trommel auf.

Der junge Kopf senkte sich über die Musik, und die jungen Augen blickten verschmitzt unter dem Vorhang aus dunklem Haar hervor, die kürzlich rasierten Lipen zu einem Lächeln ausgebreitet. Dorn hatte mit dem Haar in seinem Gesicht Schluß gemacht. Das auf seinem Körper pflegte er weiter. Außerdem brannte der Rasierer. (Du siehst besser aus, hatte Duun ihm gesagt, als Dorn es getan hatte und um Zustimmung heischend herangeschlichen war. Und Dorn hatte grenzenlos erleichtert ausgesehen.)

Verletzlich. Oh, so verletzlich, junger Dorn!

Grün im Schein der Sommersonne
Und weiß im Schneegewand
Dies Land sich herrlich mir entfaltet.
Und herrlich auch dies and're Land,
Aus dem ich Wege tausendfach
Im Abendlicht zu meinem fand.

Liebe und Frauen und Dinge der Welt.

»Ein Hatani hat keine Angehörigen«, sagte Duun, während seine Hände weiterspielten. »Wenn du bis ins Herz ein Hatani bist, wirst du mich nicht mehr haben.«

Die Trommel verstummte, aber der Junge stellte keine Frage. Dorn hatte sich verraten, und Duun war nicht weitergegangen: Dorn behielt seine Gedanken für sich, war mit den Jahren vorsichtig geworden. Und nachdem er soviel erreicht hatte, spielte Duun die Melodie weiter, eine sanfte Harmonie. »Als ich den größten Teil meiner Hand verlor, dachte ich, ich würde nie wieder spielen. Aber ich konnte es doch. Ich habe noch mehr verloren. Man gewinnt keinen Vorteil aus einem Verlust, den man nicht merkt. Du wirst niemals Liebe erfahren, Dorn, niemals! Kennst du dieses Wort? Nimm den Takt auf!«

Dorn griff den Takt auf und senkte den Kopf soweit, daß seine Augen verborgen waren.

»Eins will ich dir sagen«, fuhr Duun fort, während er die Saiten tief anschlug und damit den Kontrapunkt zur Trommel bildete. »Man hat immer noch etwas mehr zu verlieren. Wenn du jemals denkst, du hättest nichts mehr, was du noch verlieren könntest, bist du ein Dummkopf, Dorn; es ist immer noch etwas da, bis du tot bist. Und was dann kommt ... das wissen die Götter. Weißt du, wie alt du bist?«

Dorn blickte auf, fiel aus dem Takt und nahm ihn wieder auf.

»In der Stadt wissen sie es. Ich weiß es. Die Meds kommen nicht mehr. Es ist jetzt ein halbes Jahr her, und doch kommen sie nicht. Weißt du, warum, Dorn?«

Eine Bewegung des Kopfes. Nein. Dorns Augen zeigten Angst.

»Na ja«, meinte Duun, »sie tun es halt nicht mehr. Vielleicht wissen sie, was du jetzt bist.«

Dorn trommelte weiter den Takt, regelmäßig wie das Schlagen eines Herzens und ebenso schmerzhaft.

»Was bin ich denn?«

Duun warf ihm einen Seitenblick zu. »Ein Hatani. Wie ich. Selbständig.«

Dorn starrte ihn nur an, denn er kannte seine Tricks. (Dummkopf, Duun-hatani! Niederträchtig und gemein!)

»Du hast eine Wunde, kleiner Fisch. Du blutest ins Wasser. Weißt du das nicht?«

Dorn preßte die Kiefer zusammen. Seine Augen glitzerten vor Gedanken. »Ich habe den Wind nicht gespürt, Duun-hatani. Du hast mich erwischt.«

»Wieder einmal.«

»Meds.«

Duun blickte auf.

»Du hast von Meds gesprochen, Duun, und von Städten. Was ist mit ihnen?«

»Oho, die Elritze begibt sich in tieferes Wasser!«

»Du willst doch etwas sagen, Duun-hatani. Du sagst doch niemals etwas, was du nicht willst.«

»Noch tiefer!«

»Du hast sie angerufen, nicht wahr?«

»Nein.« Die Musik wurde lauter unter Duuns Fingern, und sie veränderte sich.

»Sie haben dich angerufen.«

»Ellud hat es getan.«

»Warum?«

»Um danach zu fragen, wie es dir geht. Ich habe es

ihnen gesagt. Du würdest dich machen, habe ich gesagt. Du würdest wachsen. Sie waren zufrieden.«

»Wer ist Ellud? Warum will er das wissen? Warum kümmern sich die Meds um mich? Warum sehen sie nach mir und nie nach dir?«

»*Sss.* Es ist noch Zeit. Es ist noch etwas Zeit, nicht wahr?«

»Zeit für was?«

»*Tksss.* Dummkopf! Gehen und gleichzeitig atmen, kannst du das?«

Der Takt wurde wieder aufgenommen und verändert, verwandelte sich in etwas anderes, stark und wütend.

»Du trotzt mir, wie?« Duun ging zu etwas Komplexerem über.

Der Takt folgte. »Zeit für was?« wollte Dorn wissen. Duun zuckte die Achseln.

»Für Sheon.«

»Die Stadt? Die Meds?« Dorns Blick wurde wild, die Pupillen geweitet. »Götter! Dorthingehen?«

»Habe ich dir beigebracht, zu lästern? Nein, ich habe dir Respekt beigebracht. Du bist noch ein Kind. Und was war das für ein Gedankensprung? Habe ich etwas davon gesagt, in die Stadt zu gehen?«

»Was hast du denn gemeint mit der Zeit?«

»Das.« Und Duun ging zu einer anderen Melodie über. »Ich habe einmal gedacht, du würdest mich schlagen, kleiner Fisch. Ich dachte, du würdest auf mich losgehen, wenn ich schlafe. Fair oder hinterhältig, habe ich einmal gesagt. Denkst du je daran?«

»Ich habe daran gedacht.«

»Warum hast du es nicht getan?«

Ein langes Zögern. »Mir gefällt mein eigener Schlaf, Duun-hatani.«

»Ah.«

Dorn warf ihm einen mißtrauischen Blick zu. Duun grinste ihn an, aber es war kein fröhliches Grinsen. Und da verstand auch Dorn den Scherz. Er preßte die Kiefer zusammen, und seine Augen flackerten vor Angst auf.

(Hüte deinen Schlaf, kleiner Fisch! Die Regeln wurden gerade geändert.)

Dorn lächelte plötzlich finster, ohne Humor, und er komplizierte den Trommelschlag, nahm respektlose Änderungen an Hatani-Liedern vor.

(Was ist ein Hatani? Duun. Duun ist Duun. Wie die Sonne. Du wirst zu Duun, kleiner Fisch, und fragst niemals, was Duun sein könnte. Duun ist die Bäume und der Berg, die Umgebung. Duun ist Glaube, der bewahrt wurde. Du singst das Lied. Vernimm die Worte, Dorn, Elritze in meinem Bach.)

Dorn goß sich Tee ein, während er in dem Zimmer mit gekreuzten Beinen auf der Erhebung vor dem Fenster saß. Seine Hände bebten, und Schattenringe umgaben seine Augen, blaue Flecken, wo niemand ihn geschlagen hatte. »Iß!« sagte Duun von der anderen Seite her. »Du wirst heute auf den Berg steigen.«

Die umschatteten Augen blickten zu ihm auf. Dorns Schultern hingen herab. Vielleicht überlegte er, ob er protestieren sollte. Falls ja, verzichtete er darauf. Dorn kannte das Spiel.

»Der schwarze Faden«, sagte Duun, während er an seinem Tee nippte. »Letzte Nacht vor der Tür. Das ist ein uralter Trick. Wußtest du das schon?«

»Nein.«

Duun grinste und schluckte eine Mundvoll hinunter. »Iß! Iß! Du wirst dir auf den Felsen den Hals brechen.«

Dorn nahm den Mund voll und würgte es hinunter. Er hatte sich rasiert. Er hatte sich gewaschen. Er war die letzte Nacht wach geblieben, und ein Messer war an sein Kopfkissen gelegt worden. »Du bist tot«, hatte Duun geflüstert, unheimlich leise, in der fünften Nacht von Dorns Schlaflosigkeit.

Dorn war hochgefahren und hatte Duuns Handgelenk gepackt, aber er hatte in der tiefen Dunkelheit auch diesen Kampf verloren, in der Benommenheit des Schlafes, den er Nacht für Nacht nur in unruhigen Intervallen fand.

»Du wirst heute versuchen zu schlafen«, sagte Duun ruhig über seinem Tee. »Es wäre vielleicht klug.«

Dorn sah ihn trostlos und bestürzt an.

Duun grinste. »Andererseits vielleicht aber auch nicht. Willst du schlafen, Elritze? Du könntest mich jetzt erwischen, von Angesicht zu Angesicht.«

»Nein. In der Kanne liegt ein Kieselstein, Duun-hatani.«

Duun hielt mit Trinken inne. Blickte in das abgezehrte Gesicht.

»Ich habe keinen Tee getrunken«, sagte Dorn.

Duun stellte die Tasse auf die Erhebung, vor seine gekreuzten Knöchel.

»Ich werde meine Frage nicht stellen«, sagte Dorn heiser. »Das war hinterhältig. Ich werde dich aber auf faire Weise erwischen. Dich vorher warnen.«

Duun holte tief Luft. Dorn hatte sich bereitgemacht. Gegen einen möglichen Schlag eine feste Stellung eingenommen. Und er zitterte.

Duun bewegte sich eine ganze Weile nicht. Dann hob er die linke Hand in einer kleinen Geste, die kundgab, daß kein Angriff erfolgte, und griff mit den zwei Fingern der Rechten in den Gürtel.

Er legte den Kieselstein auf die ebene Oberfläche.

Dorn betrachtete den Stein. Mehr tat er nicht. Dann blickte er auf, und seine Augen waren merkwürdig klar.

»Ich hätte ihn dir gegeben, bevor du gingst«, sagte Duun. »Ich hätte ihn dir gegeben, wenn du es mir gesagt hättest. Aber, Elritze, du hast mir Schonung angeboten. Und das *mir* ...«

»Entschuldige, Duun.«

»Das mit dem Faden war schlau. Die Regeln zu verändern war noch schlauer. Dann hat dich der Stolz geblendet. Elritze, du hast die Regeln verändert, verstehst du?«

Ein heiseres Flüstern. »Ja, Duun-hatani.«

»Sei allem gegenüber mißtrauisch, Elritze. Und gewähre niemals einem Hatani Schonung. *Fair* ist ein Lehrspiel. *Fair* ist eine Grenze, die ich gezogen habe. Hätte ich alles einsetzen sollen, was ich hatte – und dich damit entmutigen? Jetzt sind die Mauern eingerissen, Elritze. Was wirst du tun?«

»Ich wäre ein Dummkopf, wenn ich es dir sagte, Duun-hatani.«

Duun nickte langsam. Dorn hob seine Schale auf, um zu essen. Stellte sie dann wieder hin, daß der Löffel darin leicht klirrte, und hob den Blick zu Duun.

»Ja«, sagte Duun, »es wäre schon gut, sich zu fragen, was in dem Essen ist, nicht wahr? Iß, Elritze! Ich gewähre dir diesen Aufschub. Es ist völlig sicher.«

Dorn rutschte auf der Erhebung zurück und legte ein Bein über deren Rand. »Du hast gesagt, es gäbe keine Schonung. Ich glaube dir.«

»Und du glaubst mir nicht, wenn ich dir sage, daß es sicher ist?«

»Nein.« Dorn stand auf und ging über den Sand, holte seine Waffen von dem Bord und seinen Umhang, der neben der Tür hing. Er blieb dort stehen und blickte zurück.

Drehte sich dann um und ging. Er lief, und seine trampelnden Schritte entfernten sich über die Verandatreppe.

Duun nippte an seinem Tee und stellte ihn auf seinem Knie ab. Dorn rechnete damit, daß es klein anfing. Solche Dinge hielt er für selbstverständlich.

Duun stand auf und holte seine Waffen und den Umhang.

Dann also keine Schonung.

Dorn lief und lief, denn er wußte, daß er keine Zeit hatte. Er hatte keine Zeit mehr, den Angriff zu bereuen, keine Zeit für irgendein Bedauern, nur noch für das Laufen und die Landschaft ...

(»Wind und Land, Wei-na-ya: Wind und Land.«)

(»Unfähig zu riechen: Aber die Knie tun mir weh, wenn es regnet ...«)

Wendung auf Wendung auf Wendung: Bei einem Dummkopf beherrschen die Bedürfnisse den Verstand; der Verstand eines klugen Mannes herrscht über die Bedürfnisse.

(»Ein Hatani bestimmt, welches die Bedürfnisse eines anderen sein werden.«)

Wie dumm, das zu tun, was ein Hatani sagte!

Dorn holte Luft und rannte zu den Felsen, und seine nackten Füße leisteten, was Krallen vermochten, glichen sich in der Form dem Stein an, was Duuns Füße nicht konnten, krallten sich mit ihrer Weichheit daran. Dorns nackte Hände fanden Halt, wo Duun es vielleicht nicht schaffen würde – er schwang sich an einem Ast entlang, der ihm eine Abkürzung um die Klippenflanke ermöglichte, sprang auf einen Abhang hinunter, wo Duuns Füße ausrutschen würden, wo Duun vielleicht die Beine versagten ...

Der Wind, du Dummkopf, der Wind weht dir entgegen; Duun hat heute morgen die Windrichtung geprüft! Es gab keine Ecke, um die Duun-hatani nicht blickte, bevor sein Opfer die Biegung auch nur sah ...

Der Kieselstein im Tee ...

Bergauf oder bergab? Tun, was Duun gesagt hatte, und ihn mit Folgsamkeit überraschen? Oder das Gegenteil tun?

Laufen und laufen: Er war schneller als Duun, das war alles, was er hatte. Er war in diesen Bergen aufgewachsen, und Duun ebenso. Dorn war gelenkiger. Er konnte den hohen Hang mit nackten Füßen in größerem Tempo nehmen als Duun ...

Aber Duun wußte das ...

Dann eine verzweifelte Wahl. Ohne Logik. Er rannte bergab.

Der Wind blies ihm entgegen, trug seinen Geruch; und er mußte als erster um diese Biegung herum, um die Bergschulter.

Duun war ihm auf den Fersen. Es war nicht der Schmerz, was Dorn fürchtete, obwohl ihm Schmerz bevorstand. Es war vielmehr Duun. Duun selbst.

Der Wind trug den Geruch heran, und Duun atmete ihn ein ... *Dummkopf,* dachte er am Rand der Felsen; *aber ein doppelter Dummkopf ist der Jäger, der sich zu sicher fühlt.* Er spürte die leichte Verlockung – sofort zu gewinnen, das überstürzte Risiko, die verfehlte Chance.

Aber es war ein Hatani, den er jagte. Keine Elritze mehr, sondern ein Fisch in dunklem Gewässer.

Er roch den Wind und kannte dann Dorns Richtung und Entfernung; er kannte die Abzweigung, die Zugang zur Klippe bot, und er kannte den Weg, der Dorn offenstand, aber nicht ihm – denn er kannte jeden Weg in diesen Bergen.

Und Dorn wußte, daß er das wußte. Darin bestand das Rätsel ... Wieviel er dem Fisch beigebracht hatte.

Und welcher Art es war, welche Geschicklichkeit Dorn angeboren war, in seinen Knochen und seinem Blut beschlossen lag ... Welche Intelligenz und welche Instinkte.

Fünffingrige Hände; ein sicherer Griff; ein Talent zum Klettern – das alles besaß Dorn. Und er war jung, hatte starke Beine, die nicht schmerzten.

Er wußte – falls er seinen Verstand bemüht hatte –, wie ein einmal verstümmelter Shonun diese Dinge wettmachen mußte.

Und da er Hatani war, würde er versuchen, vorauszublicken; er würde versuchen, die Ereignisse anzupakken und zu wenden.

Es roch nach Angst und Schweiß, selbst dann noch, als der Wind den Duft weggeweht hatte. Es stank nach der Spur von etwas anderem, bitter und beißend.

Laufen und laufen: Tempo war Dorns wichtigster Vorteil. Auch Wendigkeit, worin Duun ihn allerdings in der direkten Auseinandersetzung übertraf. Aber die Dorns kam auf Entfernung besser zur Geltung, zwischen den Felsen, beim flinken Klettern auf einen schräg wachsenden Baum, um eine Spalte zu überqueren ...

(Dummkopf! Das weiß er doch ...)

(Aber es wird ihn Zeit kosten.)

Und Dorn hatte jetzt den Berg zwischen sich und Duun gebracht, hatte Gestein zwischen sie gebracht, um den Geruch zu verwirren ...

Aber Duun konnte riechen, wo eine Hand gelegen hatte, wenn er die Nase daranhielt. Das behauptete er wenigstens.

(Lauf, Elritze! Ich komme, kleiner Fisch ...)

Bergab. Das Gegenteil dessen, was Duun ihm nahegelegt hatte: Sollte er eine andere Wahl treffen? Was war zu tun, was er noch nie getan hatte?

(Ihr Götter, sein Bauch, seine Eingeweide taten weh. Angst? Die Jagd? Die Sprünge von Fels zu Fels?)

(Etwas im Essen?)

Duun trat die Stütze weg. Der Klotz rollte den Kieshang hinunter. Hastig angelegt. Voller Geruch. Er machte auch die zweite Falle aus, den zurückgezogenen Ast, und zog noch rechtzeitig die Hand zurück.

Eine doppelte Falle.

(Gut, Fisch. Das war gut gemacht. Aber nicht gut genug.)

Dorn lag auf Händen und Knien. Er hatte die Straße überquert und dabei Spuren auf ihr hinterlassen. Er unterbrach seine Flucht, um einen Stein auf einem Zweig anzubringen, auf einem Hang, der vielleicht zur Eile einlud. Dann kletterte er den Hang hinunter und hinterließ weitere Spuren, obendrein einen Hautfetzen auf den Steinen weiter unten.

Er verschätzte sich erneut und fiel ausgestreckt hin. Sein Gesicht brannte vor Scham. Er rappelte sich wieder auf, brach aber ein Stück weiter schwitzend zusammen, verzichtete auf die sich bietende Stütze eines Baumes ...

(Nichts anfassen, keine Spur hinterlassen ...)

Duun würde ihm weh tun. Das bedeutete nichts. Es war der Blick von Duuns grauen Augen. Dieser starre Blick. Die Verachtung.

Dorn bückte sich und holte Luft, und sein Verstand arbeitete wieder. Er blickte den Hang hinauf, den er hinter sich gebracht hatte.

(Fang mich jetzt, tritt mir gegenüber!)

(Die Mauern sind niedergerissen, Elritze. Was wirst du machen?)

(Schlief Duun nachts? Hatte Duun während der vergangenen Nächte im Haus mehr geschlafen als er?)

Lag Duun-hatani jede Nacht wach – und überlegte, ob die Elritze es vielleicht versuchte? Erwartete er es?

War Duun so müde wie er?

(Mach das Frühstück, Elritze, verstanden?)

Hatani-Tricks. Ein Hatani bestimmt, was sein Feind tun wird. Ein Kieselstein im Tee. (Mach das Frühstück, Elritze.)

Und was sein Feind glaubt.

Zorn stieg in Dorn auf. Er warf ihn hinaus.

(Zorn muß eingesetzt werden, sonst ist er nutzlos.)

(Hat Angst einen Nutzen?)

Duun blieb stehen, noch nicht im Freien. Unter ihm breitete sich die Landschaft aus, erfüllt mit schwarzen und grünen Baumwipfeln hangabwärts. Hinter den Bäumen erstreckte sich die große, flache Ebene, das Tal des Oun, der sie bewässerte, in seinem schmalen Bett zwischen den Bodenfalten.

Und plötzlich hatte Duun einen düsteren Gedanken.

Vorausblickend. Sein Herzschlag wurde schneller. Duun hatte die Rolle des Jägers gewählt. Diese Rolle war gewohnt für ihn. Dorn wandte sich nur selten um, versuchte nur, Duuns Angriffe abzuwehren, sich zu verteidigen – Fallen zu stellen. Das war klug von ihm.

(Von Angesicht zu Angesicht mit mir – hat Dorn mich herausgefordert, aber er sagte nein, als ich ihm einen Kampf anbot.)

Seine Taktik bestand immer nur im Weglaufen. Im Ausweichen.

(Finde mich, Duun-hatani! Finde mich, wenn du kannst! Finde mich dort, wo ich es will!)

An einer anderen Stelle. Ein Wechsel des Schauplatzes.

Duun wagte nicht zu laufen. Das war stets das Risiko des Verfolgers. Dorns Fallen waren halbherzig, symbolisch; aber in einem Sturz den Abhang hinunter lag keinerlei Symbolik. Dorn setzte ein gewisses Maß an Bedachtsamkeit in Duun voraus.

Und Dorn war schneller. Jünger. Kerngesund.

Duun brach rasch auf. Zorn stieg in ihm auf und erstarb schnell wieder.

(Gut gemacht, Elritze, wenn das dein Plan war. Ich schäme mich nicht. Nicht deiner.)

Duun sah die Gefahr für sich. Und da der Junge zum Hatani ausgebildet war, wußte er vielleicht, was er tat.

Vielleicht.

Dorn hatte immer noch Schmerzen. Die ersten Krämpfe hatten ihn niedergestreckt. (O ihr Götter, ihr Götter, der Bauch!) Er ließ sich an einem Ufer hinab, an dem er noch nicht gejagt hatte, und badete sein Gesicht. Die Livhl-Wurzel. Er kannte das Kraut. Er kannte auch andere und kaute die Blätter; sie schmeckten faulig, beruhigten aber die Krämpfe in seinen Eingeweiden. Er hatte Spuren hinterlassen. Er hatte Fehler gemacht, als der

Schmerz ihn trieb. Er kaute die sauren Blätter, die er fand, und schluckte sie hinunter, bespritzte dann sein Gesicht mit eiskaltem Wasser aus der Quelle. Seine Hände waren weiß durch das Frösteln, das ihn quälte.

Wie dumm von ihm, Duun herauszufordern. Ihm Schonung anzubieten. Das Spiel zu verändern. Nichts war mehr sicher. Er sprang wieder auf und lief der Länge nach durch den Fluß ...

Ein alter Trick. Uralter Trick, würde Duun sagen. Tu mal etwas Originelles!

Dorn hatte keine Kraft mehr. Die Knie taten ihm weh durch den Kampf mit dem Wasser und den Steinen, und seine Knochen schmerzten vor Kälte. Seine Gelenke wurden locker und schmerzten und spannten sich bei den abrupten Veränderungen der Steine im Fluß. Die Kälte drang ihm in die Knochen und machte ihn zittern.

(Kann man an Livhl sterben? *War* es denn Livhl?)

Ein Knöchel knickte um. Dorn rettete sich vor einem Sturz in das eisige Wasser und watete ans Ufer, und seine Arme und Beine zuckten unter Krämpfen wie von irgendeinem Mittel. (O Duun, wie unfair!)

Keine Schonung. Keine.

Wieder bergab.

Die Sonne überschritt den Zenit. Die Droge hatte gewirkt. Duun nahm den Livhl-Gestank wahr, obwohl Dorn vorsichtig gewesen war und den Bach verschmutzt hatte, um den Geruch zu beseitigen, der aber in seinem Schweiß blieb und an den Dingen, die er angefaßt hatte. Er war in den Fluß gestiegen und seinem Lauf gefolgt – und hatte keine List angewandt, um zu verbergen, wo er ihn wieder verlassen hatte. Eine Falle war möglich, falls Dorns Verstand nicht benebelt war. Duun umging die Stelle und fand den Weg problemlos wieder, obwohl das Wasser den Geruch teilweise beseitigt hatte ... (Gut gedacht, Elritze; das Unterholz ist dicht, die Möglichkeit eines Hinterhalts nur zu groß ... Soll ich dir folgen, in die Wurfbahn eines Steins laufen, in eine Baumfalle?)

(Wann kommt der Punkt des Umbruchs, Dorn? Der Punkt des Tötens? Der Punkt, wo du dich umwendest?)

(Oder stürzt du eher? Wie lange noch, Dorn?)

Duun beeilte sich. Sein Humpeln verriet ihn. Er spürte einen Schmerz in der Seite. (Alter Mann, alter Mann – sie haben dich wieder zusammengeflickt; du hättest ihnen gestatten sollen, das Knie auszuwechseln, die Hand wieder wachsen zu lassen ... Jetzt bereust du es, aber zu spät.)

Er fand einen anderen Weg – er vermutete, welchen Weg Dorn genommen haben mußte, und er vermutete verkehrt.

(So. Er hat diese Lektion nur zu gut gelernt. Liest er meine Gedanken? Kennt er sie? Oder trifft er zufällige Entscheidungen? Ist es Wissen oder die Wahl eines Dummkopfs?)

(Wie alt ist er in eigenen Begriffen? Noch kein Mann. Noch nicht erwachsen. Aber beinahe.)

(Dorn-den-ich-trug. *Haras,* Dorn, der die Hand verletzt, die ihn hält, den Fuß, der auf ihn tritt, der die Wege durcheinanderbringt und bittere Blüten und vergiftete Früchte trägt.)

Die Schatten vermehrten sich, während die Sonne sank. Dorn schnappte nach Luft, hielt sich zurück, wenn seine Hände instinktiv nach der Stütze eines Baumstammes, eines Klotzes oder eines Steines greifen wollten, während er ins Tal hinunterstieg. Er entdeckte einen Stein und ging hin, automatisch getragen von seinen Beinen. Er entdeckte den nächsten Stein und folgte auch diesem Blick. Solch kleine Ziele waren es, die er jetzt verfolgte.

(Ich überschreite die Grenzen, begebe mich auf Wege, die uns beiden fremd sind. Duun kennt die Berge zu gut – bei weitem zu gut.)

(Ich gehe dorthin, wo Duun mich nicht haben will – mache ihn böse – der Ärger meines Feindes ist mein Freund, mein Freund ...)

Da war Rauch. Er roch ihn. Es war noch weit unten im Tal, aber er ging darauf zu.

(Soll sich Duun doch jetzt Sorgen machen! Soll er doch kommen und mich finden! Hier zwischen den Landleuten. Hier zwischen anderen. Anderen Leuten.)

(Immer weiter laufen. Stehenbleiben, um zu schnuppern. Treiben wir doch dieses Spiel an fremden Orten und jenseits davon, zwischen Fremden, die es nicht kennen.)

Es mußte dort Essen geben, Essen, an das man durch Hatani-Tricks kommen konnte. (»Es sind Hirten«, hatte Duun erzählt, »Hirten. Nein, kleiner Fisch, keine Hatani, nichts in der Art. Sie respektieren uns zu sehr, um hierherzukommen. Das ist alles. Sie haben einmal hier gelebt.«)

(Wo Häuser stehen, findet man auch Nahrung und Zuflucht: Er wird mich suchen müssen, wird nicht wissen, ob sie lügen, diese Landleute, oder mich verstecken ... Vielleicht tun sie es ja.)

Er stieß auf einen Pfad. Ein Gestank von Gewohnheit herrschte hier, den sogar seine Nase wahrnahm, muffiger, alter Dung, wo häufig Tiere entlangliefen.

Dorn trabte den Pfad entlang. Gestank, der seinen eigenen überdeckte. Um Duuns Nase in die Irre zu führen. Spuren, die seine verbargen. Sollte Duun doch Vermutungen anstellen. Dorn wurde schneller und jagte den Weg entlang. Er schmeckte Blut.

(»... sie stören nie jemanden«, hatte Duun über die Landleute erzählt. »Sie wollen auch selbst nicht gestört werden, und so gehen wir nicht dorthin.«)

(»Könnten wir sie uns nicht einmal ansehen, Duun-hatani? Könnten wir nicht hingehen und sie uns ansehen?«) – Dorn fragte sich, ob sie wie die Meds und Ellud waren, ob sie ...

(... o ihr Götter, ob dort einige wie ich sind!)

In der ganzen weiten Welt, von der Duun erzählte, mußte es mehr Leute wie ihn geben.

Es war so, wie Duun erwartet hatte. Du Dummkopf! verfluchte er sich selbst. Dummkopf! Den Feind zu dirigieren und es doch nicht zu sehen – das war des größten Dummkopfes auf der ganzen Welt würdig. Ohne riechen zu können, elend vor Livhl, war Dorn auf der Suche nach einem Versteck, einem Ort, der voller Gerüche war, voller Rauch, Fährten und Durcheinander. Wo er sich in Shonun-Geruch verstecken konnte.

Dorn ging zu dem einen Ort, der ihm verboten war. Veränderte die Regeln. Stieß das Spiel um.

Wollte Außenstehende finden und es wieder auf eine andere Ebene heben.

(Duun, was *stimmt* mit mir denn nicht?)

(*Glatt,* sagte das Kind, als es sich den Bauch rieb.) Gesichter im Spiegel.

(Duun, werden meine Ohren auch noch länger?)

Duun legte seine Ohren zurück und beschleunigte seine Schritte, riskierte jetzt alles, riskierte die Schande, daß er einer Elritze in die Falle ging.

Aber Dorn hatte ihn schon in einer Falle.

Dort stand ein Haus in der Dämmerung – kein großes Haus wie ihres oben auf dem Berg, sondern ein baufälliges Ding, zum Teil aus Metall, zum Teil aus Holz. Zäune umgaben es, die ebenso aus unterschiedlichen Teilen zusammengebaut waren. *Zäune* – Dorn dachte über dieses Wort nach: *Zäune,* sagte Duun, halten das Vieh der Landleute davon ab, in die Wälder zu gehen. Und Dorn hatte das *Vieh* schon gesehen, weit oben vom Berg aus, weiße und braune Flecken, die im Dunst des Sommers über die Ebene zogen. (»Das Stadtfleisch stammte von ihm«, hatte Duun ihm berichtet. Darauf Dorn: »Können wir nicht Jagd darauf machen?« »Es wird nicht gejagt«, war Duuns Antwort gewesen. »Es ist zahm. Es ist dumm. Es steht da und läßt sich töten. Sieht dich nur an. Es vertraut den Shonunin.«)

(»Und sie *töten* es, Duun?«)

Weiße Tiere standen dichtgedrängt in ihren Pferchen. Lampen brannten in der Dämmerung, dicht am Haus an einem hohen Pfeiler angebracht. Dorn sah die Stromkabel, die von dort in zwei Richtungen führten, zum Haus und aufs Land hinaus ... (Dann ist der Generator weit weg. Sind noch mehr Häuser in der Nähe?) Er umging das Unterholz und kam näher, bis er einen besseren Blick auf das Haus hatte, auf den staubigen Hof hinter dem Zaun. Hiyi wuchs dort in einer Reihe, grün und ohne Blüten in dieser Jahreszeit. Dorn hörte hohe Stimmen, hörte eine Tür zuschlagen.

»Ich krieg dich!« kreischte jemand, aber es war Lachen in dieser Stimme. »Ich krieg dich, Mon!«

Weitere Schreie. Dorn kam näher, nahm jetzt die Straße. Unter den Lampen, vor der Veranda, rannten zwei kleine Gestalten herum, liefen um die Wette und spielten Fangen.

»Kommt herein!« rief eine Stimme aus der offenen Tür. »Kommt herein, es ist Zeit zu essen!«

Es waren Kinder. Sie rannten und schrien und kreischten ...

... Duuns Art. Dorn blieb fast das Herz stehen. Er stand dort auf der Straße und blickte über den Zaun, und auch die Kinder unterbrachen ihr Spiel und starrten ihn an, sie auf ihrer Seite, er auf seiner.

Sie sahen aus wie Duun, hatten nur grauere, hellere Felle. Mit duun-ähnlichen Ohren, Augen, Gesichtern – mit allem, was Duun ausmachte.

»Aiii!« kreischte eines von ihnen. Kinder wurden nicht haarlos geboren; er, Dorn, war kein Kind, bei dem es nicht gewachsen war ...

... sondern ein ...

(Duun!)

Er wich zurück. Ein Mann kam auf die Veranda herausgelaufen. »Rein mit euch! Rein!« Dorn dachte, er wäre gemeint, und zögerte. »Ili! *Ili!* Hol das Gewehr!«

(O ihr Götter! Gewehre! Duun!)

Dorn warf sich herum und rannte davon. Er hörte, wie Türen zugeschlagen wurden, mehr als nur eine. Er hörte Laufschritte, die sich dem Zaun näherten, hörte Stimmen hinter sich. »Ihr Götter, es ist *er!*« schrie jemand, und andere nahmen es auf. »Es ist dieses Wesen – *dieses Wesen!*«

Es war eine Falle. Duun hatte sie gelegt. Duun hatte all seine Wege mit Fallen ausgestattet, die ganze Welt. Es gab keinen Weg, nichts, keinen Ort, den Duun nicht schon gesehen und mit einer Falle für ihn ausgestattet hatte ...

(– Ich habe dich, Elritze, habe dich, Elritze, habe dich wieder einmal erwischt! –)

Dorn schnappte nach Luft und verließ den Weg und stürzte sich ins Unterholz, hörte Tiere hinter sich heulen und die Schreie von Leuten ... »*Das Wesen vom Berg!* Er ist es, er ist gekommen!«

(*O ihr Götter,* Duun ... *Ihr Götter ...*) Er hatte Seitenstechen. Zweige rissen an ihm. Er rannte, und etwas in ihm war zerbrochen, tat weh, stieg ihm in den Hals ...

Sie jagten ihn. Sie alle taten es. Niemand würde ihm helfen.

Keine Schonung.

Blätter gingen dicht neben ihm in Flammen auf. Ein Strahlgewehr. Er hörte das Fetzen und Wimmern von Geschossen.

Splitter spritzten ihm ins Gesicht. Er riß die Hände hoch, stieß an einen Baum oder so etwas. Ein Aufschlag betäubte seinen Arm und warf ihn herum. Der Boden sprang hoch. Er spürte, wie Zweige in seine Hand stachen, wie Erde und Blätter den Handballen aufschürften. Er wollte sich umdrehen und wieder auf die Knie aufrichten, die Beine unter sich ziehen, während ihm die Tränen aus den Augen liefen; der taube Arm fiel lose an seiner Seite. Er hörte weitere Schüsse pfeifen.

»Da ist er!«

Er duckte sich und rannte weiter und fiel wieder auf die Knie, spürte den Schock. Er war einmal von den Felsen gestürzt und hatte sich da auch so gefühlt, taub vom Kopf bis zu den Füßen, verängstigt und atemlos – war wieder aufgestanden und gegangen und gelaufen und hatte erst später wieder gemerkt, wo er sich befand, als er Duun entdeckte, wie er von den hohen Felsen zu ihm herabblickte.

Als Duun zu ihm herunterstieg, das Spiel aufgab, um sein Gesicht mit der verstümmelten Hand zu packen, den Unterkiefer zwischen Daumen und Zeigefinger gepreßt, und ihm in die Augen sah ...

– »Hörst du mich, kleiner Fisch? Hörst du mich?«

Duun!

Dorn sackte auf ein Knie und stand wieder auf, drehte sich um, eine Schulter an rauher Borke. Er sah Lichter, hörte Tiere heulen, sah Gestalten hinter den Lichtern, Leute, die heftig Lampen hierhin und dorthin schwenkten und ins Unterholz leuchteten, ein Stück oberhalb von ihm.

»Packt ihn! Da läuft er!«

Er brachte den Baum zwischen sie und sich und lief weiter, und der linke Arm schlenkerte wie tot an seiner Seite. (Ich bin getroffen. Es war ein Schuß, der mich zu Boden geworfen hat. Sie haben auf mich geschossen? Darf ich jetzt mein Messer benutzen?) Er lief und lief, rutschte über Hänge, riß sich die Haut an Brombeersträuchern auf. (Ist das alles wirklich? Ist es ein Spiel? Duun ... hast du das vorbereitet? Soll ich töten? Duun, ich habe *Angst!*)

Er schlitterte den Abhang hinunter, rutschte unten aus, fiel hin, warf sich herum und lief nach links, am Fluß entlang.

Ein Schatten ragte auf seinem Weg auf. Er sprang zur

Seite, um ihm auszuweichen, aber der Schatten blieb *da*, roch wie ein Shonun, blockte den Schlag von Dorns rechtem Arm ab und sagte: »Dorn!« Bevor eine zweifingrige Hand an seinen Hals fuhr und ihm das Gleichgewicht raubte, ihn dann fest in einem würgenden Griff hielt. Dorn bückte sich, umfaßte den verletzten Arm mit der anderen Hand und versuchte, einen Stoß anzubringen. Übelkeit durchzuckte ihn bis in die Zahnwurzeln. Er wurde zurückgezogen, rutschte auf den Blättern aus, und sein verletzter Arm wurde verdreht. »Verschwinde von hier!« zischte ihm Duun ins Ohr. »Dorn, Dorn – ich bin es! Lauf, was du kannst! Nach Hause!«

Duuns Hand ließ ihn los und stieß ihn dafür heftig in den Rücken. Dorn lief davon. Er glitt auf Blättern aus und lief weiter; die Seite tat ihm weh. Feuer brauste hindurch. Der Arm tat weh, und mit jedem Schritt durchzuckte ihn der Schmerz.

(Nach Hause laufen!)

(Glaube ich dir, Duun? Tue ich, was du sagst? Oder ist es eine Falle, Duun?)

Ein Gewehrschuß krachte. Mehrere. Er hörte das Echo an den Bergen. Rufe ertönten – Stimmen waren zu hören und das Heulen von Tieren.

(Aber Duun ist dort hinten!) Dorn blieb stolpernd stehen, stieß in seiner Blindheit gegen einen Baum und lehnte sich mit dem Rücken daran. Das Bild vor seinen Augen verschwamm. Der Schmerz war jetzt ein gewaltiges Pochen, war schon über jeden Schmerz hinaus oder hatte das Herz erreicht. Er blinzelte, bis die nächtliche Szenerie wieder so deutlich war wie nur möglich. Er sah Lichter. Noch mehr Stimmen ertönten – Rufe und Schreie und Geheul; wieder krachte ein Gewehrschuß.

(Duun!)

Dorn lief wieder den Hang hinunter, hielt den schlaffen Arm dabei so ruhig, wie er konnte. Äste stachen ihm ins Gesicht, und er zog den Kopf ein, lief blind, vertraute darauf, daß die Steigung des Geländes ihm verriet, ob es nach oben oder unten ging. Schließlich nahm er die rechte Hand zur Hilfe, um das Gestrüpp abzuwehren, und zog den linken über die Brombeersträucher, die ihm heftige kalte Schläge versetzten. Er hörte den eigenen Atem, spürte das Zerren in der Brust – da war keine Nacht mehr und keine Welt: Alles war auf Körpergröße geschrumpft, und alle Geräusche waren verschwunden und nur sein Atem und sein Herz waren noch zu hören.

(Sie werden ihn töten – wie sie ihr Vieh töten! – *Duun!*)

Ein Ast schob sich ihm in den Weg, legte sich lebendig um ihn, hielt ihn fest. »Dorn, du verdammter Dummkopf!«

Dorn hing an Duuns Arm, wurde von dessen starkem Griff herumgeworfen. Duun packte ihn an beiden Armen und schüttelte ihn, schleuderte damit seinen Kopf nach hinten.

»Dummkopf! Wo wolltest du hin?«

Er konnte keine Antwort geben. Der Schmerz kam in Wellen. Duun schüttelte ihn wieder. Es war Duun. Er roch nach Duun. (Geruchsblind. Geruchsblinder Dummkopf!)

»Ich muß jemanden verletzen«, sagte Duun. Er war wütend. Schüttelte Dorn wieder. »Hörst du mich, Dummkopf? Ich mußte deinetwegen jemanden verletzen!«

»Ich dachte ... ich dachte ...« Der Schock überwältigte Dorn. Der Unterkiefer geriet ihm außer Kontrolle, und er klapperte mit den Zähnen. Und Duun legte ihn auf den Boden. (»Wie oft haben sie dich erwischt? Ihr Götter. Ihr Götter. Ich sehe es ...«) Er streckte ihn dort auf dem bewaldeten Hang aus und untersuchte den Arm, während das Hier und das Anderswo für Dorn kamen und gingen.

»Warum?« fragte er Duun. »Warum haben sie das getan?« Sein Unterkiefer zuckte krampfhaft, die Zähne klapperten, und der Schmerz kam in Wellen. »Duun, sollten sie das tun?«

»Halt den Mund!« entgegnete Duun. Und tat ihm weh, ob nun absichtlich oder aus Versehen. Dorn wurde kurz bewußtlos und kam wieder zu sich, als Duun ihm einen leichten Klaps ins Gesicht gab. »Kannst du die Finger bewegen? Ich habe ein Gel daraufgetan. Beweg die Finger, hörst du?«

Dorn versuchte es. Er glaubte, daß sie sich bewegten. Er preßte die Kiefer zusammen, denn Duun zog ihn sich an die Schulter und stellte ihn auf die Füße. Die Welt kippte von oben nach unten, als Duuns Schulter in seine Leiste stieß und ihn hochhob. Es tat weh. Der verletzte Arm schlenkerte. Zuckender Schmerz, während Duun lief. Die Welt wurde schwarz und rot. Phosphene huschten in Dorns Augen und in der Dunkelheit umher. Äste strichen über seinen Rücken. Instabilität herrschte, als Duun kletterte, so daß Dorn sich nicht mehr zu regen wagte. Aber die Schmerzen, die Schmerzen ...

Dunkelheit breitete sich aus. Dann setzte Duun ihn ab, so daß er mit den Knien auf dem Hang lag, und hielt ihn weiter fest. Duuns Atem blies in sein Gesicht.

»Du mußt jetzt gehen«, sagte Duun. »Verstehst du mich? Verstehst du mich, Dorn? Du mußt jetzt gehen!« Duun legte einen Arm um ihn und zog. »*Gehen,* hörst du?«

Dorn hörte es, und er versuchte es. Er hörte Duuns keuchenden Atem, stützte sich auf ihn, kämpfte um Halt auf Gestein und Erde und Humus. »Klettere«, verlangte Duun. »Verdammt, klettere!«

Ein Geheul erhob sich hinter ihnen in den Wäldern. Es verlieh Dorn Kraft. Das gleiche erreichten Duuns Flüche. Duun trug ihn wieder eine Zeitlang und warf ihn dann auf Blätter, ein Stoß, der ihm den Atem raubte. Und dann ohrfeigte er ihn. »Atme, verdammt noch mal! Atme!«

Er versuchte es. Schnappte nach Luft. Und Duun legte sich auf ihn und keuchte. Ihre Herzen klopften eines gegen das andere, und der Schmerz folgte ihrem Rhythmus.

Dann ein weiterer Anstieg. Duun hatte Dorn wieder auf die Beine gebracht. Dorn erinnerte sich nicht mehr daran, wie. »Die Straße ist nicht mehr weit«, sagte Duun. »Sie werden uns nicht darüber hinaus folgen. Komm schon!«

Und dann saß Dorn, saß einfach auf dem flachen Straßenrand, wo Duun ihn abgesetzt hatte, und Duun hielt ihn fest, einen Arm um seine Arme gelegt, die andere Hand an seiner Brust. Die Welt besaß wieder Farbe. Es dämmerte.

»Atme! Du mußt wieder gehen.«

»Ja«, antwortete Dorn. Er stellte nichts mehr in Frage. Duun war Duun, der Ursprung und die Kraft. Wie die Sonne und der Wind. Er blieb einen Moment lang sitzen und stand dann wieder auf. Sein Herz hämmerte, und sein Körper schwankte in der Höhe der Welt, wo die Baumwipfel wie schwarzes Wasser unter ihnen flüsterten.

Sie gingen weiter. Er und Duun. Duuns Hand hinter seinem Gürtel; Duun zog sich Dorns unversehrten Arm um die Rippen und hielt ihn am Handgelenk. Auf der Straße fiel das Gehen leichter. Dorns Füße entdeckten Schmerzen, Fleischwunden, in die sich kleine Steine bohrten. Sein Mund war trocken wie der seidige Staub. Der Wind fühlte sich kalt an auf seiner nackten Haut, und Duun war warm.

Wieder eine Pause. »Setz dich«, sagte Duun. »Setz dich!« Und er zog Dorn an sich und hielt ihn in den Armen.

»Warum haben sie geschossen?« fragte Dorn, denn er fand einfach keine Antwort darauf. »Duun, warum?«

»Du hast ihnen Angst eingejagt«, sagte Duun. »Sie dachten, du würdest ihnen etwas tun.«

Ihnen Angst eingejagt. Ihnen Angst eingejagt. Dorn

erinnerte sich an die Kinder. Ihn schauderte. Duuns Arme drückten ihn.

»Du Dummkopf«, sagte Duun. Dorn verdiente es. Er schämte sich.

Er schlief. Öffnete wieder die Augen und sah über sich die Decke des großen Zimmers im Haus, aber er konnte sich nicht erinnern, wie er von der Straße hierhergekommen war. Er hörte Duun umhergehen. (Bewache deinen Schlaf, Elritze. Wagte er zu schlafen?)

»Trink!« befahl ihm Duun, hob seinen Kopf an und setzte ihm eine Tasse an die Lippen. Dorn wandte den Kopf ab, wollte nicht zweimal zum Opfer werden. (Dummkopf! Lernst du es nie?) »*Trink,* verdammt noch mal, Dorn!«

Er blinzelte, und alles war verschwommen. »Livhl ...«

»Verdammt, nein! Ich sage dir jetzt, trink!«

Er trank. Es war gesüßter Tee. Er lief in seinen Magen hinunter und blieb dort unbeweglich liegen, und Dorn war froh, daß er den Kopf zurückgelegt hatte, bevor der Tee wieder herauskommen konnte. »Ich habe verloren«, sagte er. »Duun, du hast mich besiegt.«

»Sei ruhig!« Duuns verstümmelte Hand strich über Dorns Haar. (Duun, wie er ihn hielt, Duun, wie er mit ihm spielte, Duun, wie er ihn vor langer, langer Zeit auf diese Weise berührt hatte.) »Meds sind unterwegs. Ich habe sie gerufen, hörst du?«

»Will keine Meds.« (Ellud, wie er im Zimmer stand. Ein alter Freund, sagte Duun. Sei höflich.) »Duun, sag ihnen, sie sollen nicht kommen!«

»*Pst.* Sei ruhig!« Wieder strich die Hand über sein Haar, sein Gesicht. »Ruh dich aus! Schlaf! Es ist alles in Ordnung, hörst du?«

(Duun nachts in der Schlafzimmertür. Geh schlafen, kleiner Fisch! Es waren keine schwarzen Fäden vor den Eingang gespannt. Keine Spiele. Geh jetzt schlafen, Elritze!)

FÜNFTES KAPITEL

»Sie werden dafür bezahlen«, sagte Ellud. Er war zusammen mit den Meds gekommen. Das Haus stank nach Desinfektionsmitteln, nach Verbänden und Gel und Blut. Und nach Dorns Verzweiflung. Duun verschränkte die Arme und starrte auf die Kaminmauern. Auf die kalte Asche. »Das müssen sie doch«, sagte Ellud, »nicht wahr?«

Er brachte damit unterschwellig Kritik zum Ausdruck. Duun drehte sich zu ihm um und starrte ihn an. Ellud zuckte zusammen, wie er es schon vor sechzehn Jahren getan hatte. Aber diesmal dauerte es länger. Diesmal empfand er Zorn, empfand, daß die Gerechtigkeit verletzt worden war. »Alles«, erinnerte ihn Duun mit heiserer Stimme. »Aber nein. Klag sie nicht an!«

»Du hast dafür gesorgt, daß ich gar keine andere Wahl habe. Sie haben auf dich geschossen!«

»Tatsächlich? Ich erinnere mich gar nicht mehr.«

»Sie waren beim Friedensrichter. Sie haben gestanden. Sie wissen, was sie getan haben.«

»So.« Duun ging auf die geschlossene Tür zu. Die medizinischen Gerüche beleidigten seine Nase. Seine Ohren waren unten. Er humpelte. Jeder einzelne seiner Muskeln war verspannt. Ellud trug seine tadellosen Stadtkleider. Duun trug nichts außer einem kleinen Kilt. Und zeigte seine Narben. Er hätte auch den Hatani-Umhang tragen können, hatte es aber vorgezogen, ihn hängen zu lassen. »Ich werde mit ihnen sprechen, Ellud. Keine Anklage.«

»Sie können doch nicht so etwas tun und damit durchkommen ...«

»Weil ich sakrosankt bin?« Duun drehte sich zu ihm um, die Ohren angelegt. »Du hast mir alles versprochen, was ich wollte, Ellud. Jetzt bitte ich dich: keine Anklage. Gib ihnen Sheon zurück!«

»Sie haben versucht, dich zu töten!«

»Sie hätten es auch beinahe geschafft. Gut für sie. Sie sind nicht schlecht für Bauern. Muß ich auch das auf meine Schultern nehmen?«

Ellud war für einen Moment still. Er zog die Mundwinkel herunter.

»Also bekommst du jetzt etwas, was dich eigentlich glücklich machen sollte«, sagte Duun. »Ich komme wieder in die Stadt. Ich vertraue darauf, daß du einen Platz für mich findest.«

Wieder war eine Zeitlang Schweigen. »Es wird auch langsam Zeit. Es wird auch langsam Zeit, Duun! Ich lasse einen Hubschrauber heraufkommen. Er holt euch hier oben ab.«

»Der Junge geht zu Fuß hinunter«, sagte Duun. »Übermorgen. Dann ist er wieder fit.«

»An *denen* vorbei? Bei den Göttern, hatten wir noch nicht genug Schwierigkeiten?«

»Er ist ein Hatani, Ellud.« Duun blickte in die Düsternis von Elluds Blick und hielt ihr stand. »Du mußt das verstehen. Er wird auf eigenen Füßen von hier weggehen.«

Dorn schaffte es, wieder auf die Beine zu kommen, nachdem die Meds gegangen waren. Duun hatte das auch erwartet. »Setz dich!« sagte Duun, der sich selbst auf eine der Erhebungen setzte, die das Zimmer umgaben. Der Bodensand war zertrampelt und mit dunklen Flecken gesprenkelt. Dorn hatte reichlich Blut verloren. Er stand jetzt zögernd unter der Tür, den verletzten Arm in einer Schlinge, die um den Hals führte; seine Haut zeigte eine häßliche wachsbleiche Färbung, abgesehen von dem Arm, wo vom Blut gerötetes Gel einen Schnitt abdeckte. Eine Narbe würde davon bleiben. Eine lange Narbe. Das Geschoß hatte knapp einen Hauptnervenstrang verfehlt, wie die Meds sagten. Der

Knochen war angeknackst, aber nicht gebrochen. »Du hast jetzt eine Menge Plasma in dir anstelle von Blut, mein Junge. Das meiste von deinem Blut hast du unten im Tal gelassen. Komm und setz dich!«

Dorn kam heran. Duun war damit beschäftigt, seine Waffen zu polieren. Dorn kniete sich auf die Erhebung und setzte sich dann vorsichtig, ein Bein abgespreitzt. Schweiß stand auf seiner haarlosen Stirn. Haarsträhnen klebten daran.

»Wir gehen weg von hier«, eröffnete ihm Duun. »In die Stadt, wo wir von jetzt an leben werden.«

»Weg von hier ...«

Duun blickte zu ihm auf. Sheon war verloren, jetzt sogar doppelt. Sein Blick war finster, und Dorn erwiderte ihn mit fremdartigen, umwölkten Augen, hinter denen Gedanken abliefen und die tiefe Angst zeigten. (Warum haben sie geschossen, Duun? Ist es Rache? Geht es gegen mich? Habe ich etwas falsch gemacht, Duun? Was habe ich dort unten gemacht?)

»Ich möchte nicht weg, Duun.«

»Sie kommen später herauf und holen die Sachen ab, die wir mitnehmen wollen. Die hier ...« Er polierte eine Klinge. »Die nehmen wir mit.«

»Ich will nicht weg!«

»Ich weiß.« Duun sah ihn an. Tränen schimmerten in Dorns Augen. »Die Bauern bekommen das Land. Es wird ihnen von jetzt an gehören und sie vielleicht für das entschädigen, was ich tun mußte. Verstehst du mich, Dorn? Haras? Hörst du?«

»Ja, Duun-hatani.«

»Wir fliegen von hier weg. Wir gehen dorthin, wo die Luft stinkt und wo du nichts verstehen wirst, was du siehst. Du wirst mir deine Fragen insgeheim stellen. Leute werden dort um uns sein, ständig. Kein Jagen mehr. Keine Wälder. Nur Stahl. Und Abertausende von Leuten. Vielen Shonunin gefällt so ein Leben. Du lernst das auch.«

Dorn senkte den Kopf auf den Arm, auf ein Knie gestützt. Duun achtete auf ihn, sah aber nur die Klinge an und polierte den rasiermesserscharfen Stahl mit sanften Bewegungen eines Öltuches. Ölgeruch und Stahl. Stahl und Öl. Mit der verstümmelten rechten Hand führte er das Tuch, mit der unversehrten linken hielt er die Klinge.

»Gib es weg, Dorn! Du bist ein Hatani. Hatani besitzen nichts. Nur die Waffen und den Umhang auf ihrem Rücken. Diesmal verlierst du nur einen Ort. Wenn du zu dem geworden bist, der du sein wirst, dann besitzt du nichts mehr. Ich habe diesen Ort nur benutzt. Du und ich, wir haben es getan. Es war ein Abschnitt, und er ist jetzt vorbei.«

Dorn hob das Gesicht. Er hatte es sich verschmiert, indem er darüberwischte. Seine Wimpern waren feucht. »Entschuldige, Duun.«

Duuns Hände hielten inne, und er schwieg eine Zeitlang. Dann fuhr er mit den Bewegungen fort. »Du verlierst vielleicht ein Jahr hier, vielleicht zwei, dann wären wir ohnehin gegangen. Zwei Jahre, das sind nicht viel. Du weinst. Wenn du das morgen auch machst, schlage ich dich. Verstanden?«

»Ja«, sagte Dorn.

Sie brachen in der Dämmerung auf. Langsam folgten sie dem gewundenen Pfad, und Duun zeigte keinen sichtbaren Zorn mehr. »Joiit«, sagte Duun einmal, benannte damit ein Vogellied. Da überlegte Dorn, daß es an dem von Leuten wimmelnden Ort, den Duun ihm beschrieben hatte, keine Vögel geben konnte; und der Gesang aus den Wäldern schmerzte ihn tief. Schon der Wind in den Blättern tat es und das seidige Gefühl des Staubes unter seinen wunden Füßen. Der Arm tat ihm weh beim Gehen. Der Kopf fühlte sich leicht an. Sie hatten das Haus abgeschlossen und waren zum Hof hinausgegangen; und einmal hatte Duun zurückgeblickt und Dorn ebenfalls, als das Haus gerade aus dem

Blickfeld verschwand. Es sah nicht anders aus wie sonst, wenn sie zur Jagd gegangen waren. Dasselbe Licht lag auf den braunen Steinwänden, und derselbe Hiyi wuchs da und dort auf dem Grün mit den lavendelfarbenen Rändern. Dies alles wirkte auf diese Entfernung, am Morgen, verschmutzt und gefärbt wie die Erde. Es war wie an jedem Morgen. Das Haus schien auf sie warten zu wollen. Würde während der kommenden Tage weiter auf sie warten. Jemand würde kommen, sagte Duun, um die Zimmer auszuräumen. Dann würden die Landleute kommen und es zurücknehmen. Die Kinder würden die Zimmer auskundschaften und im Hof Fangen spielen ...

... und in den Wäldern jagen. Sie würden den alten Baum finden, auf dem man so gut in der Sonne liegen konnte; den hohlen Felsen, von dem aus man einen so guten Blick über den kleinen Teich weiter hinten in den Bergen hatte; sie würden die Wege und Pfade entdekken, auf denen Duun ihn geführt hatte ...

Dorn vergoß keine Tränen. Als sein Herz so sehr weh tat, wandte er den Blick ab und sah hinauf zum Himmel und auf die Straße, sagte etwas, egal was, und er ballte die Hand des verletzten Armes zur Faust, damit es schmerzte und seine Gedanken ablenkte.

Er tat das auch, als der Vogel sang. Und als der Wind so vertraut in den Blättern raschelte; und als Dorn erkannte, daß er trotz seiner Geruchsblindheit Dinge riechen konnte, wie den Staub und das Gras und den beißend-scharfen Geruch der Lugh-Blumen, der besonders stark war, wenn man sie zerdrückte. Als Kind hatte Dorn ihnen die Blüten abgerissen und festgestellt, daß seine Hände vor Saft klebten, alles ein Aroma mit dem Sonnenlicht und den wirbelnden goldenen Blüten ...

Alles strömte auf ihn ein. Die Anblicke erinnerten ihn schmerzlich an den Abschied, den er jetzt von dieser Gegend nahm, überall entlang der Straße. Und Duun schwieg meistens. (Auch Duun ist hier jung gewesen und kennt den alten Baum, den Stein – sämtliche Wege – er hat sie mir ja gezeigt. Von ihm habe ich dies alles erhalten. Duun!)

Der Wald breitete sich seitlich der Straße aus, eine Flut grüner Wipfel, deren Färbung in Purpur überging. Hinter ihnen fiel der Boden zu dem Tal ab, wo die Bauern lebten, selbst wieder gefolgt von einem hellen Dunst, einem flachen Land; und der gewaltige Himmel breitete sich darüber, ein wahnsinniges Blauviolett, und Wolkenbänder wie Eis auf einem Teich, weit, weit über der Ebene, in milchiges Weiß hinein verschmelzend.

Schrecken befiel Dorn. Der Himmel hinter dem Berg war viel zu groß. Wir werden fliegen, hatte Duun gesagt. Entsprechende Maschinen warteten auf sie, wie Duun erwähnt hatte. Gelegentlich, wenn die Meds kamen, hatte Dorn eine in der Ferne gesehen, bevor sie hinter dem Berg außer Sicht geriet. Manchmal zogen sich weiße Spuren über den Himmel: Flugzeuge, sagte Duun. Leute fliegen mit ihnen.

(»Wohin, Duun? Wohin fliegen sie? Warum fliegen sie? Können sie uns sehen?« Dorn, das Kind, hatte diesen Flugzeugen zugewinkt, während er schwindelig auf dem höchsten Felsen stand, den er erklettern konnte. »Hier bin ich! Hier, hier!«)

(Bemerkt mich doch! Gebt mir ein Zeichen, daß ihr mich seht! Hier bin ich. Seid ihr wie ich? Seht ihr andere Kinder dort, wohin ihr fliegt? Haben sie eine Haut wie ich? Und Augen wie ich? Und haben auch sie fünf Finger?)

(Abertausende von Shonunin in der Stadt. Sehen wenigstens ein paar so aus wie ich?)

Die Straße wand sich immer weiter bergab, zwischen den Bäumen hindurch und dann aus dem Wald hinaus. Von weither drangen Geräusche herüber, wie sie der Wind nie erzeugte: Maschinengeräusche, die dumpf schlagend in einem bedrohlichen Akzent sprachen, der stets von Meds kündete.

»Sie kommen«, sagte Duun. »Sie sind früh da und warten dann auf uns.«

Die Fremden kamen die Straße herauf, um sie zu empfangen. Es waren keine Meds, sondern andere, von Hals bis Fuß in Blau und Grau gekleidet. Sie trugen Waffen. Dorn zögerte, als er sie sah, aber Duun ging weiter, und so wußte Dorn, daß diese Fremden akzeptabel waren. »Sie mußten nicht unbedingt kommen«, sagte Duun, als sie zusammentrafen. »Wir haben unsere Befehle«, erwiderte einer von ihnen; mehr sagte er nicht. Dorn stand ganz reglos da während dieser Begegnung an einer Straßenbiegung. Sie betrachteten ihn, diese Fremden, und sahen dann wieder weg, als wäre er nicht von Bedeutung, sondern nur ein Anhängsel Duuns. Und dann führten die blaugekleideten Leute sie bergab, einer hinter ihnen, einer an Duuns Seite.

Von nun an gehörte der Berg nicht mehr ihnen. Fremde besaßen ihn jetzt. Und Fremde mischten sich auch in Duuns und Dorns letzte Minuten des Abschieds vom Berg ein. Dorn wußte, warum Duun sie lieber nicht dabeigehabt hätte. Aber Duun schickte sie auch nicht weg, und er schritt jetzt dahin, ohne die Dinge der Umgebung wie die Bäume und Steine zu betrachten; bevor die Fremden gekommen waren, hatte er sich umgesehen, genau wie Dorn. Ohne mit ihm zu sprechen. Duun empfand Bitterkeit, war verletzt. Dorn wußte es. (Mein Fehler, meine Schuld, das alles. Sie sollten mich wegbringen, damit Duun seinen Berg behalten kann.) Aber niemand bot Dorn an, diese Wahl zu treffen. Vielleicht hatte er sie auch gar nicht.

Immer weiter bergab ging es, das letzte Stück zu der Ebene, um die letzte Biegung der Straße.

Eine Maschine hockte auf der Wiese. Sie hatte gewaltige Rotorblätter. Sie hatte in dem milchig-grünen Gras einen Kreis um sich flachgedrückt. Breite, staubige Straßen liefen hier zusammen, und Leute standen an dieser Kreuzung, ein ganzes Stück abseits.

»Wir haben sie ferngehalten«, berichtete jemand, der bislang noch nichts gesagt hatte. Nur war es kein Mann wie Duun, wie Ellud, wie die Meds. Er hatte breitere Hüften und ging anders, hatte eine ruhige, dünnere Stimme. *Eine Frau,* dachte Dorn, als er diese Stimme hörte, und sein Herz schlug schneller.

(»Frauen«, hatte Duun ihm erzählt, als er noch klein gewesen war, »sind wie wir und doch anders.«)

(»Wie anders?« wollte Dorn wissen.)

(»Innerlich. Und äußerlich in manchen Dingen. Sie haben etwas in sich, wo sie Babies erzeugen. Die Männer setzen die Babies dort hinein, und die Frauen tragen sie dann aus.«)

(»Wie geht das?« fragte Dorn, das Kind. *»Damit«,* sagte Duun und zeigte ihm, was er meinte. »Das habe ich nicht«, sagte Dorn, während er sich selbst in Augenschein nahm. »Duun, so etwas habe ich gar nicht! Meins ist alles draußen!«)

(»Du bist eben anders«, lautete Duuns Antwort.)

(»Bin ich eine Frau?«)

(»Nein«, sagte Duun. »Du bist ein Kind, und du wirst einmal ein Mann sein.«)

(»Wie erzeugen Frauen Babies?«)

Duun hatte ihm damals keine Antwort darauf gegeben. Oder hatte es einfach vergessen. Später erfuhr Dorn sie trotzdem. (»Schau dir das an!« sagte Duun und zeigte ihm das Junge im Leib eines Deiggens, das Dorn getötet hatte. »Das sind Babies. Du sollst keine Weibchen töten. Sieh dir diese Ohrspitzen an. Solche darfst du nicht jagen.«)

Dorn erinnerte sich daran. Aber er hatte ein Deiggenbaby aus der Gebärmutter hervorgeholt und auf einen flachen Stein gelegt, um es sich anzusehen. Es war nicht der Tod, woran er sich am stärksten erinnerte, oder das Blut, sondern es war einfach die Tatsache, daß es unbehaart war, daß es eine nackte Haut hatte wie auch er selbst.

(Ich wurde geboren, und dann lief es nicht richtig mit mir. Sie haben mich zu früh herausgeholt!)

Er beobachtete, wie sich Foenin paarten. (*So* geht das? Der Anblick der schwarzen Körper entsetzte und faszinierte ihn, wie da einer auf dem Rücken des anderen lag, die seltsamen Zuckungen, die sie machten, der starre Blick, als wären sie todgeweiht.)

(»Shonunin tun es normalerweise einander zugewandt«, erklärte Duun. Dorn war daraufhin doppelt entsetzt. Es war schon komisch genug, es von hinten zu machen, aber daß einem jemand dabei direkt ins Gesicht blickte ...)

Diese – Frau – trug eine Schußwaffe an der Hüfte. Sie hatte einen wiegenden Gang. Sie hatte einen weißen Kamm, ihn aber, wie alle Stadtleute, bis weit nach hinten rasiert, ganz anders als Duun, dessen Kamm schwarz und lang war und beim Gehen frei wippte.

Dorn dachte wieder an die Foenin. Ballte die Faust, um diese Gedanken zu vertreiben. Er hatte Duun schon genug Schwierigkeiten bereitet. Es war nicht Frühling. Es paßte jetzt nicht dazu. Es hatte auch etwas mit Geruch zu tun, aber Duun weigerte sich, das mit ihm zu besprechen.

Sie gingen auf die Ebene hinaus und zu der Maschine, und Foenin verschwammen in dem Hauch von Öl und warmem Metall. Der Helikopter. Mit ihm würden sie in die Luft hinaufsteigen. Er sah zu schwer dafür aus. Dorn vergaß die Sache mit den Frauen. Sein Herz klopfte vor Angst. (Dummkopf, schalt er sich. Duun hatte ihn gewarnt. Das Ding war hierhergekommen, und es würde auch wieder von hier wegfliegen und sie in seinem Innern mitnehmen. Und er, Dorn, würde vor Fremden keine Angst zeigen. Er würde nicht nach Angst riechen, daß es andere, die nicht geruchsblind waren, wahrnehmen konnten. Er würde Duun nicht beschämen. *Ich werde dich schlagen,* hatte Duun gesagt, um seine Aufmerksamkeit zu gewinnen; Dorn erinnerte sich jetzt daran und begriff, warum Duun ihm gedroht hatte. Um nicht durch ihn beschämt zu werden. Und er würde nicht zurückweichen, wenn sie ihn hineinführten.)

Es waren die Bauern, die Duun betrachtete, die Zuschauer, die von den Wachen weit abseits auf der anderen Sraße zurückgehalten wurden. Er hatte die Ohren schräggestellt, um die Worte nicht zu hören, die der Wind ihm vielleicht zutrug. Er nahm den Geruch dieser Leute sogar auf diese Entfernung wahr. In Gedanken malte er sich ihren Haß aus, ihre Angst. Es war dumm von ihm, sein Gehör abzuschließen; einer von ihnen konnte eine Schußwaffe mitgebracht haben.

Aber sie hatten sich dem Friedensrichter gestellt. Aus Angst, dachte er bitter, aus Angst vor einer umfassenderen Strafe. Aus einem verspäteten Verantwortungsgefühl. Sechzehn Jahre lang hatten sie gewartet und auf Sheons Land gehofft.

(Und jetzt gehört es euch. Freut euch daran und seid verdammt!)

Er schämte sich dieses Gedankens. Er war hierhergekommen, um hohen Werten nachzustreben, und brachte nun wieder ...

... diesen Schatten an seiner Seite von hier weg. Und die kalten Blicke derer, die erlebt hatten, wie ein Hatani seine Eide brach. Die sechzehn Jahre lang in Angst vor dem gelebt hatten, was auf dem Berg geschah, den sie begehrten.

Na ja. Es war vielleicht kein Fehler. Duun blickte zu dem Helikopter, wechselte ein paar oberflächliche Höflichkeiten mit dem Hauptmann der Wache und packte Dorn sanft mit einer Krallenspitze an der Arminnenseite. »Komm!« sagte er und sah dabei den Hauptmann an. (Bringen wir es hinter uns. Zieht es nicht in die Länge, sondern bringt uns von hier weg!)

Dorn ging neben ihm und hob den Kopf, um die Rotorblätter zu bestaunen – und Duun schlug ihm in den Rücken. »Dummkopf, zieh unter diesen Dingern den Kopf ein!« Dorn duckte sich; aber der Rotor drehte sich jetzt nur langsam, nicht einmal genug, um Wind zu machen.

Dann die Stufen hinauf in eine Welt aus Metall, mit Kunststoffsitzen und dem Geruch von Öl und Treibstoff. Duun drückte Dorn auf seinen Platz – »Hier ist die Schnalle. Hineinschieben, so ist es richtig. Damit öffnest du sie wieder. Hiermit ziehst du den Gurt straffer. Behalte ihn an!« Er sah Dorn in die Augen, in die sonst niemand blicken wollte, und erkannte die nackte Angst darin. Duun runzelte die Stirn und schob sich an Dorn vorbei zu seinem Platz, um sich dort anzuschnallen.

Die Besatzung begab sich an ihre Plätze. Die Wachen kletterten achtern an Bord, wobei der Helikopter auf seinen Kufen schaukelte. Der Pilot fuhr die Motoren hoch – *wupp wupp wupp!* Dorn blickte zum Seitenfenster, dann nach vorn, dann zu Duun. Duun langte über ihre gemeinsame Armlehne hinweg und packte ihn einmal mit ganz ausgefahrenen Krallen am Arm. *(Benimm dich!)*

Dorn beruhigte sich. Und das *Wupp-wupp-wupp* wurde lauter. Der Hubschrauber neigte sich, als er hochstieg, neigte sich und schwenkte das Heck herum, während unten die Bauern durch den Staub rannten, den die Rotorblätter aufwirbelten.

W-w-w! An einer Seite der Himmel, an der anderen die Erde. Duun blickte zu Dorn hinüber und sah, wie ihm die Muskelstränge am Hals hervorstanden, während er sich krampfhaft festhielt. Wieder ein Griff mit den Krallen. Dorn entspannte sich sichtlich. Wandte das Gesicht mit gewollter Gelassenheit Duun zu.

So so. Duun legte einen Finger auf einen Arm Dorns, an die Stelle oberhalb des Handgelenks, wo die Adern dicht an die Oberfläche traten. Der Puls pochte unter der Fingerkuppe, als wollte das Herz, das ihn erzeugte, bersten.

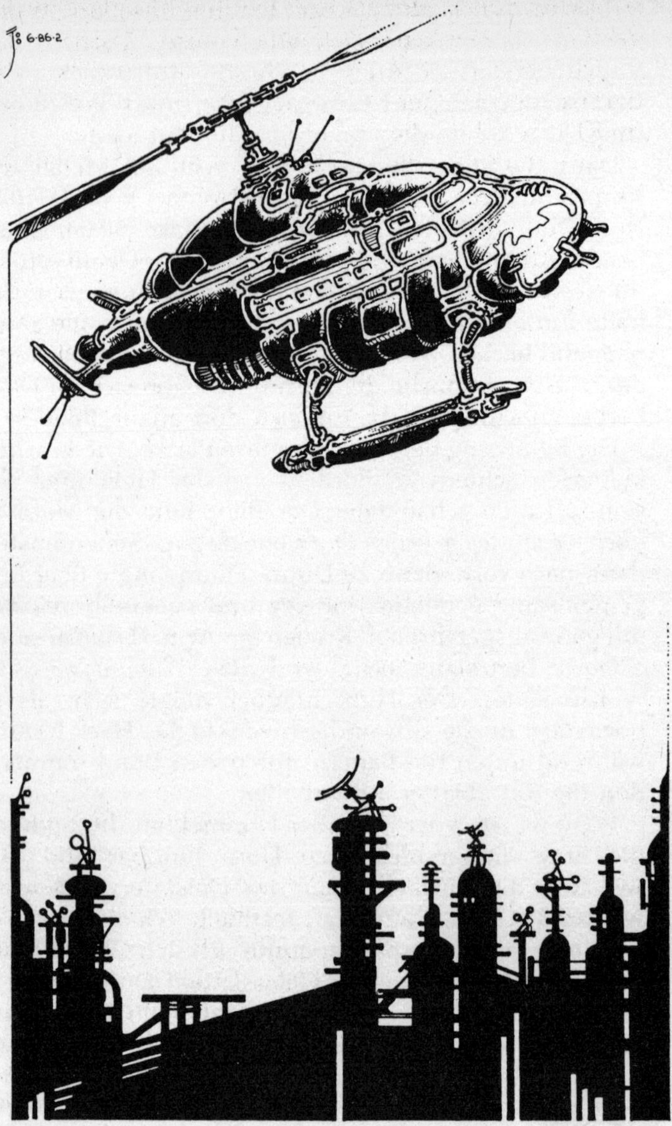

»Richte den Blick auf den Horizont«, sagte Duun in das Ohr des Jungen. »Das hilft deinem Magen.«

»Ich habe keine Angst!« schrie Dorn zurück. Aber dann schwenkte der Helikopter scharf nach Westen ab, und Dorn krallte die Finger um die Armlehne.

Sie überflogen die große Ebene und dann weitere Berge, eine Stunde und noch mehr über Bäumen und Straßen und Herden, die wie eine braune Flut unter ihnen dahinrannten. Auf einmal breitete sich hinter einem braunen Rand aus Bäumen die Fläche einer Bucht aus, Wasser, das silbern in der Sonne schimmerte und sich endlos nach Süden erstreckte. Dorn vergaß seine Angst und deutete darauf. »Was ist das?«

»Die Djohin-Bucht!« rief Duun. »Dort draußen liegt das Meer, Elritze! Das große weite Meer!«

Land stieg im Osten hinter dieser schimmernden Fläche auf: die Ausläufer einer Stadt, ein Flecken vor dem Himmel. »Was liegt dort?« schrie Dorn durch den Lärm des Rotors.

»Das ist Pekanan!« antwortete Duun. »Die Hafenstadt. Dort taucht sie auf. Und da – das ist der Shuttlehafen; siehst du dieses graue Band?«

»Was ist ein Shuttlehafen?« wollte Dorn wissen. »Was ist eine Hafenstadt?« Seine Haut wirkte weiß in dem Sonnenlicht, das durch die Seitenfenster des Helikopters hereinfiel. Er schwitzte. Die Reise war zu schnell für ihn. Ausblicke und Fremdheit multiplizierten sich. (Werd mir jetzt nicht ohnmächtig, Elritze, nicht hier und nicht jetzt! Es gibt noch mehr zu sehen.) »Hier«, sagte Duun und fischte einen Inhalator aus der Tasche zu seinen Füßen. Er hatte sie zusammen mit ihren Sachen an Bord gebracht. »Steck dir das in den Mund und atme fest ein!« Er drückte auf den Zerstäuber, und Dorn würgte und hustete. Sank dann mit einem erschreckten, beleidigten Blick gegen die Lehne zurück. Aber er verlor die wachsbleiche Farbe, und seine Pupillen weiteten sich. »Hier, willst du noch mehr?«

»Nein, Duun«, antwortete er. Er drehte sich um und sah zum Fenster hinaus.

Duun hatte keine Lust, hinauszusehen. Er wußte, was dort zu sehen war. Die Hauptstadt. Dsonan. Die hohen Gebäude, in denen ein Shonun über dem anderen lebte.

»Sieh dir das an!« rief Dorn plötzlich und deutete zum Stadtzentrum.

»Ich habe sie schon gesehen, Elritze.« Hohe Gebäude interessierten Duun nicht. »Wir werden auf einem landen. Und wir werden in einem davon wohnen. Im Innern.« Noch mehr zu erklären hätte zuviel Stimmgewalt erfordert. Der Lärm des Rotors bedrückte ihn. Er erinnerte sich an die Perspektive der Betonschluchten und der Gebäude, die unter ihnen dahinzogen. Er packte Dorn am Handgelenk und fühlte den Puls. Dorn sah ihn an, wußte, was er tat, und er sah aus, als schämte er sich grenzenlos eines Herzens, das er nicht beherrschte. »Sieh hinab!« sagte Duun, während der Helikopter über die Stadt flog. »Gewöhn dich daran!«

Dorn zuckte nicht zusammen. Der Puls wurde schneller, während unter ihnen die Perspektiven wechselten ... (»Was ist das?« fragte Dorn, als ein Zug unter ihnen vorbeihuschte.) Was ist das? Duun wollte jetzt noch keine Fragen hören. Dafür war später Zeit. Der Puls flatterte mit unerträglicher Geschwindigkeit unter seiner Fingerspitze. »Kommen wir auch hinunter?«

»Sie verfehlen es nie«, sagte Duun. »Achte auf das Dach dort, Elritze! Siehst du den Kreis? Dort landen wir.«

SECHSTES KAPITEL

Das Fenster zeigte Waldland mit einem Bach. Duun scherte sich nicht darum. Die Luft aus der Klimaanlage brachte Waldgeruch mit. Es war, wie der beige-graue Sand auf dem Fußboden, synthetisch und teuer. Dorn staunte darüber, betastete das Fenster und fragte: »Drehen wir uns?« Denn die Szenerie bewegte sich. »Nein«, versetzte Duun scharf. »Hast du denn vergessen, daß die Stadt hinter dieser Wand liegt? Benimm dich! Das gehört dir nicht. Und mir auch nicht. Es ist einfach alles nur *hier,* mehr nicht. Laß dich nicht davon beeindrukken.«

»Wem gehört es denn?«

Duun bedauerte es, das Thema angesprochen zu haben. Und vielleicht argwöhnte Dorn jetzt, daß er von mehr als nur einer Illusion umgeben gewesen war, speziell für ihn aufrechterhalten. Dorns Überschwenglichkeit verebbte, ein Ausdruck des Schmerzes blieb zurück, der fein gezeichnete Ausdruck eines Menschen, dem die Reserven ausgegangen waren. Der tagelange Mangel an Schlaf, das Abführmittel, die Jagd, die Wunden; ein Herz, das während des Helikopterfluges schwerer gearbeitet hatte als die Motoren – so sehr, wie es ein Herz vielleicht für eine Zeitspanne überhaupt nur tun sollte. Duun ging in sein Zimmer, kramte in seinen Sachen und holte ein Beruhigungsmittel hervor, ging dann in die Küche und mischte es in die Milch.

Die Wohnung war größer als das ganze Haus in Sheon. Sie hatte vier Schlafzimmer, eine Küche, ein Wohnzimmer, ein Speisezimmer, ein Arbeitszimmer, Bad, Übungsraum, Sonnenraum (eine Lüge); sie hatte eine Bibliothek, ein Fernsehzimmer, eine Sauna, einen Ankleideraum, eine Speisekammer, eine Waschküche, ein

Bedienstetenquartier, das jedoch leer war, einen Sicherheitsposten, der es nicht war. Aber Dorn wußte nichts von Wachen und Monitoren und dem Gang draußen. Mehrere Zimmer täuschten gut genug Sonnenlicht vor, um Pflanzen darin zu ziehen, wenn man das wollte. Das Bad und das zentrale Schlafzimmer waren von umlaufenden 3-D-Bildschirmen umgeben, die auch als Fenster fungierten. Die Götter wußten, daß die Erbauer dabei nicht nur Naturansichten im Sinn gehabt hatten. Und man konnte schon in Versuchung geraten. Die Stadt bot Ablenkungsmöglichkeiten, Örtlichkeiten, wo ein Mann oder eine Frau hingehen und sich amüsieren konnten. Ein Hatani war stets diskret. Aber selbst ein Hatani konnte sich unzeitige Tröstungen verschaffen, wenn er eine Frau mit Diskretion fand. Duun legte die Ohren zurück. Nur Stunden in dieser Wohnung, und es kam ihm vor, als hätte es die vergangenen sechzehn Jahre nicht gegeben. Abgesehen von der Präsenz dessen, der jetzt von der Seite her zu ihm trat.

Er drehte sich um und reichte Dorn den Becher. »Das ist für dich. Trink es! Dann leg dich hin!«

Dorn nahm den Becher. Aber vielleicht war er doch nicht ganz so geruchsblind. Sein Blick wurde wachsam. Und zeigte müde Verwirrung.

»Ein Beruhigungsmittel«, sagte Duun. »Trink es aus und leg dich hin! Du wirst schlafen.«

»Duun.« Dorn stellte die Milch auf den Tisch. Sein Gesicht war wieder weiß. Er lehnte sich an die Wand, war gar nicht so stark, wie er tat. Er hatte gehumpelt, als er das Zimmer betrat. »Warst du früher schon mal hier?«

»Ich habe früher hier gewohnt.« Duun nahm den Milchbecher wieder vom Tisch, packte Dorns Hand und brachte beides fest zusammen. »Trink das! Soll ich dich erst überzeugen, Dorn?«

Dorn trank aus. Stellte den Becher wieder weg.

»Also hast du herausgefunden, was du noch nicht

wußtest«, meinte Duun. »Macht dir die Welt Angst, Dorn? Man muß hier nur die Illusionen aussortieren, das ist alles. Man muß wissen, was wirklich ist und was nicht.«

»Wirst du bei mir sein?«

»Haras-hatani. Dorn. Was höre ich da? Ist das ein Bedürfnis? Geht es um etwas, das ich habe und du nicht? Was könnte das sein?«

»Mut.« Dorns Stimme klang heiser und hohl.

»Höre ich da etwas wie ›ich kann nicht‹?«

»Nein, Duun-hatani.«

»Die Meds verlangen nach dir. Sie wollen dich holen und diesen Arm noch einmal auseinandernehmen. Sie wollen dich ihren Apparaten präsentieren, Stücke von deiner Haut nehmen und dich von Kopf bis Fuß ausmessen. Ich habe ihnen gesagt, sie sollen noch einen Tag oder so warten.«

Schweigen. Dorns Augen waren geweitet. Es lag nicht nur an dem Beruhigungsmittel. »Danke, Duun-hatani.«

»Geh ins Bett!«

Dorn zog sich humpelnd zurück.

So so. Keine Rebellion. Es hätte anders laufen können. Duun starrte zur leeren Küchentür hinaus. Durch den Waldgeruch roch man noch die Ausdünstungen des Umbaus. Durch die falsche Luft und die falschen Bilder hindurch. Und der Sand unter Duuns steingehärteten Füßen fühlte sich zu fein an, wie Pulver.

Er ging ins Schlafzimmer und fand Dorn im Bett. Es war Nacht. Duun spürte das, obwohl die Wandbilder nicht dazu paßten und einen mittleren Nachmittag zeigten. Dorn schlief, die hellblauen Decken mit einer braunen, glatten Hand festhaltend. Das Gesicht hatte einen hohlen Ausdruck angenommen: Der Unterkiefer war länger geworden, und die Backenknochen standen stärker hervor.

Endgültige Veränderungen. Fast schon ein Mann.

Duun wählte eine Nachtszenerie aus. Die Lichter erloschen, und Sternenstaub schimmerte auf den Wänden, die den Schläfer umgaben. Die Klimaanlage erzeugte einen zurückhaltenden Duft, der synthetisch war und vage ans Meer erinnerte.

»Ja, Duun?«

Duun zog mit gekreuzten Beinen die Füße auf der Erhebung an (städtische Verhaltensweisen fielen ihm schwer nach sechzehn Jahren), stützte die Arme auf die Oberschenkel und ließ die Hände schlaff in den Schoß fallen. (Ja?) Er blickte auf zu Ellud, der an seinem Schreibtisch saß, umgeben von den Attributen seines Amtes, Monitor und Kommunikationseinrichtungen. Wie ein Wurm im Netz. Leitungen führten von hier aus überall in die Welt. »Es geht ihm gut«, sagte Duun. »Ich glaube nicht, daß es ihm geschadet hat. Ein oder zwei Narben – was ist das schon?«

Ellud sah ihn an; Duun erwiderte den Blick mit seinem festgefrorenen Lächeln. Er hatte witzig sein wollen, und Ellud schien zu dem Schluß zu kommen, daß es das war, ihm aber nicht gefiel. »Das mit der Urkunde ist geregelt. Die Bauern sprechen ihren unterwürfigen Dank aus. Die Sache ist abgeschlossen.«

»Gut.«

»Ich bin damit beschäftigt, dir neugierige Fragen vom Hals zu halten, Duun. Weißt du das?«

»Ich weiß. Sie werden ihre Finger von ihm lassen. Sag es ihnen allen. Er hatte noch nie einen Helikopter gesehen. Er kann einen Haushalt gut führen; na ja, eine Geschirrspülmaschine kannte er noch nicht. Er ist wie ich. Das sagte ich dir bereits. Die Meds werden ihn respektieren. Oder ich sorge dafür. Nein. *Er* wird es selbst tun. Ich gebe ihm die Erlaubnis dazu.«

»Ich halte das nicht für ratsam.«

»Er ist ein Hatani, Ellud.«

»Eine Handvoll Bauern hat ihn fast umgebracht! Um

der Götter willen, Mann, sie hätten ihn getötet! Was hast du dagegen unternommen?«

»Ich bin gelaufen. Sie hätten auch *mich* fast umgebracht, weißt du. Ein halbes Dutzend Männer mit Schußwaffen ist nicht zu verachten. Ich habe keinen Dummkopf ausgebildet. Und sie haben ihn überrascht. Nicht mit den Schußwaffen. Mit ihrer Reaktion. Sie hatten Glück, daß er weggelaufen ist. Großes Glück! Sogar trotz ihrer Schußwaffen. Das kannst du deinen Mitarbeitern sagen.«

»Sie werden ihn nicht provozieren.«

»Sie sollen gar nicht mit ihm sprechen. Diese Regel gilt weiter. Bitte, danke, setz dich wieder. Einatmen, ausatmen! Keinen Kommentar! Nichts. Und respektiere es. Sie sollen ihn auch respektieren, und ich meine es ernst damit!«

Ellud holte sehr, sehr tief Luft und stieß sie wieder hervor. »Wie weit ist er gereift?«

»Sehr weit – in mancher Hinsicht. In anderen Dingen wieder überhaupt nicht. Eins sage ich dir: Niemand redet mit ihm!«

»Für wie lange?«

»So lange, wie es braucht.«

»Sie wollen die Bänder einsetzen.«

Duun runzelte die Stirn. »Gib mir noch ein wenig Zeit damit. Ich sage Bescheid, wenn es soweit ist.«

»Du hattest sechzehn Jahre!«

»Er auch. Wer weiß schon, was er braucht? Ich möchte, daß deine Meds sich nicht bei mir blicken lassen, Ellud. Oder ich suche mir eine andere Gegend. Irgendwo auf der anderen Seite der Welt, wenn es sein muß.«

»So lange, wie es braucht – hm?«

»So ist es.«

»In Ordnung. Ich halte sie dir vom Hals. Ich spreche mit den Mitarbeitern. Vielleicht solltest du dich etwas ausruhen. Die Meds könnten auch dich untersuchen.«

»Das ist nicht, was ich brauche.«

»Was denn?«

»Ist Dogossen noch da?«

Schweigen. »Sie ist nach Rogot gezogen. Ein Ehemann. Der zweite jetzt.«

Die Jahre holten Duun wieder ein, in einem einzigen dumpfen Schmerz. »Na ja. Und Hounai? Dasselbe?«

»Brauchst du eine Frau, Duun? Ich kann mich bei den Mitarbeitern umhören. Vielleicht ...«

»Keine Hatani.« Er blickte nach unten und studierte das Muster seiner Hände, der ganzen und der halben. »Ich will keine Hatani. Nichts in der Art. Es ist so lange her.«

»Ich hoffe bei den Göttern, daß es so ist!«

Duun blickte wieder auf. Es war zum Teil als Witz gedacht, aber angesichts von Duuns Blick legte Ellud die Ohren nach hinten und enger an den Schädel. »Glaub es mir«, sagte Duun. »*Miete* jemanden. Ich brauche keine Konversation. Und, bei den Göttern, ich will nicht wieder eine Ehefrau! Lassen wir es beim Geschäftlichen. Auch keine Mitarbeiterin. Jemanden vom Hafen. Soll sich die Sicherheit doch selbst ihre Sorgen machen.«

»Ich bin nicht dein ...«

»Nenn es Freundschaft.« Duuns Stimme klang rauh und heiser. Er ballte unwillkürlich die Fäuste, und als er es merkte, entspannte er sie wieder. Und Elluds Ohren waren nach hinten gelegt. Ellud betrachtete ihn weiter, machte dabei aber den Eindruck, als würde er lieber wegsehen.

»Duun-hatani ...« Ganz vorsichtig. Obwohl Angst, beleidigtes Zartgefühl und wohlüberlegte Fragen in ihm brodelten, würde Ellud doch auf keinen Fall fragen. Nach einem Schaden zum Beispiel. Und Einsamkeit. Und geistiger Gesundheit. Das Schweigen dauerte lange, sehr lange.

»Ich will auch Mitarbeiter haben«, sagte Duun. (Was

hast du denn gemacht, Ellud no Hsoin? Was fürchtest du? Gewalttätigkeit? Alter Freund – was erwartest du?) »Gute Leute. Junge Leute, die wissen, wie man gehorcht.«

»Das ist aber ein Widerspruch in sich!« Elluds Lachen war vorschnell, ganz so, als wollte er unbedingt lachen, um vom Thema abzulenken. Um das Gespräch aufzulockern. Aber das Lachen erstarb schnell wieder. »Wie viele?«

»Vier, fünf. Männliche und weibliche. Ich überlasse dir die Auswahl. Er muß Leute kennenlernen. Sie können ruhig älter sein, sagen wir – zwanzig, fünfundzwanzig. Und bei den Göttern, sie sollten lieber gefestigt sein! Du verstehst schon.«

Längeres Schweigen. »Ich will mit den Bändern anfangen.«

»Du hast etwas vergessen«, sagte Duun ruhig. »Dies ist dein Amt, aber du kontrollierst die Dinge nicht. Ich tue es. Ich bin kein Angestellter – und kein Hinterwäldler, der gerade in die Stadt gekommen ist. Ich gehöre nicht zu deinem Personal.«

»Sie setzen mich unter Druck, Duun.«

»Sie?«

»Der Rat.«

Duun holte tief Luft. Schloß die Augen und dachte wieder an die Wälder.

»Duun.«

Er öffnete die Augen. Ellud saß wie erstarrt da. »Auch sie leiten diese Sache nicht«, sagte Duun. »Sechzehn Jahre. Wie kurz manches Gedächtnis ist!«

»Zwei Mitglieder sind gestorben. Rothon und ...«

»Ich weiß. Ich habe dort draußen alle Nachrichten gelesen. Was glaubst du eigentlich, was ich gemacht habe? Ich weiß, wer dazugehört, und ich weiß, was sie tun können. Und das ist sehr schlecht; sie haben mit einem Hatani verhandelt, und sie können es nicht mehr rückgängig machen.«

»Duun – sie könnten versuchen, dich umzubringen! Sogar das!«

Duun lachte.

»Es geht um Politik«, meinte Ellud. »Sie wären dumm, wenn sie es versuchten, aber die Politik hat schon viele Leute zu Dummköpfen gemacht. Nimm es nicht auf die leichte Schulter, Duun! Der Posten vor deiner Tür gehört zu meinen Leuten, wofür du den Göttern danken kannst. Und die Frau wird aus den Reihen meines Personals stammen. Dann fühle ich mich wohler. Sei höflich, Duun-hatani. Manche von diesen jungen Toren beten dich an!«

Duun klappte die Ohren nach unten. »Verdammt, Ellud!«

»Möchtest du es anders arrangieren, Duun-hatani?«

»Rette mich vor Dummköpfen!«

»Das versuche ich ja. Vor einem, den ich einmal liebte, Duun.«

Duun schwieg lange. Grinste dann endlich und spürte dabei, wie die Narbe an seinem Mund zerrte. Lachte einmal kurz auf, worauf Ellud beunruhigt aussah. »Götter!« sagte Duun. »Ich ertrinke, und jemand hat ein Seil.«

Ellud wirkte noch stärker beunruhigt. Seine Augen zeigten das Weiße.

»Die Welt gehört mir«, sagte Duun. »Frauen sehen meine Narben nicht; mein Schützling verehrt mich, und mein letzter Freund bezeichnet mich als Dummkopf.« Er lachte wieder, setzte die Füße schwungvoll auf den Sand und stand auf. »Ich weiß das zu schätzen«, sagte er. Und ging.

Die jungen Muskeln spannten sich, verknoteten und streckten sich unter einem unbehaarten, schweißbedeckten Rücken: Der Arm hielt, und Dorn zog sich am Reck nach oben, auf und nieder, auf und nieder. Duun betrat den Übungsraum, ging leise über den zertrampelten, mit Schweißflecken bedeckten Sand und stand eine Zeitlang mit verschränkten Armen daneben. Schließlich erlahmten Dorns Anstrengungen; es wurde zu einem Kampf, sich nach oben zu ziehen. In einer perversen Anwandlung landete Duun mit ausgefahrenen Krallen einen Schlag auf Dorns verletzlichem Hinterteil; Dorn zuckte zusammen, zog sich noch einmal hoch und sprang dann zu Boden, drehte sich in der Bewegung um. Er schnappte nach Luft, aber seine Augen leuchteten, so gesund fühlte er sich an diesem Morgen. Duun schürzte die Lippen. »Schmerzt nicht mehr, wie?«

»Nein.« Und Vorsicht schlich sich in Dorns Gebaren. Duun betrachtete ihn forschend. Er dachte nach. Dorn entspannte sich, und jetzt war es Duun, der nachdachte und ihn dabei betrachtete, und das war Grund genug für die Vorsicht. Vieles geschah hinter diesen Wänden, wo Dorn einmal aufgewacht war und sich in einem nächtlichen Himmel schwebend vorgefunden hatte. Und er erstickte einen Schrei, der sofort Duuns Abscheu erweckt hätte. Und Dorn drehte jetzt selbst jeden Abend die Sterne an und ging schwindelig ins Bett, streckte sich darauf aus und zwang sich dazu, nach oben zu blicken und sich umzuschauen, mit ausgebreiteten Gliedern daliegend wie früher im Sommer auf einer Bergflanke, ungeschützt gegen den Himmel, der sich langsam drehte. Er erinnerte sich daran, was es für ein Gefühl war, wenn man flog. Erinnerte sich, wie sich das Land schwindelerregend unter ihm drehte, sich das Schweregefühl änderte, erinnerte sich auch an das Gefühl zu fallen, verstärkt durch die Höhe, die so groß war, daß sie das Vieh in Insekten verwandelte und Täler in Kleiderfalten. Und die Dunkelheit und die Sterne nahmen ihn gefangen und wirbelten ihn umher, bis das Flugempfinden wieder da war, und er lag ganz bewußt da und überwand seine Furcht und schlief darüber ein. Manche Ängste hatte Duun ihm aus bestimmtem Grund eingeflößt, aber über diese hätte er gelacht. Dorn spürte, daß es so war – und Duuns Verachtung war schlimmer als die Höhe, schlimmer als jedes Fallen. Er hoffte jetzt auf Duuns Zustimmung ... den rasch wieder bedeckten Blick, die Spannung des Mundes – für solch kleine Dinge strengte er sich an, aber sie hatten ja auch Bedeutung für ihn. Der schmerzhafte Schlag – das war nur ein Scherz; Duun trieb Scherze mit ihm und provozierte ihn, und das bedeutete – bedeutete vielleicht, daß Duuns Zurückhaltung, sein Mitgefühl ihm gegenüber nicht mehr bestand. Er spürte Duuns Abscheu vor diesem Ort und dem, was ihn hierhergeführt hatte. (Vergib mir, Duun-hatani. Vergib mir das alles. Daß wir hier sind. Daß ich hilflos bin und dich enttäusche, und, bei den Göttern – sei nicht böse, Duun!)

Duun stieß ihn fest in den Bauch. Dorn hielt stand. Er versenkte sich in seinen Schwerpunkt, erwartete – irgendeinen plötzlichen Zug. Einen Schlag, der geeignet war, ihm den Kopf herunterzuschlagen, den Duun auch so ausführte, weil er wußte, daß Dorn ihn abwenden konnte. Dorn dachte daran, aber auf einmal ging ihm der mögliche Schlag aus dem Sinn; das Zeitgefühl kam ihm abhanden, und er erschauerte und zuckte zusammen, als er es merkte. Und Duun sah das auch.

»Wo sind deine Gedanken, Haras?«

Dorn sammelte sich wieder. Duun ging um ihn herum, trat hinter ihn. Dorn spitzte die Ohren. Er lauschte Duuns weichen Schritten auf dem Sand. Sein eigener schneller Atem setzte seine Hörfähigkeit herab und gefährdete ihn. Er bewegte sich nicht, bis er Duun an seiner linken Seite hörte; dann drehte er den Kopf und folgte der Bewegung, die ihn im Augenwinkel neckte.

Langsam streckte Duun die rechte Hand nach Dorns Gesicht aus ... (Ein Angriff?) Dorns Herz machte einen Sprung, und in einem kritischen Augenblick überschritt die Hand seine Reaktionsgrenze, und er duldete sie dann, ermöglichte es Duun, seine Kinnlade zu berühren. Die zwei Finger packten sie sanft an beiden Seiten, was keine andere Hand durfte als die seines Lehrers, aber die Hand, die sich so langsam bewegt hatte, wäre auf diese Weise angreifbar, und er wußte es. Er dachte daran. Wenn Duun Schwächen in ihm entdeckte, griff er sie an, aber diese Schwäche war zulässig; sie war die Sicherung, die dafür sorgte, daß die Spiele Spiele blieben. Duun nahm sie ihm nie. Duuns dunkle Augen waren auf einer Ebene mit seinen und verströmten ihre Kraft in ihn, wie die Dunkelheit der Nacht, wie die Dunkelheit und all die Sterne, zwischen denen er umherwirbelte und zugrundeging.

»Woran *fehlt* es dir, Haras-hatani?«

(O ihr Götter, Duun ... nein!)

»Woran *fehlt* es dir, Haras-Dorn? Warum konnte ich dich überrumpeln? Wodurch bist du angreifbar? Sag es mir!«

»Du bist es, Duun-hatani. *Dich* brauche ich.«

Der Griff tat weh. Quetschte ihn. »Was bin ich für dich, Elritze?«

Dorn wußte nicht, was er sagen sollte. Der Griff wurde fester. Dann wieder sanfter. Die Augen bewegten sich, ließen ihn los, so daß er wieder blinzeln konnte. Duun zog die Hand zurück, und Dorn zitterte.

»Du verstehst doch, was ich gerade mit dir gemacht habe, Elritze? Du verstehst doch, wie leicht es war? Denkst du, ich könnte es noch einmal machen?«

(Duun, wie er ihn am Feuer in den Armen hielt, Duun, wie er ihn berührte, der alle Wärme war, die er kannte. Und jetzt durfte er nie wieder berührt werden, durfte es weder Duun noch sonst jemandem je wieder erlauben ...) Tränen stachen in Dorns Augen. (Du weinst ja. Wenn du das morgen auch tust, schlage ich dich.) »Ja«, sagte Dorn. Die Brust tat ihm weh. »Ja, Duun-hatani. Genau jetzt könntest du es wieder tun.«

Duuns Augen bohrten sich in seine. Dunkel und tief und kalt wie die künstliche Nacht. Duun hob ein zweites Mal die Hand. (Diesmal tue ich dir weh, Dorn.) Dorn hob ganz langsam die Hand und hielt sie ihm entgegen. Duun schien zufrieden. Ging wieder um ihn herum, und Dorn lief ein Schauder über den Rücken. Sein Hinterteil spannte sich. Dann tauchte Duun wieder an seiner Seite auf, war wieder vor ihm.

Diesmal war es wie der Schlag einer Eidechse. Dorn riß die Hand hoch, und laut klatschend prallten die Handflächen aufeinander. Dann keine Kraft mehr. Kein Drücken, von beiden Seiten nicht. Duun machte mit der anderen Hand ein Zeichen. Dorn akzeptierte es, blieb aber wachsam, während Duun seine Hand aus dem Griff löste und sie hinter sich hielt.

Ihn zu einem Schlag einlud. (Versuch es bei mir, Grünschnabel!)

»Ich bin kein Dummkopf, Duun-hatani.«

»Du bist es wirklich nicht mehr in dem Ausmaß wie früher.« Er spielte damit auf den Zwischenfall mit den Bauern an, sagte sich Dorn. Es war das erste Mal in diesen Tagen, daß Duun darauf anspielte.

»Ich bin nicht bereit, Duun-hatani.«

»Die Welt wird dich nicht immer fragen, ob du bereit bist, Haras. Wahrscheinlich tut sie es überhaupt nicht.« Duun steckte die Hände in den Gürtel. »Du wirst weitere Lehrer bekommen. Oh, ich selbst bleibe auch da. Vorerst noch. Aber es kommen noch weitere. Andere junge Leute. Es sind keine Hatani. Sie wissen, daß du einer bist.«

(Leute wie ich, Duun? Ist irgend jemand wie ich?) Aber die Frage blieb ihm im Hals stecken. (»Was *fehlt* dir, Haras-hatani?«) Es war tödlich. Es öffnete ihn auf eine Art und Weise, die einzugestehen er zu klug war. »Wann?« fragte er. (Duun, ich *will* keine anderen Lehrer!)

(Du *willst* keine, Elritze? Höre ich wirklich, du *willst* keine?)

»Morgen. Vergiß nicht; keine Angeberei! In manchen Dingen bist du besser, in anderen schlechter. Du bist gut in Mathematik; du wirst neue Verfahren lernen – nicht mehr in deinem Kopf, sondern mit Maschinen. Diese Leute sind keine Hatani. Wenn du einen von ihnen schlägst, tötest du ihn damit. Ist dir das klar? Deine Reaktionen sind zu schnell. Und sie wüßten nicht, wie sie dich aufhalten sollten. Also müssen deine Reaktionen noch schneller sein, um dich davon abzuhalten, daß du überhaupt reagierst. Begreifst du das? Leg dein Messer weg! Leg es weg, wenn du mit diesen Leuten zusammen bist! Öffne dich! So. Steh still!« Ein drittes Mal griff Duun nach Dorns Gesicht. Dorn hob die Hand, unterbrach dann aber unschlüssig die Bewegung. (Ein Trick? Oder was meint er?) Er erlaubte es Duun, ihn an die Kinnlade zu fassen, dann daran entlangzustreichen und darunter zu fassen. »So ist es gut«, stellte Duun fest. Und zog die Hand wieder zurück. »Vergiß das nicht! Sie sind so. Keiner von ihnen könnte dich aufhalten. Keiner von ihnen hätte eine Chance. Keiner von ihnen weiß, wie man steht, wie man sich bewegt. Sie werden dich nicht anfassen. Das ist das einzige, was ihnen klar ist. Aber selbst, wenn sie es vergessen, reagiere nicht! Verstehst du, Dorn?«

SIEBTES KAPITEL

Es waren fünf: Elanhen, ein junger Mann, dessen graues Rückenfell schwarze Spitzen hatte. Seine Schultern waren breit und sein Blick mißtrauisch, aber er war auch jederzeit zu einem zaghaften Lächeln bereit. Im Auftreten war er der beste und lockerste (der Klügste, dachte Dorn; sein Auftreten ist das einzige, was er der Heimstatt zeigt, während er den Rest zurückhält). Dann kam Cloen, ein eher kleiner Bursche, dessen Bauchfell gesprenkelt war ... (»Mach keine Bemerkungen darüber«, warnte Duun Dorn im voraus, als er ihm Cloen beschrieb. »Sein Säuglingszeichen begleitet ihn immer noch.«) Und Cloen war von allen der, der am wenigsten aus sich herausging, und er war der erste, der ein finsteres Gesicht machte. (Er hat eine Wunde, dachte Dorn; sie blutet ins Wasser. Cloen wäre leichte Beute, wenn ich hinter ihm her wäre.)

Und dann Sphitti, der dürre, unordentliche Sphitti. Deshalb trug er wie Dorn einen Namen, der eine Art Unkraut bezeichnete. Sphittis Gewohnheit war es, dazusitzen und in einem fort nachzudenken, und er redete kaum.

Dann war noch Betan zu erwähnen – ein Mädchen, das sich mit breithüftigem Schritt bewegte, das jederzeit zu einem Lächeln aufgelegt und geistig schneller war als die anderen. Betan *roch* auch anders. Betan rümpfte die Nase vor Dorn und lächelte ihn auf eine Weise an, wie noch nie jemand zuvor, was ihm Angst machte. (Selbstsicherheit. Sie *weiß* vieles. Sie kennt Dinge, von denen ich keine Ahnung habe, und sie weiß, daß sie es weiß, und auch, daß sie mich bezwingen kann.) Wenn Duun ihn so angesehen und dabei auf diese Weise innerlich gelacht hätte, wäre es in Dorn eiskalt geworden. Er hätte nichts mehr gegessen und nichts mehr getrunken, was in irgendeiner Weise Duuns Zugriff offengestanden hätte, und es nicht mehr gewagt, in seinem Bett zu schlafen. Daß eine Fremde ihn so anschaute, war niederschmetternd. Als sie sich das erste Mal begegneten, blieb er stehen und starrte zurück, zeigte ihr ein völlig starres, ausdrucksloses Gesicht.

(Sie sind nicht so beweglich, hatte Duun beharrlich behauptet. Aber Duun hatte früher schon gelogen.)

Die fünf begegneten sich in einem Zimmer, in das Duun ihn führte; es lag im Stock über dem, wo sie wohnten. »Geh hinein!« sagte Duun, und vor den Augen eines Wachtpostens an der Tür machte er Anstalten, ihn zu verlassen, eine Aussicht, die allein schon ausreichte, Dorn in Panik zu versetzen. »Vergiß nicht, dich zu benehmen!« Duun sagte nicht: Vergiß nicht, was ich dir gesagt habe. Das, was Duun nicht sagte, war stets das, was am schwersten wog. Er erwartete von Dorn, sich an diese Dinge zu erinnern, ohne daß sie gesagt worden waren. »Ja, Duun«, antwortete Dorn und legte sich damit selbst fest, als der Posten die Tür öffnete, damit er eintreten konnte. Die Berührung von Duuns Hand mitten auf seinem Rücken war eine Abschiedsgeste, kein Schubser.

Vier Fremde erhoben sich von ihren Plätzen, als er die Diele durchquerte, vier Fremde, deren vermischter Geruch ein Kunstgriff war, weil er ihn an Blumen erinnerte, in einem Zimmer, dessen Boden mit weißem Sand bedeckt und das so groß war wie der Übungsraum. Fünf Schreibtische waren hier aufgebaut, und die Fenster in dieser weißen Sterilität zeigten ein Dickicht ähnlich den Wäldern Sheons, dazu angetan, Augen und Gedanken durcheinanderzubringen. Dorns Geruch verriet den anderen seine Angst. Er blieb stehen. »Hallo«, sagte einer, der, wie er später erfuhr, Elanhen hieß. »Hallo«, antwortete Dorn und zeigte sein bestes Gesicht, ein Gesicht, das er an Duun gesehen hatte, wenn dieser den Meds gegenüberstand. »Ich bin Haras.« Für Außenseiter hieß er Haras, trug er seinen Hatani-Namen. Die anderen stellten sich ebenfalls vor. So begann es. »Wir sind eine Arbeitsgruppe«, sagte Elanhen. »Sie sagen, du wärst gut.«

Er hätte auch pelzig sein können, wie sie, vierfingrig, mit Ohren und Augen wie sie. (Ich bin *anders.* Auf Sheon haben sie auf mich geschossen. Seid ihr denn nicht schockiert, nicht wenigstens ein bißchen?) Aber niemand tut, als merkte er es.

(Duun kennt sie, dachte Dorn. Duun hat das hier organisiert und arrangiert.) Er spürte, wie ihn die Wände einer Falle umgaben. Er ließ zu, daß die anderen ihn an seinen Arbeitstisch führten und ihm den Computer zeigten ... »Du mußt mit uns mithalten können«, sagte Elanhen. »Setz dich, Haras-hatani!«

Er gehorchte. Er nahm die Tastatur auf den Schoß und versuchte es. Er hatte Schwierigkeiten mit den Tasten, aber nicht mit der Mathematik. Einmal brachte er die Maschine durcheinander und schämte sich dafür, und er sah auf zu Sphitti und rechnete damit, bei ihm Verachtung zu erkennen.

»Versuch es noch einmal!« sagte Sphitti. »Ganz von vorn.« Ohne jede Boshaftigkeit.

Die anderen sahen ihm zu. Dorn konzentrierte sich, rief sich noch einmal Sphittis Anweisungen ins Gedächtnis und schaffte es diesmal.

»Das war gut«, meinte Betan, und Dorn blickte vorsichtig in ihre Richtung. *Gut* war kein Lob, das man allzu leicht errang. Er argwöhnte, daß sie sich auf seine Kosten einen Scherz erlaubten. (Was haben sie vor, und wann geschieht es? Welches Spiel treiben sie?)

Er versuchte, keine Fehler zu machen. Er hörte zu und speicherte alles in seinem Gedächtnis.

Duun erwähnte die Schule an diesem Tag nicht und auch nicht am nächsten. (Wann kommt sein Zug?) Dorn schlief leicht, hatte Angst vor dem Essen und achtete beim Essen sehr auf den Geschmack. (Er wird mich nächstes Mal nicht warnen. Auf keinen Fall. Er wird einfach zuschlagen. Aber wie und wann?) Panik hatte sich in ihm breitgemacht, das Gefühl, daß die Dinge ihm entglitten, daß Duun vielleicht fortging, jetzt, wo so viele andere da waren, die für Dorn sorgen konnten.

(Was fehlt dir, Haras-hatani?)

Vielleicht wachte er eines Morgens auf, um festzustellen, daß Duun fortgegangen war, nur weil Duun wußte, wie verzweifelt Dorn ihn brauchte, und weil es falsch war, ihn zu brauchen.

Vielleicht wartete Duun auf etwas. (Darauf, daß ich *ihn* angreife, daß ich diesmal beginne ...) Aber Dorn würde verlieren. Die Ereignisse hatten das erwiesen. Und er hegte einen noch schlimmeren Verdacht: Daß er, wenn er nicht anfing, auch verlieren würde – denn Duun hielt eine Niederlage nicht aus. Duun würde gehen. Er, Dorn, würde schließlich allein sein, vollkommen allein zwischen all den Meds und den Fremden, die sie ihm aufdrängten. Und so wünschte er sich jetzt nur noch, sein Gebiet zu wahren. Für immer. Und Duun nicht zu verärgern, was wiederum unmöglich schien.

Er spielte die Ddkin für Duun. Er saß auf seiner Erhebung. (»Wir sind hier in der Stadt«, sagte Duun, »und Stadtleute benutzen den Fußboden nur, um darauf zu gehen.« Dorn kam das unvernünftig vor, denn er liebte die Wärme des Sandes und die Möglichkeit, sich durch den Körper eine Kuhle darin zu formen. Aber Duun sagte etwas anderes, und er tat, wie ihm geheißen.) Er spielte die Lieder, die er kannte, und Duun spielte für ihn andere. Das hatte sich nicht verändert, und es beruhigte Dorn und brachte Duun zum Lächeln.

Einst zog ich eine Straße lang
Die ich bis dahin nicht gekannt;

Einst fand ich einen selt'nen Pfad
Der mir bis dahin unbekannt.
Er zog sich immer weiter hoch
Und wand sich durch ein Tal.
Dort traf ich einen klugen Mann,
Wie er noch nie besungen ward.
Noch nie traf ich jemand' wie ihn:
Ich hoffe sehr, nie zu berichten
Wie ähnlich er mir war – und doch auch nicht.
Ihn fand ich dort an jenem Tag.
Er hatte mein Gesicht, er hatte meine Augen,
Er hatte meine Art, wie wahr.
Du Dummkopf du, sagt er und sang
Das Lied, das ich grad sang.

Dorn lachte, als Duun fertig war. Duun lächelte und stimmte eine Saite nach. »Gib mir das Instrument!« bat Dorn.

»Ah, es gibt keine Revanche. Mein Repertoire ist unerschöpflich.« Die narbigen Lippen verzogen sich. Sie taten es immer bei einem solchen Lächeln. »Verdammt!« Die Saite war gerissen. Dorn zuckte zusammen. »Sie war alt«, sagte Duun, »sehr alt. Ich besorge morgen eine neue.« Duun reichte ihm die Ddkin, damit er sie wegpackte, und Dorn nahm das Instrument entgegen und legte es sorgfältig in den Kasten zurück. »Geh und schlafe etwas!« sagte Duun.

»Ja«, antwortete Dorn. Und drehte sich wieder um, auf der Erhebung knieend, denn Duun war aufgestanden und hinter ihn getreten, und Dorn war deswegen auf der Hut. Er blickte auf. Duun betrachtete ihn aufmerksam, drehte sich dann um und ging. Das Schweigen machte Dorn frieren. Er schlug den Kasten zu.

(Er überlegt sich etwas. Er plant etwas. Und er will, daß ich es weiß. Ihr Götter, was führt er nur im Schilde?)

Duun blieb unter der Tür stehen, die zu den übrigen

Zimmern führte. Blickte noch einmal zurück. Ging weiter.

(Er erwartet, daß ich etwas unternehme – aber was?)

(Macht Duun jemals etwas ohne Grund? Macht er je auch nur den kleinsten Zug, ohne einen Grund zu haben?)

(Ich habe Angst vor diesen Leuten. – Weiß er das nicht?)

Weißes Licht und weißer Sand verschwammen ineinander – der Übungsraum drehte sich wie rasend, und Dorn landete mit dem Rücken im Sand. Er rollte sich ab und sprang wieder auf, und Lichter explodierten vor seinen Augen.

»Noch einmal!« befahl Duun.

Dorns linkes Knie knickte ein, und er fiel im Schock auf die Knie, spürte dabei, wie die Haut abgeschürft wurde. Die Rolle hatte ihm auch an den Schultern welche gekostet. Schweiß stach ihn dort. Er kniete im Sand und hob eine Hand, signalisierte so eine Pause, damit sich die Benommenheit wieder legen konnte.

Duun trat zu ihm und nahm sein Gesicht zwischen die Hände, zog seine Augenlider hoch, damit er wieder dem Licht ausgesetzt war, fuhr mit einer Hand tastend über seinen Schädel.

»Weiter!« sagte Dorn. Duun knuffte ihn am Kopf, daß er hin und her schaukelte, gab ihm noch eins um die Ohren und trat zurück.

Dorn rappelte sich auf und stand dann breitbeinig und schwankend da.

»Du hast also noch nicht alles gelernt, Elritze. Diesmal langsam. Noch einmal Schritt für Schritt.«

Dorn kam näher, streckte eine Hand aus bei dem langsamen Tanz, den Duun wollte, drehte und drehte sich und landete wieder genau in der Bahn von Duuns sich langsam bewegendem Arm.

»So geht das. Zeig es mir, Elritze!«

Es gab eine Parade dafür. Sie traf in Zeitlupe Dorns Rippen, und er wich ihrer vorgetäuschten Kraft aus. Schweißtropfen spritzten von ihm weg und sprühten auf den Sand, flogen aus seinem Haar, als er sich zurückschlängelte. Duun sah ihn an, die Hände auf den Knien. Duun schwitzte nicht. Die Zunge hing ihm manchmal aus dem offenen Mund, der die scharfen Zähne zeigte. Aber sie zuckte nur und leckte den Speichel ab. Duun bückte sich jetzt und lud ihn so zum Angriff ein. »Mach langsam, Dorn! Ich habe noch mehr Tricks auf Lager.«

Dorn hatte geglaubt, sie zu kennen. Das Licht, das in Duuns Augen tanzte, alarmierte ihn. Er hatte noch nie erlebt, daß Duun sich im Kampf gegen ihn verausgabte. Nicht richtig. Jetzt begriff er es.

Duuns Hand zuckte hervor und berührte Dorns Wange. »Du bist tot, *tot,* Haras-hatani!«

Dorn wischte sich über das Gesicht. Er hatte seine Konzentration verloren, gewann sie aber zurück. (Laß dich nicht bluffen! Schalte die Angst ab! Schalte sie *ab,* Elritze!)

Duun gelang es, ihn zu packen. Er beugte ihn nach hinten, hielt ihn aber fest, damit er nicht fiel. Dann ließ er ihn los, aber Dorn rettete sich vor dieser Schmach, indem er sich sofort schwankend wieder aufrappelte. Sand bedeckte seine schwitzende Haut.

Duun wandte ihm den Rücken zu und entfernte sich.

»Duun! Duun-hatani!« Dorns Gesicht brannte.

Duun drehte sich um. »Du darfst nicht sagen, daß du es nicht kannst. Du *bist* so. Die Welt wartet nicht auf deine Launen, Elritze.«

»Stell mich auf die Probe!«

Duun kam zurück und legte ihn sogleich wieder atemlos in den Sand, stand dann vor ihm und sah ihn an. »Nun, es war nicht die Unfähigkeit, die dich jetzt besiegt hat. Habe ich dir ein Wunder versprochen?«

Dorn drehte sich um und versuchte, Duun von den Füßen zu reißen.

Dorn landete diesmal auf dem Bauch und spuckte Sand, der auch an Gesicht und Händen und Körper klebte. Duun drückte ihm ein Knie in den Rücken und verdrehte ihm schmerzhaft den Arm. Dann ließ er ihn wieder los, damit er sich im Sand aufsetzen konnte.

(Eine Einladung?) Aber Duun hielt eine Hand hoch. »Nein«, sagte er. »Das wäre unklug.« Dorn wußte, wohin ihn dieser Angriff geführt hätte – geradewegs in Duuns Hände, wenn er es ablehnte, über Duun hinwegzusegeln, über den halben Weg bis zur Wand. Und in Duuns Zähne an seinem Hals. Niemals klammern, hatte Duun ihm eingebleut. Die Natur hat dich benachteiligt, nicht mich. Und Duun hatte ihn damals angegrinst, damit er begriff.

Dorn zog die Knie an und umklammerte sie keuchend mit den Armen. Schweiß lief ihm in die Augen, und er wischte sich mit einer sandigen Hand über die Stirn, beugte dann die Finger und streckte sie aus.

»Du benutzt deine Krallen, Duun-hatani.« Schmerz wallte in ihm auf, besonders in der Brust, und er stammte nicht nur von den verschiedenen Begegnungen mit dem Fußboden. »Du hast mich schwer angeschlagen. Du hättest mir den Hals aufreißen können. Jeder andere hätte es getan ...«

»Die Augen«, ermahnte ihn Duun und faßte sich an das eigene Auge im Schatten der Stirn. »Das ist am schlimmsten. Du hast es zugelassen, daß ich an dein Gesicht gegangen bin. Tu das nie wieder!«

»Es tut mir leid, Duun.«

»Es würde dir nicht nur leid tun, sondern du wärst blind. Es war verdammt richtig, dich auseinanderzunehmen. Wenn du noch einmal so eine Dummheit begehst, verletze ich dich so, daß eine Narbe zurückbleibt, verstanden?«

Dorn formte sich zu einer Art Bogen und schaukelte sich. Er hatte Schmerzen. Die Knochen taten ihm weh, als wären sie umgruppiert worden.

»Ja, Duun.«

»Was die Krallen angeht – sie könnten dich besiegen, wenn sie dich erwischten. Wenn du ein Dummkopf wärst. Ich bin sehr gut, Dorn. Sagt dir das nichts?«

Dorn schwieg lange. Der Schmerz stieg ihm in den Hals und blieb darin stecken, machte ihn verlegen. »Daß ich es auch sein könnte.«

»Hast du mich überhaupt getroffen?«

»Nein. Duun-hatani.«

»Höre ich jetzt von dir ein *›ich kann nicht‹*?«

»Nein, Duun-hatani.«

»Die Außenseiter sind in deinen Kopf eingedrungen. Das, was sie tun, hat dich infiziert. Läßt du zu, daß sie dich berühren?«

»Sie berühren einander. Mich nicht.«

»Sie berühren dich – hier!« Duun faßte sich an die Stirn. »Du verlierst deinen Brennpunkt. Die Jugend, Dorn, die mußt du auch aufgeben.«

Dorn atmete wieder schmerzhaft ein. (Du hast sie geholt, nicht wahr? Ein Hatani bestimmt, was andere machen ... Duun-hatani.) »Was können sie mir eigentlich beibringen, das du mir nicht auch beibringen könntest?«

»Was üblich ist. Wie die Welt beschaffen ist.«

(Die Welt ist groß, Elritze.)

»Duun – sie tun so, als wäre ich nichts Ungewöhnliches.«

Duun zuckte die Achseln.

»Sie lügen, nicht wahr?«

»Was sagt dir deine Urteilskraft?«

»Daß sie lügen. Daß sie etwas vortäuschen. Du hast sie geholt. Du hast das alles unter Kontrolle.«

»*Tkksss.* Du bist wirklich argwöhnisch, Haras-hatani.«

»Das bist du auch immer gewesen. Kommt das einem Sieg über dich nahe genug? *Niemand* ist wie ich! Überhaupt niemand. Ich bin anders. Und sie sind so damit beschäftigt, es nicht zu bemerken, daß sie es schon wieder laut herausschreien! Warum, Duun?«

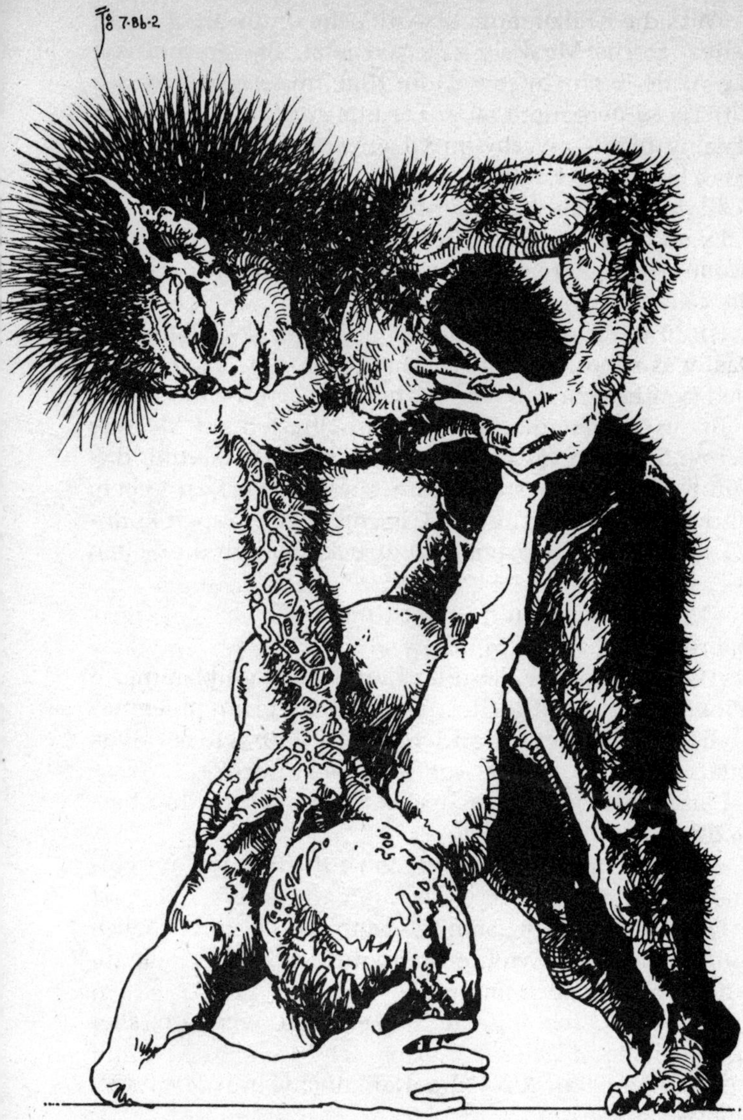

»Du baust Brücken auf Luft.«

»Auf *Felsen!* Auf dem, was ich sehe und was ich nicht sehe.« Dorns Muskeln zitterten jetzt. Er verschränkte die Arme noch fester um die Knie und versuchte, das Zittern zu verbergen, aber Duun sah es ja doch. Duun entging nichts. »Was stimmt mit mir denn nicht? Wie bin ich so geworden?«

»Zweifellos sind die Götter dafür verantwortlich.«

Es schockierte Dorn, diese Blasphemie von Duun zu hören. Aber er packte selbst noch eine darauf. »Haben die Götter Sinn für Humor?«

Duun legte die Ohren nach hinten. »Wir sprechen später darüber.«

»Du wirst mir nie eine Antwort geben, nicht wahr?«

Es war lange still. Ja und Nein zitterten auf Messers Schneide. Zum ersten Mal hatte Dorn das Gefühl, daß Duun kurz davor stand, ihm eine Antwort zu geben, und daß ein Atemzug das Gleichgewicht kippen konnte. Er hielt diesen Atemzug zurück, bis ihm die Seiten weh taten.

»Nein«, sagte Duun. »Noch nicht.«

»Er ist intelligent«, gab Ellud zu. Duun umklammerte seine gekreuzten Knöchel und betrachtete ihn phlegmatisch. »Habe ich etwas anderes gesagt?« fragte er. »Was erzählen deine jungen Agenten sonst noch?«

Ellud legte die Ohren zurück. »Ich habe sie dir überstellt.«

»Ach komm, Ellud! In wie viele Richtungen auf einmal blickst du denn?«

Ellud rutschte an seinem Schreibtisch unbehaglich hin und her. »Ich wehre Steinwürfe ab, Duun, wie du weißt.«

»Ich weiß. Ich möchte wissen, mit wem du alles sprichst.«

»Mit dem Rat. Und der Rat möchte mit *ihm* sprechen.«

»Nein.«

»Du sagst nein. Sie hören ein Nein von dir und kommen dann an meine Hintertür. Ich habe Schwierigkeiten mit Versorgungsengpässen, mit Lieferungsverzögerungen, mit verlorengehenden Unterlagen.«

»Keine Zufälle?«

»Nicht in dem Ausmaß«, versetzte Ellud. Duun holte tief Luft und straffte seinen Rücken; Ellud hob die Hand. »Ich kümmere mich darum, Duun. Ich wäre zu dir gekommen, wenn ich es nicht könnte.«

»Wie hat Tshon über mich berichtet?«

Elluds Mund klappte auf. »Duun ...«

»Ich bin nicht beleidigt. Was hat sie erzählt?«

»Ich ... ich habe dem Rat gesagt, du wärest vollkommen gefestigt. Ihr Bericht war vorteilhaft. Für uns beide.«

Duun lächelte. Mit all dem Schrecken, den sein Gesichtsausdruck dabei für den bereithielt, der es sah; und bei Ellud war er sich dessen immer bewußt. »Ich habe dem Rat einen Brief geschickt. Wenn sie einen einzelnen Hatani individuell sanktionieren wollen – dann sollen sie ihren Vertrag vergessen. Die Regierung hat ihn abgeschlossen. Sie stecken drin bis an mein Lebensende.«

»Oder seines.«

»Willst du mir etwas sagen, Ellud?«

»Ich kann mich nicht daran erinnern, dir etwas gesagt zu haben. Ich müßte unter Umständen beschwören, daß ich es nicht getan habe.«

Nur wenige Dinge konnten Duuns Festigkeit erschüttern. Das gehörte dazu. Ellud wurde ganz still; er hatte die Hände locker im Schoß liegen und erwiderte Duuns Blick geraume Weile.

»Falls es zu einem Unfall kommen sollte«, sagte Duun.

»Ich weiß nicht, wie das geschehen sollte. Er ist Hatani, sagst du. Es wäre nicht einfach. Duun – du mußt eins verstehen: Es ist nicht nur der Rat. Es geht um öffentlichen Druck. Die Sache auf Sheon – ist durchgesickert.«

Duun sagte nichts, und Ellud hob mäßigend die Hand und skizzierte einen Erklärungsversuch. »Sie haben die Friedensrichter angerufen; die Friedensrichter haben sich an den Provinzvorsteher gewandt – damals, als sie noch dachten, sie wären mit der Gilde in Konflikt geraten; als sie noch dachten, sie steckten bis unter die Achselhöhlen in Hatani-Problemen. Na ja, die Sache wurde noch weiter aufgeblasen. Ein paar Ämter haben sich eingemischt, und ein paar reiche Grundbesitzer haben auf einer Dinner Party ... nun, eine Note wurde an bestimmte politische Interessengruppen hier übergeben. Und Rothens Nachfolger ...«

»Shbit.«

»Shbit. Genau. Will Politik spielen. Über die Fragen, ob nicht die ganze Sache ein Fehlschlag war.« Ellud machte eine hilflose Geste. »Duun, so schwer es einem fällt, sich vorzustellen, jemand könnte kurzsichtig genug sein ...«

»Das fällt mir überhaupt nicht schwer. Ich habe ein sehr ausgeprägtes Veständnis für Käuflichkeit. Und für Dummheit. Das Morgen kommt nicht, und ein hochgeworfener Stein fällt nicht wieder herunter. Für einen Entsagenden bin ich ein sehr praktischer Mann, Ellud. Das solltest du nicht vergessen.«

»Ich vergesse es nicht.« Mit leiser, heiserer Stimme. »Duun, um der Götter willen ... sie versuchen, zwischen dich und die Gilden zu treten. Du weißt, daß sie so vergehen werden. Sie versuchen, mein Büro durch ihre Verzögerungspolitik zu bremsen. Sie wollen eine Dokumentation von Gesetzesübertretungen. Ich mache von allem Duplikate und lasse das Paket jemandem zukommen, der es der Gilde übergibt, falls – irgend etwas passiert.«

»Klug von dir.«

»Ein paar Leute haben Angst, Duun.«

»Bewache weiter deine Hintertür! Ich kümmere mich um die Vorderseite, *ich.*«

»Um der Götter willen ...«

Duun maß ihn mit kaltem Blick. »Ein Appell an Shbit würde das Problem lösen.«

»Du kämst nicht zu ihm durch.«

»Nein?« Duun schürzte die Lippen. Er atmete Luft ein, die nach Politik stank, und sein Blut pulsierte schneller. »Da achte mal drauf.«

»Ihr Götter, nein! Tu es nicht! Munition ist alles, was ich brauche. Hör zu, Duun! Laß mich eine Zeitlang machen! Überlaß mir die Sache! Was geschieht denn mit mir, wenn die Einzelteile schon auf dem Boden aufschlagen? Du hast die Gilde im Rücken. Ich habe keine Deckung. Fragst du dich, ob ich es schaffen kann? Ich bin schon zurechtgekommen, während du sechzehn Jahre lang in den Bergen gerostet hast. Um der Götter willen, überlaß mir die Politik und besorge mir, was ich brauche! Du hast genug am Hals. Vertraue mir in dieser Sache!«

Duun blickte finster drein. »Was bedeutet das?«

»Laß mich erstmal nur Daten zusammentragen. Eine Zeitlang.«

»Die Gilde ist auch eine Antwort. Er könnte es schaffen.«

»Götter, das meinst du doch nicht im Ernst!«

»Wir sind sehr vielseitig.«

Elluds Ohren sanken vor Bestürzung herab.

»Ich arbeite daran«, sagte Duun. »Das will ich dir nur sagen. Aber er ist noch nicht bereit.«

»Du weißt, wozu das führen würde?«

»Und was es verhindern würde.«

Es war lange still. Dann: »Die Bänder, Duun. Um der Götter willen, *fang* damit an! Kannst du das machen?«

Duun starrte ihn an und überlegte. »Ja«, sagte er dann.

Sie saßen beisammen, Elanhen und Betan und Sphitti und Cloen. »So sieht es aus«, sagte Elanhen. »Wir wurden als Gruppe ausgesucht. Wir alle. Du bist der eine, den sie zusätzlich hineingesteckt haben. Wenn du nicht lernst, scheitern wir alle zusammen.«

»Wir werden aus unseren Berufen geworfen«, ergänzte Betan.

»Was sind eure *Berufe?*« fragte Dorn, denn alles, was sie sagten, verblüffte ihn.

Da wurden ihre Gesichter verschlossen, verbargen Geheimnisse, die sie nicht mit ihm zu teilen bereit waren.

»Du hast da ein Problem«, sagte Betan, die sich über seine Schulter beugte, während er die Tastatur auf seinem Schoß bediente und beobachtete, wie auf dem Fenster an der anderen Seite des Raumes eine Anzeige aufleuchtete. Linien blinkten und schnitten sich. »Das ist die Flugbahn. Wo wirst du ihn bei dieser Beschleunigung abfangen?«

Manchmal ergaben die Probleme verschwommen Sinn. Und manchmal auch nicht.

(Was in aller Welt tritt denn zu zweihundertvierundzwanzigst auf?)

(Sterne. Bäume. Gräsersorten. Biegungen eines Flusses. Die Dickköpfigkeit eines Kindes.)

(Ich kann die Geschwindigkeit des Windes berechnen, die Sterne und die Städte der Welt benennen ...)

»... im geregelten Verlauf, die Teilchen ...«

Betan berührte ihn am Arm, als sie sich über ihn beugte. Sie roch anders. Sie war ihm gegenüber nicht zurückhaltend. Es war ihr egal, wie sie sich an ihm vorbeilehnte. Der Bogen ihres Halses war ungeschützt. Ihr Körper hatte ein geschmeidiges Fell und duftete stark nach Moschus ...

»Du hast es richtig«, sagte Sphitti, als sie um seinen Schreibtisch versammelt waren, auf dessen Rändern sitzend. »Hier ist ein Anwendungsproblem. Wenn du mitten durch die Luft schweben würdest, ohne Reibung und ohne Schwerkraft ...«

(Sie versuchen, mir ein Bein zu stellen.) »Das geht gar nicht.«

»Sagen wir einmal, es ginge.«

Betan sah ihn an und zuckte mit einem Ohr. Vielleicht war es ein Scherz auf seine Kosten.

»Gib es ein!« sagte Cloen.

»Das brauche ich nicht.«

»Soll er es auf seine Weise machen«, sagte Sphitti. Dann mußte er es richtig hinbekommen.

»Das stimmt«, stellte Elanhen fest, als er Dorns Ergebnis überprüft hatte.

»Verdammte Hatani-Arroganz«, sagte Cloen, als er noch nicht ganz außer Hörweite war, als er und Elanhen zusammen an seinem Arbeitstisch standen.

Das tat weh. Dorn war nicht immun dagegen.

(Duun, was mache ich nur, wenn man mich beleidigt? Wenn man mich haßt? Welche Antwort gebe ich, Duun?)

Aber er stellte die Frage nie laut. Es hätte ihn beschämt. Und er dachte, daß es besser war, wenn er die Antwort selbst fand.

»Nur die Klänge«, sagte Betan. »Es spielt keine Rolle, was sie bedeuten. Es ist ein Test deines Erinnerungsvermögens. Hör dem Band zu und präge dir die Klänge ein.«

»Das sind überhaupt keine Wörter!«

»Tu so, als wären es welche! Versuch es einfach! Spiel es ab, bis es keinen Unterschied mehr macht!«

Dorn sah Betan an und Sphitti. Blickte in zwei graue Augenpaare. Er empfand Unwillen gegen das, was sie von ihm wollten, als hätten sie es sich ausgedacht. Aber sie hatten ihm noch nie Streiche gespielt, nicht, was den Unterricht anging.

Er steckte sich den Hörer ins Ohr und lauschte. Versuchte, das Geplapper auszusprechen. (Sie werden mich auslachen! Es hört sich an wie laufendes Wasser.) Er sah sich zu ihnen um, aber sie waren mit anderen Dingen beschäftigt, mit dem Computer und mit ihren eigenen Studien. Er wandte sich wieder seiner Arbeit zu und legte die Hände auf die Augen, um die Welt auszuschließen.

(Und erinnerte sich an die Tage auf Sheons Veranda, an die Hiyi-Blüten ...)

Er formte die Geräusche zu Worten. Er spielte sie langsamer ab und dann wieder schneller und prägte sich die Sequenzen ein. Es fiel ihm schwerer als Sphittis Physik. Der Hörer tat ihm im Ohr weh.

»Ich habe genug davon«, sagte er, nachdem er den Anfang notiert hatte, und sie versammelten sich um ihn, um zuzuhören. Zu Duun hätte er so etwas nie sagen können, aber sie akzeptierten solche Äußerungen.

»Das ist alles, was du morgen machen sollst«, sagte Elanhen. »Bleib dabei!«

Dorn saß da vor seinem Arbeitstisch. Er glaubte, daß er sie alle schlagen konnte (sogar Betan, denn Duun hatte ihm die Überzeugung vermittelt, daß er gut war).

»Mach dich an die Arbeit!« sagte Cloen.

»Ich gehe nach Hause«, erwiderte Dorn.

»Das kannst du nicht. Die Tür ist abgeschlossen. Der Posten wird dich nicht hinauslassen.«

»Halt den Mund, Cloen!« warf Betan ein. »Dorn, *mach* dich an die Arbeit! Bitte. Ich bitte dich.«

Dorn funkelte Cloen an. Und auch Betan. (Aber es war angenehm, daß sie ›bitte‹ sagten. Niemand sonst tat es. Ihm fiel ein, daß sie sich überlegt haben mußten, was sie tun sollten, wenn er aufsässig würde, und daß sie ihn fürchten mußten – sogar Betan –, so, wie er Duun fürchtete. Und auch das war ein angenehmer Gedanke.)

Er schaltete das Band ab und fand seine Stelle darin

wieder, nachdem die anderen sich wieder an ihre Plätze begeben hatten. Und er tat, worum Betan ihn gebeten hatte, bis ihm Ohr und Kopf weh taten.

Und als sie nach dem Unterricht alle gingen, arrangierte er, daß Cloen ihn streifte.

Mit einer Armbewegung schleuderte er Cloen an die Dielenwand. Und sah sich einer schockierten Versammlung von Mitschülern und dem Posten draußen gegenüber.

»Ich bin Hatani! Wenn du noch einmal eine Hand an mich legst, breche ich sie dir!«

Cloen hatte die Ohren nach hinten gelegt. Sein Mund stand offen. Er löste sich von der Wand und sah Elanhen an. »Ich habe ihn gar nicht angefaßt!«

Dorn ging hinaus. Stets kam eine Eskorte, um ihn nach Hause zu bringen. Duuns Idee, Duuns Anweisung. Dorn winkte dem Mann, der draußen auf ihn wartete, und blickte nicht zurück.

»Geh in den Übungsraum!« sagte Duun, und sein Blick war dunkel. Eine plötzliche Angst überspülte Dorn wie Eiswasser. Er wich zurück. Er hatte Duun nicht geschlagen. Sofort fiel es ihm ein: Es war jemand am Telefon gewesen, als er hereingekommen war. »Was soll ich in dieser Sache unternehmen?« fragte Duun. »Nun, Haras-hatani?«

»Es tut mir leid, Duun.« Dorn schwitzte. (Ihr Götter, *greif* mich an! *Komm* schon!) Seine Konzentration fiel in Scherben. Er wagte es nicht, jetzt weiter zurückzuweichen. Und er hatte Duun noch nie im Zorn gegenübergestanden und auch nie damit gerechnet. (O ihr Götter, Duun, bring mich nicht um!)

»Das Messer, Elritze. Leg es weg! Hörst du? Ich sage dir – *leg es weg!*«

Dorn verlor das Gleichgewicht, gewann es aber wieder, indem er den Kopf hob. Er stand mit lose herabhängenden Armen und zitternden Knien da.

»Das ist gut.« Duun tätschelte seine Wange. »Das ist sehr gut.«

(O ihr Götter, Duun, *tu es nicht!*)

Eine Krallenspitze fuhr sanft bis zur Kinnlade hinunter. »Ich möchte mit dir sprechen.« Die Hand sank zu seinem Arm herab und packte ihn, schleuderte ihn weg, so daß er in den Mittelpunkt des Raumes stolperte.

»Duun-hatani, es tut mir leid!«

»Setz dich!«

Er setzte sich auf den frisch geharkten Sand. Duun kam hinzu und hockte sich vor ihn.

»Warum tut es dir leid?« fragte er. »Wegen Cloen oder wegen mir?«

»Wegen dir, Duun-hatani. Ich hätte es nicht tun sollen. Es tut mir leid. Er ...«

»Was hat er getan?«

»Er haßt mich. Er haßt mich, das ist alles, und er tut es sehr hintergründig.«

»Mehr als *du?* Haras-hatani, ich bin verblüfft über seine Fähigkeit!«

Hitze stieg Dorn ins Gesicht. Er blickte auf den Sand. »Er *versucht,* hintergründig zu sein. Alles, was ich mache, ist bei ihm verschwendet.«

»Du bist anders, genau wie Cloen mit seinen Säuglingsflecken. Und du verdächtigst alle, daß sie es bemerken. Du willst sicherstellen, daß sie dich respektieren. Komme ich der Wahrheit nahe?«

»Ja, Duun-hatani.«

»Du hast ein Bedürfnis, Haras. Kennst du es? Kannst du es mir nennen?«

»Nicht anders zu sein.«

»Lauter!«

»*Nicht anders zu sein,* Duun-hatani!«

»War das, was du getan hast, vernünftig?«

»Er wird mich nicht verachten!«

»Ist das so wichtig? Was besitzt du? Was besitzt ein Hatani?«

»Nichts. Nichts, Duun.«

»Und doch leben wir hier in prächtigen Verhältnissen. Wir haben genug zu essen. Wir müssen nicht jagen ...«

»Ich würde lieber jagen.«

»Ich auch. Aber warum sind wir hier? Wir sind hier aufgrund dessen, was wir verkörpern. Du besitzt nichts. Du hast kein Eigeninteresse. Wenn dieser Cloen dich bäte, ihm aus einer Schwierigkeit zu helfen, würdest du es tun. Er hätte kein Recht zu bestimmen, wie du es tätest, oder wann oder wo ... aber Cloen steht unter deinem Schutz. Die *Welt* steht unter deinem Schutz, Haras-hatani. Weißt du – du kannst die Straßen entlangwandern und von Haus zu Haus gehen, und niemand würde dir Speise oder Trank oder einen Platz zum Schlafen verweigern. Und wenn jemand mit einem Anliegen zu dir kommt und dich bittet: Hilf mir – weißt du, welche Warnung du ihm gibst? Weißt du es, Haras-hatani? Ist dir klar, was ein Hatani dann sagt?«

»Nein, Duun-hatani.«

»Du sagst dann: ›Ich bin Hatani; was du verlierst, kannst du nicht zurückbekommen; die Bitte, die du aussprichst, kannst du nicht zurücknehmen; was ich tue, liegt in meiner Hand.‹ Es war einmal ein böser Mann, der einen Hatani rief und sagte: ›Töte meinen Nachbarn!‹ ›Das ist keine Hatani-Aufgabe‹, sagte der Hatani und ging wieder. Der böse Mann fand einen anderen Hatani: ›Mein Leben ist so erbärmlich‹, sagte er zu ihm. ›Ich hasse meinen Nachbarn. Ich möchte ihn sterben sehen.‹ ›Das ist eine Hatani-Aufgabe‹, antwortete der Hatani. ›Legst du sie in meine Hand?‹ ›Ja‹, sagte der böse Mann. Und der Hatani schlug ihm den Kopf ab. Verstehst du diese Lösung?«

Dorn sah entgeistert auf.

»Verstehst du sie?« wollte Duun wissen. »Sein Problem wurde gelöst, und der Welt war geholfen. Und das ist es, was auch du bist: eine Lösung. Der Helfer der

Welt. Willst du nun *meine* Lösung für dein Problem hören?«

Dorns Herz klopfte sehr schnell. »Was soll ich tun, Duun-hatani?«

»Sag Cloen, er soll dich einmal schlagen. Sag ihm, er soll seine Urteilskraft darauf verwenden, zu entscheiden, ob er es tut oder nicht.«

Dorn sah Duun sehr lange an. Sein Inneres schmerzte. »Ja«, sagte er.

»Erinnere dich immer an diese Lektion! Tu, was ich dir gesagt habe. Eines Tages wirst du klug genug sein, Probleme zu lösen. Bis dahin führst du besser keine herbei, hörst du?« Duun streckte die Hand aus und packte Dorn fest an der Schulter. »Hörst du?«

»Ich habe verstanden.«

Duun ließ ihn wieder los.

ACHTES KAPITEL

»Es war sicher nicht hilfreich«, meinte Ellud, während der Bericht auf seinem Schoß leuchtete. Er warf ihn zur Seite, und das Optikblatt drapierte sich über den Stapel richtiger Papiere und leuchtete weiter mit seinen geisterhaften, belastenden Buchstaben. »Ich habe meinen Mitarbeiter gescholten. Ich weiß gar nicht, warum ich ihn ausgesucht habe. Aber verdammt, Duun, *du* hast ihn angenommen!«

»Wegen seiner Fehler ebenso wie wegen seiner Vorzüge«, sagte Duun. »Ich habe nie Vollkommenheit erwartet. Ich wollte sie auch gar nicht. Darum habe ich es bei deiner Auswahl belassen.«

»Verdammte Hatani-Tricks«, sagte Ellud nach einem Moment des Schweigens. »Ich verstehe dein Vorgehen. Aber es gefällt mir nicht bei meinen Mitarbeitern. Cloen hätte getötet werden können!«

»Ich habe nicht damit gerechnet. Und ich hatte recht damit.«

»Es steht im Bericht, was passiert ist. Der Vorfall ist zu gut bezeugt. Ich kann ihn einfach nicht ungeschehen machen. Und bei all der Herumschnüffelei von seiten des Rats wünschte ich bei den Göttern, daß ich es könnte!«

»Was passiert ist, ist meine Schuld. Kraft ohne Disziplin. Ursprünglich hatte ich auch mit zwei weiteren Jahren auf Sheon gerechnet. Haras *war* diszipliniert. Ich werde dir etwas erzählen, was eigentlich offensichtlich sein sollte: Die Lösungen, die Hatani für Probleme finden, sind zu umfassend für einen jungen Verstand. Seine Moral reicht aus, um seine Kraft zurückzuhalten, aber nicht, um sie einzusetzen.«

»Ihn zu einem Hatani zu machen ... Duun, genau *das* ist es, was dem Rat Angst macht ...«

»Ich weiß.«

»Ich hielt es für eine Redensart. Dachte, das wäre einfach alles, was du ihm beibringen könntest. In dem Bereich kanntest du dich aus.«

»Jetzt komm aber!«

»Na ja, ich dachte, du würdest es so halten, weil es dir so leichter fällt. Aber du hast vor, es konsequent zu Ende zu führen. Wenn dem Rat entsprechende Gerüchte zu Ohren kommen ...«

»Versuch, diskret zu sein.«

»Wenn sich die Gilde etwas ausdenken könnte – irgend etwas Schlaues, einen Zwischenstatus für ihn ...«

»Es gibt keinen Zwischenstatus. Soll ich ihm vielleicht geben, was ich ihm nun einmal gegeben habe – mit nichts als Zurückhaltung, um damit umzugehen? Nein!«

Ellud streckte eine Hand aus und schaltete den Recorder ab. Sein Gesicht zeigte Bestürzung und Angst. »Um der Götter willen, Duun! Hast du den Verstand verloren? Worauf willst du eigentlich hinaus? *Worauf willst du hinaus, Duun?*«

»Shbit wird meinen Brief inzwischen erhalten haben. In der Ratsecke sollte es jetzt ruhiger werden.«

Für kurze Zeit war es still, aber nicht gemütlicher. »Was hast du ihm mitgeteilt?«

»Ich habe ihm meinen Gruß entboten. Ich habe ihn zu seiner Ratsberufung beglückwünscht. Ich habe ihm Gesundheit gewünscht. Dann habe ich unterschrieben. Ein einfacher Brief. Shbit hat nicht geantwortet. Ich rechne damit, daß die Schwierigkeiten, die du mit der Versorgung hast, sich klären – zwar langsam, aber ich rechne wirklich damit, daß sie sich klären.«

»Du bist nicht mehr der Mann, den ich kannte.« Ellud fummelte am Saum seines Kilts herum. »Ich weiß nicht, wie ich dich noch verstehen soll.«

»Alter Freund, du hattest ausreichend Mut, um so

lange im Amt zu bleiben. Ich vertraue darauf, daß du es auch weiterhin schaffst.«

»Das muß ich wohl. Ohne dieses Amt bin ich ein ungedecktes Ziel. Sie würden sich auf mich stürzen, Shbit und seine Leute. Verdammt, ich habe gar keine Wahl! Sie würden mich bei lebendigem Leibe verschlingen!«

»Ich bin ja da. Verlaß dich auf mich!«

Ellud starrte ihn an.

»Hat Cloen dich geschlagen?« wollte Duun wissen, als Dorn nach Hause kam. Duun lehnte locker unter der Tür zu seinem Büro, die Ohren aufgerichtet.

»Nein«, sagte Dorn. In seiner Stimme klang keine Befriedigung mit. (Wieviel hast du unter Kontrolle, Duun? Kennst du die Antwort bereits? Weißt du immer schon alles?) Duun gab ihm keinerlei Hinweis. »›Cloen‹, habe ich zu ihm gesagt, ›was ich getan habe, war verkehrt. Wenn du willst, darfst du mich jetzt einmal schlagen.‹ Cloen stand nur da, die Ohren zurückgelegt, und hob dann die Hand zu einem Nein. Und er entfernte sich und ging an seine Arbeit.«

Duun drehte sich um und ging in sein Büro zurück.

»Duun?« Dorn folgte ihm bis zur Tür. Duun setzte sich und schaltete den Computer ein. »Duun, habe ich getan, was du wolltest?«

»*Hast* du es getan?«

Dorn schwieg einen Moment lang. »Ich habe es versucht, Duun.«

»Höre ich vielleicht *›ich kann nicht‹*?«

»Nein, Duun.«

Die Geräusche wurden weniger schwierig.

Dorn arbeitete mit geschlossenen Augen, bewegte nur die Lippen bei der Wiederholung dessen, was das Band sagte. Als er es erneut abspielte, war es dasselbe.

»Es hört sich gleich an«, meinte Cloen. »Ich kann keinen Unterschied feststellen.«

Cloen war vorsichtig seit jenem Tag. Sein Gesicht verriet nie mehr etwas anderes als Respekt. Und Furcht. Das auch.

»Dann bin ich damit fertig.«

»Mit dem schon.« Cloen leckte sich die Lippen und wirkte zaghaft. »Sie haben noch eines geschickt.« Und er fügte schnell hinzu: »Aber das ist nicht meine Schuld!«

Dorn konnte nicht anders, als ihm glauben. Cloen sah nicht aus, als ob er lüge. Cloen zog die Cassette aus seinem Beutel und reichte sie Dorn.

»Chemie gefällt mir besser«, brummte Dorn. Er kam besser mit den anderen aus seit dem Tag, als Cloen darauf verzichtet hatte, ihn zu schlagen. Er brachte es jetzt fertig, solche Dinge zu sagen und alltägliche Bedürfnisse anzusprechen, wie sie es auch taten. Er legte dieses Verhalten beim Eintreten an und beim Hinausgehen wieder ab. Er hatte den Eindruck, daß sie sich auf diese Weise auch ihm gegenüber lockerer fühlten. Manchmal konnte er mit ihnen zusammen lachen, weil er sich selbst davon überzeugt hatte, daß er nicht Gegenstand dieses Lachens war. Oder falls er es doch gewesen wäre, hätte es kaum Folgen gehabt.

(Aber ich hasse diesen Laut-Unterricht! Ich hasse diesen Unfug! Ich glaube, daß sie mir dieses Zeug gern aufbürden. So können sie dem Hatani einen Streich spielen, jemandem, den sie auf keine andere Weise schlagen können. Ich spiele auch Streiche. Ich kann den Computer dazu bringen, daß er Sphitti etwas ausdruckt, mit dem Sphitti nie gerechnet hat. Er hält es für witzig. Ich wünschte, ich *könnte* mich mehr mit Physik beschäftigen und weniger mit dem Zeug hier!)

(Ich wünschte, Betan wäre hier bei mir, anstatt Cloen.)

(Ich wage nicht daran zu denken. Duun würde mir den Arm brechen!)

»Danke«, sagte er trocken und schob die neue Cassette in das Gerät.

Cloen ließ ihn allein. Sie entwickelten sich auch sonst auseinander. Dorns Schultern wurden breiter. Dem armen Cloen blieben seine Säuglingsflecken erhalten.

Betan war für eine Zeitlang nicht da. (»Es ist Frühling«, sagte Elanhen, und Dorns Gesicht wurde heiß. »Sie hat ein hemmendes Mittel eingenommen, will jetzt aber doch Urlaub machen. Danach kommt sie zurück.«)

»Es ist Frühling«, sagte Duun an jenem Abend. »Ich gehe davon aus, daß Betan Urlaub genommen hat.«

»Ja«, sagte Dorn. Er hielt die Ddkin auf den Knien und stimmte sie. Ihm wurde innerlich ganz kalt, aus Gründen, die er nicht offen erklären konnte, abgesehen davon, daß Betan ihm etwas bedeutete, was er vor den anderen abschirmte wie einen wunden Punkt. Und Duun verstand sich darauf, solche Dinge untrüglich herauszufinden. »Sie sagten, sie hätte hemmende Mittel genommen, wollte jetzt aber doch Urlaub machen. Ich denke, sie hat einen Freund.«

»Wahrscheinlich«, meinte Duun in sachlichem Ton. »Ich möchte dir raten, in der Schule höflich zu sein. Männer haben keine Zeiten. Aber ihre Schwestern und ihre Mütter und die Hälfte ihrer Freunde hat welche. Und Elanhen und Cloen und Sphitti haben auch ein Leben außerhalb der Schule, weißt du. Setze sie ja nie unter Druck!«

(Und was ist mit *mir?*) Du bist Hatani, hätte Duun geantwortet. Falls Dorn dumm genug gewesen wäre, diese Frage zu stellen. Hatani haben keine Bedürfnisse.

(Ihr Götter, *darüber* möchte ich nicht mit ihm reden – nicht heute!)

Betan kehrte wirklich zurück. Eines Tages kam sie mit einem strahlenden Lächeln hereingefegt, und was eine rein männliche Gesellschaft gewesen war, aus vorsichtiger Höflichkeit und nur wenig Streichen bestehend, wurde wieder lebendig.

(Als hätte dieser Raum auf einmal wieder ein Herz

bekommen.) Dorn spürte, wie etwas in seiner Brust weiter wurde, wie ihn irgendeine Furcht verließ. Der Frühling war vorüber.

»Habt ihr mich vermißt?« wollte Betan wissen.

Die anderen zuckten mit den Ohren und rollten mit den Augen, wie sie es immer taten, wenn verbotene Dinge das Thema waren. Somit hatte es einen zotigen Anflug.

»Ja«, sagte Dorn einfach. Würde schien ihm die beste Devise. (Sie machen Scherze darüber, daß sie ihre Zeit hat. Ich wette, daß keiner von ihnen dieses Frühjahr einer Frau nahegekommen ist.)

(Ebensowenig wie ich. Und ich *werde* es auch nicht. Ein Hatani hat nichts, besitzt nichts. Betan hat Eigentum in der Stadt. Sie braucht nicht zu heiraten. Sie könnte alle ihre Kinder für sich allein haben.) Zwischen Duun und den zotigen Witzen hatte Dorn ein paar Dinge gelernt. (Aber ich wette, irgend jemand wird ihr einmal sein bestmögliches Angebot machen.)

»Als Ghosan-hatani nach Elanten kam, begegnete sie dort zwei Schwestern, die sie baten, zwischen ihnen und ihrem Ehemann einen Schiedsspruch zu fällen. Sie hatten beide denselben Mann geheiratet, und zwar für abwechselnd jeweils fünf Jahre. Alle drei waren Töpfer, und ihm war ein Töpferladen aus dem Erbe seiner Mutter versprochen, also schien eine Heirat profitabel. Aber im vierten Jahr der ersten Schwester gebar die zweite ein Kind, das nur ihres war. Der Ehemann weigerte sich, die zweite Ehe zu vollziehen, wenn die Frau das Kind nicht enterbte. Und damit hätten beide Frauen das verloren, was sie in das Geschäft investiert hatten. ›Das ist keine große Sache‹, meinte Ghosan-hatani, als die beiden Schwestern sich an sie wandten. ›Beurteilt sie selbst.‹ Natürlich war der Ehemann nicht dabei. Er hatte nicht den Wunsch, daß ein Urteil gefällt wurde. Und die zweite Schwester sah Ghosan an und verlor den Mut.

›Komm‹, bat sie ihre Schwester. ›Wir waren verrückt, uns an diese Hatani zu wenden.‹ Und sie lief weg. Aber die erste Schwester blieb und sagte: ›Ich will ein Urteil!‹ Also ging Ghosan-hatani in Elanten von Tür zu Tür und fragte alle im Dorf nach dem, was sie wußten. Und sie fragte auch den Friedensrichter. Und alle bestätigten, was die Schwestern berichtet hatten. ›Gebt mir eine Feder‹, sagte Ghosan, und der Friedensrichter gab ihr eine. Und Ghosan trug in das Dorfarchiv ein, daß der Töpferladen dem Kind und seinen Nachkommen gehörte; und sollte es keine geben, dann dem Dorf Elanten.«

»Aber dafür haben sie das Kind doch wohl gehaßt!« wandte Dorn ein.

»Vielleicht«, sagte Duun. »Aber wenn das Kind erwachsen wurde und der Ehemann über seine besten Jahre hinaus war, was hätte das Kind dann davon abgehalten, ihn hinauszuwerfen? Also vollzog er nicht nur die Ehe, sondern wollte auch die Frauen für immer heiraten, aber sie heirateten ihn für den Rest seines Lebens nur jeweils für ein Jahr, obwohl er sehr gut zu ihnen und zu dem Kind war. Die Töpferindustrie besteht heute noch in Elanten, und sie exportiert in die ganze Welt.«

»Heiraten Hatani?« wollte Dorn wissen. Er dachte dabei an Betan. Sein Herz schlug schnell. (Hätte ich das wirklich fragen sollen? Es war eigentlich nicht der Kern der Geschichte.) Aber nachts hatte er bestimmte Empfindungen, die mit vagen und beunruhigenden Träumem kamen, aus denen er beschämt über sich selbst erwachte. Und Duun sagte nie etwas dazu, sondern sah ihn nur mit jener Reserviertheit an, die nicht dazu geeignet war, ihn zu beruhigen. (Macht Duun solche Dinge in der Nacht? Etwas stimmt nicht mit mir. Warum sollte es nicht so sein? Wer waren meine Mutter und mein Vater? War es bei mir wie mit jenem Kind?)

(Bin ich meiner Mutter aufgrund eines Hatani-Urteils weggenommen worden? War es Duuns Urteil?)

»Es gibt Fälle«, sagte Duun.

»Warst *du* je verheiratet?«

»Mehrmals.«

Das schockierte Dorn. (Er hat das – mit einer Frau gemacht.) Sein Gesicht wurde heiß. (Ich könnte es auch tun.) Er dachte an die Foenin in den Wäldern und bewegte sich unruhig, umklammerte fest die Knie. (Denk an etwas anderes. Was hat Duun sonst noch gemacht? Woher hat er seine Narben? Gehört das alles in eine Geschichte?)

»Es lebte einmal ein Hatani namens Ehonin«, sagte Duun. »Er hatte mit einer Frau, die nicht seine Ehefrau war, eine Tochter. Als diese erwachsen war, reiste sie in eine andere Provinz, wo sich Ehonin jetzt aufhielt. Sie bat ihn, zwischen ihm und ihr ein Urteil zu fällen, da ihre Mutter geheiratet und sie verstoßen hatte. Ehonin machte sie zur Hatani, und sie starb bei der Ausbildung. Das war ihr Patrimonium. Ehonin wußte, daß sie nicht zur Hatani befähigt war. Sie war schwach. Aber es gab ihr das, was er hatte. Die Frau zu töten, wäre keine Hilfe gewesen.«

»Er hätte die Tochter verheiraten können.«

»Das wäre auch eine Lösung gewesen, aber dazu stand kein weiterer Beteiligter zur Verfügung. Er konnte wohl kaum jemanden in die Situation hineinziehen, der noch nicht darin verwickelt war. So etwas ist niemals richtig. Wenn der Hatani selbst in den Fall verwickelt ist, sind die Urteile niemals das, was sie sein sollten. Je weniger Leute der Hatani in einem Fall zu beurteilen hat, desto weniger Lösungen stehen ihm zur Verfügung.«

»Er hätte den Ehemann der Frau veranlassen können, das Mädchen zu adoptieren!«

»Hätte er, und den Ehemann gab es ja. Wenn das Mädchen den Hatani gebeten hätte, zwischen ihr und dem Ehemann ihrer Mutter zu urteilen, dann hätte er zu dieser Lösung kommen können. Das war einer der Gründe, warum Ehonin vermutete, daß sie keine Hatani werden würde. Sie sprach eilig vor, obwohl sie reichlich Zeit hatte, es sich zu überlegen. Oder vielleicht wollte sie mit dem Ehemann nichts zu tun haben. Das ist auch möglich. Jedenfalls hatte Ehonin nichts, worauf er sich stützen konnte: Zur Mutter zu gehen und sie nach der Wahrheit zu fragen, wäre sinnlos gewesen. Sie bot sich nicht als Zuflucht. Und die Tochter hatte auch nicht darum gebeten. Damit blieben nur sie und Ehonin als Hauptbeteiligte. Da fand er keine andere Antwort.«

»Wenn sie ihn nicht um eine Hatani-Lösung gebeten hätte, hätte er ihr vielleicht helfen können.«

»Das hätte er.«

»Sie war ein Dummkopf, Duun-hatani.«

»Sie war obendrein jung und zornig. Und sie haßte ihren Vater. Nichts von diesen Dingen hat ihr geholfen.«

»Hätte er sie nicht warnen können?«

»Sie war alt genug, um durch eine ganze Provinz zu ziehen. Welchen Sinn hätte es gemacht, sie zu warnen? Aber vielleicht hat er es ja getan. Zorn gebiert große Dummköpfe.«

»Das ist die Geschwindigkeit des Systems durch den galaktischen Arm.«

»Ist sie absolut?« fragte Dorn. Er hatte gelernt zu fragen, und Elanhen wirkte erfreut. »Nein«, antwortete Elanhen. »Aber setze es bei diesem Problem einmal voraus ...«

Sie waren wieder bei der Physik. Zumindest an zweien von jeweils fünf Tagen.

Auch die Geschichte wurde behandelt. »Im Jahr 645 berechnete Elhoen, daß die Welt rund ist. So lautete sein Beweis ...«

»... 1439 beseitigten die Hatani die Shothoen-Gilde und setzten den Händlerbund an ihre Stelle ...«

»... 1492 stieß die Mathog-Eisenbahn auf die Bigon-Linie, und entlang der Strecke wuchsen die Städte ...«

»... 1503 führte Agheit den ersten Flug mit Motorantrieb durch. 1530 dann überquerte Tabisit-tanun den Mathog ... Er stürzte bei dem Versuch einer Polarüberquerung ab. Sein Sohn und seine Tochter erbten seinen Anteil an der Gilde, und die Tochter verscholl bei einem zweiten Versuch, als Eisbildung an den Tragflächen sie zur Landung in der Gltonig-Bucht zwang. Das war ihre letzte Funknachricht. Die Maschine wurde verlassen aufgefunden, und es ist nicht bekannt, was aus der Pilotin wurde. Dem Sohn gelang 1541 der Flug.«

»... Dsonan wurde Hauptstadt ...«

»... Der Dsonan-Bund eroberte den Mathog. Bigon widerstand. Die Hatani lehnten es ab, sich einzumischen, solange Bigon nicht darum bat, und das Blutvergießen dauerte an, bis beide Seiten um einen Schiedsspruch ersuchten. Damals dienten Flugzeuge zum ersten Mal zur ...«

»... Raketen mit Sprengköpfen wurden zum ersten Mal ...«

Starkes Unbehagen regte sich in Dorn. Er drehte sich um, suchte nach jemandem, der ihm half ... allerdings nicht Cloen. Im Zimmer verteilt saßen die anderen an ihren Schreibtischen. Dorn hielt die Tastatur auf seinem Schoß und gab Betans Namen ein.

»W-a-s i-s-t?« erschien die Antwort in weißen Buchstaben am unteren Rand des Bildschirms.

Dorn zögerte. Dann tippte er. *»W-e-l-c-h-e-s J-a-h-r h-a-b-e-n w-i-r?«* Sein Gesicht brannte. Mit klopfendem Herzen wartete er auf eine Antwort. Nichts erschien auf dem Bildschirm. Er blickte auf und sah, daß Betan ihren Schreibtisch verließ und mit einem verblüfften Ausdruck im Gesicht über den Sand auf ihn zukam.

»Ich brauche deine Hilfe nicht«, sagte er. »Es war nur eine Frage.«

Betan betrachtete erst den Bildschirm und dann ihn.

Ihre Ohren zuckten auf und ab, und sie schürzte die schönen Lippen. So dicht bei ihm stehend duftete sie nach Wärme, nach Blumen, und er wünschte sich zurück nach Sheon, wollte die Welt wieder so einfach haben wie früher, sehnte sich zurück nach dem Duft von Erde und Staub und den Antworten, die er früher gekannt hatte. »Wir haben das Jahr 1759«, sagte sie. Und Abgründe eröffneten sich rings um ihn. Zweifellos hielt Betan ihn für dumm. Natürlich waren sie alle in der Welt aufgewachsen, während es für ihn nur Sheon gegeben hatte. Sie lachte ihn an. »Warum?«

»Es kam halt nie zur Sprache, das ist alles.« Er ließ die Bildschirmanzeige weiterwandern. Sie ging bis 1600 und hielt dort an. »Ich brauche eine neue Cassette.«

Betan setzte sich auf die Kante seines Schreibtisches und legte ihm die Hand auf das Bein, etwas oberhalb des Knies. Die Berührung verbrannte ihn. Er wandte verzweifelt den Blick ab, suchte im Augenwinkel nach den anderen, aber sie saßen alle an ihren Schreibtischen, und schienen es nicht zu bemerken.

»Entschuldige«, sagte Betan. »Ich hätte nicht lachen sollen.« Und sie roch nach Andersartigkeit und Wärme, und das Herz klopfte Dorn gegen die Rippen. Sie drückte sein Knie, und sein Bein spannte sich; er wünschte sich, er könnte ihre Hand loswerden, bevor sonst etwas geschah. »Sheon ist nicht gerade die Hauptstadt der Welt, nicht wahr? Sieh mal, wenn du dabei Hilfe brauchst, bleibe ich gerne.«

»Duun möchte, daß ich bis Mittag im Übungsraum bin.«

»Ah.« Sie tätschelte sein Bein und stand auf. »Aber wir haben 1759, den 19. Ptosin. Der Sommer geht zu Ende.«

Dorn war sich auf einmal mit überwältigender Intensität bewußt, wie öde die weißen Wände der Schule waren, die falschen Fenster, hinter denen manchmal Geräte summten. Die Welt drang auf ihn ein wie eine Faust, die sich um sein Herz ballte.

In Sheon waren die Blätter jetzt grün und öffneten sich jetzt die Hiyi-Hülsen; die Foen-Jungen kamen unsicheren Schrittes zum Vorschein und ...

... zischten neugierige Bauernkinder an. Mon hieß eines davon. Ihnen gehörte jetzt das Haus. Sie wohnten in seinen Zimmern. Saßen vor der Feuerstelle auf dem warmen Sand, alle zusammen.

Mon. Mon. Mon. Er haßte diese Person!

Die Stadt umschloß ihn. Sperrte ihn ein. Aber es war ja seine eigene Schuld. Seine Andersartigkeit hatte dazu geführt.

»Haras?«

»Ich kann nicht.«

Betan gab auf und entfernte sich, ging wieder zu ihrem Schreibtisch und setzte sich mit gekreuzten Beinen daran, Dorn den Rücken zugewandt. Dorn nahm die Tastatur wieder auf und betrachtete den Bildschirm.

Eine Nachricht erschien darauf: *»BETAN: Na ja, dann eben morgen. Ich könnte dir Antworten geben auf die Fragen, die dich beschäftigen.«*

Dorn sah, wie die Zeilen dreimal über den Bildschirm wanderten. Sein Herz klopfte immer schneller. *»B-e-t-a-n«,* tippte er ein, adressierte seine Antwort. *»J-a.«*

Dorn stand wieder auf und klopfte den Sand von sich ab. Er verbeugte sich. »Ja, ich sehe es.«

»Noch einmal«, verlangte Duun. Duun begrenzte seine Kleidung beim Training nicht immer auf den kleinen Kilt, aber er tat es heute, so daß alle seine Narben sichtbar waren. Sie zogen sich wie Blitze durch das graue und schwarze Körperhaar und über seinen verstümmelten Arm, wirkten wie aus einem Stoff mit den Gesichtsnarben, so daß sie eine furchterregende Symmetrie erlangten, die Dorn schon in den Jahren gespürt hatte, als er noch gar nicht gewußt hatte, daß es Narben waren, oder bevor er erfahren hatte, daß gar nicht alle Leute auf der Welt so gezeichnet waren wie Duun, nicht alle nur einen verstümmelten rechten Arm hatten und nicht alle ein solch permanentes Lächeln zeigten, das, wie Dorn wußte, genügte, um jeden Gegner zu entmutigen, dem Duun je gegenüberstand. Und es entmutigte jetzt ihn, Dorn. (Heute will er es mir zeigen. Er hat etwas vor.) Und da drängte sich ihm auf einmal der verhängnisvolle Gedanke auf, daß Duun ihn inzwischen für eine ganze Weile in Frieden gelassen hatte. (Um meine Studien nicht zu unterbrechen – das war sicherlich der Grund. Oder ich bin besser geworden, und er wird es nicht mehr versuchen ...)

Dieser Gedanke verschwand bei einem gescheiterten Angriff, in einem viel zu langen Augenblick des Gleichgewichtsverlustes, den er zum Fallen brauchte, als Duun ihn von den Beinen riß.

Duun grinste oft bei solchen Gelegenheiten, aber diesmal stand er nur mit mürrischem Gesicht daneben, signalisierte Dorn, daß kein weiterer Angriff erfolgen würde, und sah zu, wie Dorn sich von seinem Sturz erholte und wieder aufstand.

»Noch einmal!«

»Duun-hatani, zeig mir noch einmal diesen Ausfall zur Seite!«

Geduldig zeigte Duun es ihm. Dorn ging folgsam mit und probierte mitten in der Bewegung einen Trick, einen Scherz.

Duuns Hände schlossen sich um ihn und warfen ihn zu Boden. (Er hat es rechtzeitig gesehen.) Duun hätte eigentlich lachen können, aber sein Gesichtsausdruck änderte sich nicht. Dorn blieb für einen Moment auf dem sicheren Boden liegen und blickte zu Duun hinauf. (Ihr Götter! Er hat etwas vor. Irgend etwas stimmt nicht.) Dorn schüttelte die Benommenheit und die Gedanken und den Tag aus seinem Kopf und rappelte sich wieder auf, konzentrierte sich auf den nächstmöglichen

Brennpunkt, ohne einen Gedanken an irgend etwas, ohne einen Herzschlag außer dem Takt des Tanzes, dem Licht und dem Staub. Er befand sich nicht mehr in der Stadt, sondern unter der Mittagssonne von Sheon. Sie waren auf dem Hof, und Duun stand ihm in reinster Einfachheit gegenüber.

Ausfallen und ausweichen, zuschlagen, sich wieder fangen, ausfallen und wenden.

»Das war schon besser«, meinte Duun, und dieses eine Wort lief über Dorns Nerven wie Finger über eine Ddkin. »Wirklich besser. Geh in die Offensive!«

Ohne zu zögern. Dorn schlug zu und traf, und Duun wirbelte über den Sand davon, richtete sich aber sofort in einer einzigen fließenden Bewegung wieder auf.

Wieder kontern und angreifen.

Und erneut.

Und wieder. Dorn wich einem auf seine Hüfte gezielten Tritt aus und schlug selbst wieder zu. Seine Hand traf auf Fleisch, und entsetzt warf er sich herum, noch rechtzeitig, um zu sehen, wie Duun schon wieder vom Sand hochkam und einen Tritt auf ihn zielte, dem er nur knapp entging.

»Pause!« rief Dorn und hob die Hand. Er atmete schwer. Duun richtete sich auf, aber nicht ganz, und er atmete nicht leichter. Er drückte sich die Hand an die linke Seite. (Ihr Götter, ich habe ihn *getroffen,* ihm weh getan; o ihr Götter, seine Rippen ...)

»Das war gut«, meinte Duun. »Du hast meine Abwehr durchbrochen.«

(Er wollte gar nicht aufhören! Wenn ich nicht Schluß gemacht hätte ...)

(... dann hätte er weitergemacht. Und mich geschlagen.) Als Dorn sich das klargemacht hatte, stellte er fest, daß seine Knie schlotterten.

(Keinen Durchgang mehr, Duun, bitte, jetzt nicht mehr ...)

Die Dunkelheit wich wieder aus Duuns Augen. Die

Vernunft kehrte zurück. Duun richtete sich auf, stellte die Ohren auf und schenkte Dorn ein linksseitiges Lächeln, das in Verbindung mit der ständigen Verzerrung des rechten Mundwinkels eine täuschende Unschuld enthielt. »Ein heißes Bad für uns beide«, schlug Duun vor. »Du zitterst ja, Elritze.«

»Ich wollte das nicht! Ich dachte ...«

»Morgen üben wir einfache Figuren. Ich dachte schon, daß du dich diesem Stadium näherst. Wir können uns jetzt gegenseitig weh tun. Kein unbeherrschtes Training mehr. Es ist zu gefährlich geworden.«

(Ich habe nicht gewonnen, ich habe ihn nicht geschlagen; man kann ihn nicht schlagen, ohne ihn zu töten ...)

Duun entfernte sich. Er humpelte, aber nicht stark. Dorn wischte sich den Schweiß vom Gesicht und stellte fest, daß die Hand zitterte.

(Bei allem, was er mir jemals versprochen hat – wußte er das immer.)

Dorn war miserabel beim Unterricht. Die Zahlen strömten an ihm vorbei, ohne ihm etwas zu sagen. Er studierte seine Geschichte, und die Daten ließen sich in seinem Gehirn nieder, aber die Namen entzogen sich seinem Verständnis.

»Etwas bedrückt dich«, stellte Sphitti fest. »Mach lieber die Lautübungen. Die schaffst du.«

Das beleidigte ihn. (Ich bin Hatani! wollte er Sphitti zurufen; die Dinge bedrücken mich nicht!) Aber das Schlimme war, daß Sphitti offenkundig recht hatte. Cloen machte vorsichtig einen Bogen um Dorn. Elanhen arbeitete schweigend an seinem eigenen Kontrollpult, war dort mit irgendeiner abstrusen Statistik beschäftigt, während Betan Dorn über die Schulter Blicke zuwarf, ohne etwas zu sagen.

Kann ich helfen? tauchte ihre Nachricht am unteren Rand seines Bildschirms auf.

Später, schickte er als Antwort zu ihr; mehr nicht.

(Duun hat mich betrogen. Duun hat mich mein ganzes Leben hindurch gesteuert. Aber warum widmet Duun sein Leben einem einzigen Schüler? Warum besitzt Duun soviel Reichtum und leben die Bauern nur in einem Haus mit Blechdach? Aber jetzt hatten sie ja Sheon, während Duun diese Wohnung besaß, in der Spitze eines der höchsten Gebäude in Dsonan, der Hauptstadt der Welt, wo die Macht zu Hause war. Warum ich? Warum Duun? Warum dieser ganze Aufwand?)

(Warum weiß ich nur so wenig über die Dinge, die mich interessieren, und warum so vieles, was ich nie wissen wollte; und warum verschließen sie die Türen, und warum begleiten uns Wachen in diesem Gebäude überall hin? Wozu Wachen? Was bewachen sie? Uns? Jemand anderen?)

(Ich habe früher hier gelebt, hat Duun gesagt.)

(Ellud ist ein alter Freund.)

(Ich bin auf Sheon aufgewachsen. Ebenso Duun. Woher kennt er Ellud?)

Die Zahlen verschwammen. Dorn schaltete auf den Briefmodus um.

Betan Betan Betan, schrieb er, und wieder *Betan,* und er füllte den ganzen Bildschirm mit der Repeat-Taste.

Die Stunden schleppten sich dahin. Die Uhr schlug Mittag, und schweigend schalteten sie ihre Terminals ab und erhoben sich von ihren Schreibtischen. Nur Dorn ließ sein Terminal eingeschaltet. Er hatte dem Posten, der ihn begleitete, gesagt, daß er noch zusätzliche Arbeit zu erledigen hatte. »Ich muß in Geschichte noch aufholen«, antwortete er, als Sphitti fragte. Die anderen gingen an ihm vorbei, ohne ein Wort an ihn zu richten, unterhielten sich nur untereinander. Vielleicht hatte Betan ihre Absicht geändert; vielleicht vergaß sie es, weil es für sie möglicherweise nur etwas Beiläufiges gewesen war. Dorn hörte, wie die Tür zuging, drehte sich um und sah, daß Betan wieder hereinkam.

Er stand auf. Betan kam an seinen Schreibtisch, und sie beide setzten sich seitlich daran, Knie an Knie. Sie war ernst und betrachtete ihn auf eine ruhige Art, die er von niemandem außer ihr kannte, nicht einmal von Duun. Sie spürte, daß etwas nicht stimmte. Er wußte es. Sein Herz wurde schneller, und sein Atem ging schwerer; aber sie duftete nach Blumen und nach ihr selbst, wie sie es immer tat, wie Sonne und Wärme. »Irgend etwas stimmt nicht«, sagte sie, aber so, wie sie es sagte, klang es anders. Ihr Gesicht zeigte eine enorme Anteilnahme, war offen auf eine Weise, wie sonst niemand zu ihm war. »Was ist es?«

»Ich habe Duun gestern beinahe geschlagen.« Dorn war bestürzt über die Leichtigkeit, mit der ihm diese Übertreibung herausrutschte, und dann konnte er sie nicht mehr zurücknehmen.

»War er wütend?«

»Ich denke nicht.« Sein Atem ging schwerer. »Betan, ich habe auf Sheon gelebt ...« (Aber das weiß sie ja schon, das war ein dummer Anfang.) »Ich kenne die Stadt nicht, ich war nie draußen, außer einmal, als ich hereinflog. Du kennst viel, nicht wahr?«

»O ja, ich fahre jedes Frühjahr an die Küste.«

(Um zotige Witze und Schülerhumor und mystische Dinge zu beschwören, die jeder Mann auf der Welt kannte, außer ihm, der stärker gezeichnet war als Duun, geruchsblind und nackt wie ein Neugeborenes.) Betan saß dicht bei ihm, und ihr Knie berührte seines. Ihre Augen waren groß und dunkel. »Ich habe nie gelernt«, sagte er und verlor schon wieder die Spur dessen, was er gerade sagen wollte. (Sie war keine Hatani – nein, keinesfalls; und er mußte es jetzt auch nicht sein. Dies eine Mal mußte er nicht vielschichtig sein, sondern nur einfach, hier mit Betan zusammen, die ihm früher Angst gemacht hatte und die ihm jetzt die Hand aufs Knie legte und sie weiter am Bein hinaufschob.) Er tat dasselbe bei ihr, spürte die Seidigkeit ihres Fells, spürte wie sich ihre Muskeln bewegten, lebendig und straff, als sie sich beugte und streckte und dicht an ihn heranrückte, eine Hand auf seinem Körper. »Ich habe nie gelernt ...«

Er spürte, wie mehrere Dinge auf einmal mit ihm geschahen, Dinge, die völlig außerhalb seiner Beherrschung lagen und die er dann gleich wieder darunter zurückzwang. Auf einmal wußte er ganz genau, was er wollte und was sein Körper selbständig tat, und er hielt Betan an sich gedrückt und bewahrte dieses gute Gefühl, solange er sich traute, bis er wieder das Gefühl hatte, daß ihm alles entglitt. Da griff er nach ihrem Gürtel und öffnete ihn schnell. Sie öffnete seinen. Sie vergrub den Kopf unter seinem Kinn und lehnte sich an ihn, ganz warm, und ihr Duft war verändert.

Es war Angst. Er zuckte zusammen, schob sie an beiden Armen heftig zurück, und sie wand sich in seinem Griff ... *»Betan!«*

Hinter ihr ging die Tür auf. Ein Mann betrat die Diele. Betan befreite sich ruckartig aus Dorns Händen und kletterte hastig von der Erhebung.

Duun!

Betan blieb stehen, kauerte sich plötzlich zusammen und wich zurück. Dorn sprang auf. »Verdammt, *Duun!*«

Duun trat ein kleines Stück von der Tür weg und winkte Betan zu sich. Sie zögerte.

»Lauf hinaus!« schrie Dorn. (Ihr Götter, er wird sie umbringen ...) *»Betan, lauf hinaus!«*

Sie rutschte wie entfliehende Beute durch die Dielentür und dann durch die äußere Tür. Duun blickte kurz hinter ihr her und dann wieder zu Dorn.

Dorn zitterte. Er stand mit einem Fuß im Sand und mit einem Knie auf dem Schreibtisch und zitterte unter der Reaktion, während er seine Kleider wieder in Ordnung brachte. Duun stand da, als würde er ewig warten.

»Laß mich allein«, sagte Dorn. »Duun, um der Götter willen, laß mich allein!«

»Wir unterhalten uns später. Jetzt gehen wir lieber nach Hause.«

»Ich habe kein Zuhause! Ein Hatani hat keinen Platz für sich! Er hat kein ...«

»Wir unterhalten uns später darüber, Dorn.«

Dorn zitterte konvulsivisch. Er hatte keine Wahl. (Du hast nie eine Wahl gehabt. Komm nach Hause, Haras! Gib auf, Elritze! Tu so, als wäre alles in Ordnung!)

(Aber sie hat Angst gehabt! Sie ist in Panik geraten! Angst vor *mir* ...)

»Komm schon!« sagte Duun.

»Ich wünschte, du wärst etwas später gekommen!«

Duun sagte nichts dazu. Er deutete zur Tür. Dorn ließ den Schreibtisch stehen, und das Zimmer verschwamm um ihn. (Deine Augen tränen, Dorn.) Er ging hinaus, und in einem enormen verschwommenen Schleier ging Duun neben ihm her, den Flur hinunter zum Aufzug. Das Schweigen blieb bestehen bis zu ihrer Tür, bis sie an dem Posten vorbei waren, der dort stand. Der Posten war zurückhaltend, als verstünde er, was mit ihnen beiden los war.

Duun schloß die Tür hinter ihnen. Dorn ging zu seinem Zimmer.

»Es war nicht anders möglich«, sagte Duun. »Weißt du, was du ihr *angetan* hättest?«

»Ich hätte ihr nicht weh getan!« Dorn wirbelte herum und sah Duun über die Länge des Flurs hinweg fest an. »Verdammt, ich hätte ...«

»Ich muß mit dir wohl deutlicher über Anatomie reden.«

»Ich hätte ihr nicht weh getan! Ich hätte ... ich ...« (Ich kann nicht; könnte nicht; aber sie zu berühren, und ihre Berührung bei mir ...)

»Ich kann mir vorstellen, daß du es versucht hättest.« Kalt, ruhig, aus Alter und Überlegenheit heraus. »Gesunder Verstand war überhaupt nicht daran beteiligt, Dorn. Das weißt du.«

»Sag es mir! Halt mir einen Vortrag! Ihr Götter, mir ist egal, was du mit mir machst, aber du bist hereingekommen und derart auf sie losgegangen ... Was denkst du, daß du ihr angetan hast, Duun-hatani? Ist *das* dein Zartgefühl?«

»Ich habe dir eine Antwort versprochen. Vor Jahren hast du mir eine Frage gestellt, und ich habe dir versprochen, dir die Antwort zu geben, wenn du mich schlagen kannst. Nun, gestern bist du dem recht nahe gekommen. Vielleicht nahe genug.«

Dorn erschrak, aber dann setzte sich die Vernunft wieder durch. Er warf eine Hand hoch. »Verdammt, *verdammt,* du steuerst mich, und ich kenne deine Tricks! Du hast sie mir beigebracht – *und ich weiß, was du tust, Duun!*«

»Ich biete dir die Antwort an. Das ist alles. Was du bist, woher du stammst ...«

»O ihr Götter, ich will es nicht hören!« Dorn drehte sich um und lief weg. Schloß die Tür zu seinem Zimmer hinter sich und lehnte sich zitternd daran.

Der Interkom meldete sich. »Du kannst herauskommen, sobald du willst, Dorn. Ich denke nicht schlecht von dir, nicht in dieser Sache. Selbst ein Hatani kann Wunden erleiden, und dies ist eine tiefe Wunde. Komm heraus, wenn du mir wieder gegenübertreten kannst! Ich warte auf dich. Ich werde auf dich warten, Dorn.«

Dorns Augen waren wieder trocken, als er herauskam. Er schloß die Tür auf und trat in den Flur hinaus, ging dann den Flur hinunter in das Hauptzimmer. Duun saß dort auf der Erhebung an der Wand. Die Fenster zeigten nur Sterne und Dunkelheit. Nachtblick. Vielleicht war es auch Nacht. Duun blickte Dorn nicht sofort an, sondern erst, nachdem dieser über den Sand herangekommen war und sich auf die Erhebung seitlich von Duun gesetzt hatte.

Dann wandte Duun ihm das Gesicht zu. Kein Laut war zu hören außer irgendeinem mechanischen Geräusch hinter einem Fenster und dem Flüstern der Luft aus den Belüftungsschächten.

»Bist du wegen deiner Antwort gekommen?« fragte Duun.

»Ja«, antwortete Dorn. Er saß aufrecht, die Hände auf den Schenkeln, die Knöchel gekreuzt. Er blickte Duun unverwandt an.

»Du hast Genetik gelernt«, sagte Duun. »Du weißt, was die Vererbung bestimmt.«

(Mach schnell! Stoß das Messer schnell hinein, Duun! O ihr Götter, ich will hier nicht die ganze Zeit hindurch sitzenbleiben!) »Ja, ich weiß.«

»Du weißt, daß die Gene dich zu dem machen, was du bist; daß kein Wesenszug, den du manifestierst, ein Produkt des Zufalls ist. Du bist ein harmonisches Ganzes, Haras.«

»Bist du mein Vater?«

»Nein. Du hast keinen. Auch keine Mutter. Du bist ein Experiment. Ein Versuch, wenn du willst ...«

Dorn fühlte sich seltsam benommen. Duuns Stimme schwebte irgendwo im Dämmerlicht, in der Zeitlosigkeit des Ausblicks. Die Nacht ging ewig weiter, und er hörte immer weiter zu.

»Das glaube ich nicht«, meinte er schließlich. Nicht, weil er nicht glaubte, daß die Wahrheit gleichermaßen schrecklich war, sondern weil er keine Möglichkeit sah, sie zu erfahren. »Duun, die Wahrheit! Ich bin etwas, das schiefgegangen ist ...«

»Nicht schiefgegangen. Niemand hat etwas von schiefgegangen gesagt. Du hast dich richtig entwickelt, aber du bist anders. Ein Experiment. Du weißt, wie eine Empfängnis stattfindet. Du weißt, wie man genetische Manipulationen durchführt ...«

»Ich weiß nicht, wie das gemacht wird.« (Kalt, präzise, wie eine Unterrichtsstunde. Es konnte nicht er sein, worüber sie diskutierten, sondern etwas in einer Schale, ein Staubkorn, das in einem Glas schwebte.) »Ich weiß, daß so etwas gemacht wird. Ich weiß, daß sie Dinge zusammensetzen und damit etwas herbeiführen können, was vorher nicht existierte.«

»Du weißt, wenn jemand ein Kind haben möchte und – ein körperliches Hindernis besteht ... dann gibt es Möglichkeiten, den Embryo auszutragen. Eine Gastmutter. Manchmal eine Freiwillige. In anderen Fällen ein mechanisches Hilfssystem. Ein künstlicher Mutterleib. So war es in deinem Fall.«

(Eine Maschine. O ihr Götter, eine Maschine!)

»Daran ist nichts Ungewöhnliches«, erklärte Duun. »Du hast das mit ein-, zweitausend normalen Leuten gemeinsam, die auf andere Art nicht hätten geboren werden können. Die Medizin ist ein Wunder.«

»Sie haben mich ausgedacht.«

»So ähnlich.«

Er hatte sich bemüht, nicht zu weinen. Die Tränen kamen aus dem Nichts und rannen in einem endlosen Strom an seinem Gesicht herab. »Als sie mich zusammengesetzt haben in diesem Labor ...« Er konnte längere Zeit nicht reden, und Duun wartete. Dorn fing noch einmal an. »Als sie mich gemacht haben, haben sie sich da die Mühe gemacht, es zweimal zu tun? Gibt es noch irgend jemanden wie mich?«

»Nein«, sagte Duun. »Auf der ganzen Welt nicht.«

»*Warum?* Um der Götter willen, *warum denn das alles?*«

»Nenn es Neugier. Die Meds hatten zweifellos Gründe, die sie für ausreichend hielten.«

»Die Meds ...«

»Sie sind deine Väter, wenn du so willst. Man könnte sagen, daß Ellud dein Vater ist. Oder andere im Programm.«

»Und was bist du?«

»Eine Hatani-Lösung.«

Kleine Warnzeichen klingelten. Ein alarmierendes Prickeln. Selbsterhaltung. Warum sollte ich mir darüber

Gedanken machen? Warum sollte ich mir etwas daraus machen?) Aber er hatte Angst. »Wessen?«

»Ich hätte vieles tun können. Ich entschied mich dafür, dir die beste Chance zu geben, die ich dir bieten konnte. Die einzige Chance, die ich dir aus meinen Möglichkeiten heraus bieten konnte. Wie bei Ehonin und seiner Tochter.«

»Wer hat darum ersucht?«

Duun schwieg lange. »Die Regierung.«

»Sie hat um eine Hatani-Lösung gebeten?« Die enormen Konsequenzen dieser Feststellung überspülten Dorn wie eine Flut. Duuns Augen wichen nicht von ihm.

»Du bist einer meiner Klienten. Ich habe dir alles gegeben, was ich dir geben konnte. Und ich werde damit fortfahren. Das ist alles, was ich tun kann.«

Die Sterne glitzerten weiter, unter Wasser jetzt. »Ich wollte sie lieben, Duun.«

»Ich weiß.«

»Ich will sterben.«

»Ich habe dich gelehrt zu kämpfen. Nicht zu sterben. Ich bringe dir bei, wie man Lösungen findet.«

»Finde eine hierfür.«

»Ich bin bereits darum gebeten worden.«

Dorn schauderte. Alle seine Glieder zitterten.

»Komm her!« sagte Duun und streckte die Hände aus. »Komm her, Elritze!«

Dorn gehorchte. Es war mitleiderregend, was Duun ihm anbot, eine Schande für sie beide. Duun nahm ihn in die Arme und hielt ihn fest, bis das Zittern aufhörte. Danach lag Dorn ganz ruhig für lange Zeit an Duuns Schulter, und Duuns Arme waren seine Wiege, wie früher vor dem Feuer, auf Sheon, als er noch klein gewesen war.

Er schlief ein. Als er aufwachte, war Duun über ihm eingeschlafen. Sein Rücken tat weh, und alles war immer noch wahr.

NEUNTES KAPITEL

»Na ja«, sagte Ellud. »Wir durchforsten immer noch die Akten, so weit, wie wir kommen. Wenn offizielle Stellen sich entschließen, Unterlagen zu fälschen, dann bringen sie es auch fertig, dabei bemerkenswert wenig Spuren zu hinterlassen.«

»Egal.« Duun behielt den Rücken aufrecht. Die angebrochene Rippe und eine Nacht in krummer Haltung verlangsamten seine Bewegungen; und er saß mit gekreuzten Beinen auf der zweiten Erhebung in Elluds Büro, eine Tasse mit Kräutertee in den Händen. Er genoß die Wärme und die Stille. »Ich beglückwünsche den Rat. Der Sicherheitsdienst-Hintergrund – ob richtig oder gefälscht – erklärte die Art ihres Auftretens.«

»Jung und intelligent und wahrscheinlich irgend jemandem höllisch verpflichtet.«

»Versuch es mit der Dallen-Gesellschaft. Geh dieser Spur nach und mach dabei soviel Lärm, wie du möchtest. Das sollte sicherstellen, daß sich Shbit eine Zeitlang umsichtig verhält.«

»Die Sache ist mir peinlich.«

»Betan ist ein großer Verlust für sie. Es erforderte viele Jahre, diese Identität zu fälschen. Was mir Sorgen macht, ist die Frage, wie sie aus dem Gebäude herauskam, ohne eine Spur zu hinterlassen. Verdammt, wie haben unsere Leute das nur versaut?«

»Wir versuchen, auch das herauszufinden.«

Duun starrte Ellud einen Moment lang an und goß sich dann noch eine Tasse Tee aus dem Gefäß ein, das neben seinem linken Knie stand. Er hob die Tasse und sah wieder Ellud an, das Gesicht ausdruckslos, die Augen so vielsagend wie Glas. »Er wächst zu einem Mann heran, wenn wir alle Umschweife einmal beiseite lassen;

das mußte sich irgendwie mal bemerkbar machen. Betan war eine Lösung, als ich sie aussuchte. Ich spürte, daß sie den Mumm hatte, mit ihm umzugehen. Das ist noch milde ausgedrückt. Dorn konnte, die Götter wissen es, auf sich selbst aufpassen – bis zu einem gewissen Punkt. Aber das mindeste, was Betan unbedingt wollte, war, einen Zwischenfall herbeizuführen. Das ist die wahrscheinlichste Annahme. Und schlimmstenfalls hätte sie das getan und ihn im Verlauf der Dinge getötet. Falls es ihr gelang. Sie hatte die Nerven dazu. Wie schade, daß die Gilde sie nicht erhielt.«

»Eine Frei-hatani?«

»Ich habe daran gedacht, aber ich glaube es nicht. Freighota vielleicht.«

»Liebe Götter, wenn du dachtest, daß ...«

»Hinterher ist man immer klüger. Sie könnte vom selben Schlag sein wie Shbits Leibwächter. Sie sind fähig. Vielleicht ist sie sogar einer der Gilden-Mietlinge der Dallen-Gesellschaft. Wenn sie einen Mord vorhatte, dann hat sie es verpfuscht, aber sonst war sie nicht schlecht. Und ich bezweifle auch, daß es so einfach war.« Wieder ein Schluck Tee. »Du wirst sie nicht finden, zumindest jetzt nicht, denke ich. Wahrscheinlich hat sie das Gebäude verlassen. Wende dich an alte Freunde bei der Sicherheit.«

»Das habe ich bereits.«

»Sie wird wahrscheinlich Selbstmord begehen, wenn sie Bericht erstattet hat. Ich habe sie in Verlegenheit gebracht, und das nicht in ihrem jugendlichen Schamgefühl. Shbit wird dafür sorgen, daß die Leiche verschwindet. Offen gesagt, würde ich froh sein, sie zu ihm gehen zu sehen. Dann böten sich viel sauberere Lösungen.«

»Mir *gefällt* so etwas nicht!«

»Mir auch nicht. Es kann immer noch gut sein, daß ich Shbit einmal besuche, aber dieses Unbehagen sollte ausreichen, ihn für eine Zeitlang zu bremsen. Er kann seine Zeugin jetzt nicht an die Öffentlichkeit bringen. Das ist alles verdorben – die Anklagen der Körperverletzung und Schändung ...« Duun holte tief Luft. Elluds Verzweiflung war offenkundig. »Na ja, es ist vorbei. Für eine Weile. Ich habe ihn heute morgen wieder zum Training geschickt, alle weiteren Fragen zurückgewiesen und ihm später ein Beruhigungsmittel verabreicht. In diesem Moment schläft er, und Hosi gibt auf ihn acht. Morgen ... nun, morgen verändern wir diese Situation in der Schule. Ich halte das für das Beste. Mit Dank an deine Mitarbeiter. Ich würde ihn gerne wegbringen, hinaus aufs Land ...«

»Ihr Götter, nein! Wir hatten schon eine Lücke im Sicherheitssystem. Möchtest du noch einmal so einen Zwischenfall wie auf Sheon?«

»... aber ich weiß, daß es nicht machbar ist.«

»Duun. Duun-hatani.« Ellud griff seitlich auf seinen Schreibtisch, hob das Optikblatt auf und wedelte damit. »Ich erhalte Anfragen. Wir haben ein langsam tröpfelndes Leck, das im Begriff ist, sich zu einem wilden Sturzbach zu entwickeln! Um der Götter willen, Duun! Wir haben nicht mehr sehr viel Raum zum Manövrieren. Ich möchte, daß das Programm weiterläuft, ich will, daß wir den Plan wieder einholen. Und eins will ich dir noch sagen. Es geht nicht mehr nur um Shbit. Es kommt auch etwas aus den Provinzen. Wir erhalten Anfragen. Verstehst du?«

»Ich habe es immer verstanden. Es gibt eine Grenze, Ellud. Der Verstand hat Grenzen. Ich will, daß Dorn wieder ruhig wird. Ich will ihn ganz. Er ist jetzt dichter dran als je zuvor. Aber gib ihm Freiraum!«

»Er weiß über Betan nicht Bescheid, oder?«

»Wie könnte ich ihm das erklären, ohne auch gleich auf die ganze Ratsgeschichte einzugehen? Darum konnte ich sie auch nicht an Ort und Stelle festnageln. Was sollte ich denn sagen? Manche Leute wollen deinen Tod? Er meidet bereits Spiegel. Sollen seine Narben erstmal ausheilen, bevor er den Rest erfährt.« Es war die zweifingrige Hand, mit der er die Tasse hielt. Duun betrachtete sie, drehte die Tasse zwischen den Fingern und stellte sie weg. »Sagot soll sich darum kümmern.«

»Das kann sie nicht.«

»*Frag* sie! Nein, ich werde es ihr erklären. Sie ist alt, sie ist schlau und sie ist weiblich, und das ist die beste Kombination, die ich mir nur denken kann, um mit der Aufgabe fertig zu werden.«

Der Posten stand noch vor der Tür, wie immer, und Dorn wandte den Kopf, um den Posten anzusehen, der ihn ins obere Stockwerk eskortierte – kein harter Blick, und auch nicht rachsüchtig. (*Er* hat Duun darauf gebracht.) Zuerst hatte er an Cloen gedacht. Aber Dorn war nicht verschlagen gewesen, hatte sich nicht richtig darum gekümmert, seine Spuren zu verwischen, hatte auch nicht geglaubt, daß es nötig war.

An diesem Morgen durch diese gewöhnliche Tür zu gehen, war alles, was er tun konnte. (»Betan ist weg«, hatte Duun ihm gestern gesagt. »Sie ist versetzt worden. Sie hat selbst darum gebeten.«) (»Hast du sie umgebracht?« hatte Dorn gefragt, kalt und wieder zitternd. Es war vielleicht keine rationale Frage; aber schon die Atmosphäre war brüchig gewesen, voller Zweifel, voller Doppelspiele. Und Duun blickte ihm in die Augen, als er antwortete: »Nein, nichts dergleichen ...« So vernünftig, wie Duun ihm immer geantwortet hatte, wie Duun ihm immer Halbwahrheiten erzählt und die Welt von ihm ferngehalten hatte, bis Betan ihr Einlaß verschaffte.)

(Welches Jahr haben wir?)

(Ich hätte nicht lachen sollen. Sheon ist nicht gerade die Hauptstadt der Welt, nicht wahr?)

Dorn ging hinein, betrat die Diele mit ihren hellen weißen Wänden, ihrem einfachen weißen Sand, dem strengen Arrangement von Vase und Zweig auf der Erhebung. Man sah, daß der Sand in der Nacht geharkt worden war; eine einsame Reihe von Fußspuren führte um die Ecke herum in den großen Hauptraum, in dem alle Fenster weiß und blank waren.

Dorn folgte der Spur und blieb unter dem Türbogen stehen, vor all den leeren Schreibtischen. Die einsame Spur führte zu dem Schreibtisch, der am tiefsten in dem hellweißen Raum stand, dem Tisch, der Elanhen gehört hatte.

Ein Fremder saß dort mit gekreuzten Beinen, die Hände auf den Schenkeln. Nase und Mund und Augen waren weiß umrandet, ein Weiß, das allmählich in Sandfarbe überging, abgesehen von den Ohrenspitzen. Der Kamm war hellweiß. Die Arme waren hager. Dorn starrte den Fremden an, glaubte, einen Kranken zu sehen.

»Komm näher!« Es war eine dünne Stimme, die zur körperlichen Erscheinung paßte. Dorn ging näher heran, blieb stehen und starrte. »Du bist Haras, Dorn.«

(Ihr Götter, weiß er es denn nicht?) Gelächter wogte in ihm auf wie Blut in einer Wunde, aber er konnte in dieser großen, sterilen Stille nicht lachen. (Er?) Dorn vermutete auf einmal, daß es kein Mann war, aus Gründen, die er nicht genau definieren konnte. »Wo ist Elanhen? Wo sind Sphitti und Cloen?«

»Ich heiße Sagot. Du starrst mich aber an, Junge. Stört dich etwas an mir?«

»Es tut mir leid. Wo sind die anderen?«

»Weg. Setz dich! Setz dich, Dorn!«

Er wußte nicht, wie er sich einer so sanften Stimme widersetzen sollte, und Duun hatte ihm nicht beigebracht, wie man nein zu einer Autorität sagte. Er hatte es selbst gelernt; und die Welt war zu gefährlich, um leichtsinnig darin zu werden. Er suchte die nächste Erhebung und setzte sich auf deren Kante, ließ die Füße baumeln.

»Ich bin Sagot. Du hast noch nie Alte gesehen, nicht wahr?«

»Nein, Sagot.« Es fiel ihm schwer, überhaupt etwas zu sagen. (Alter. Ihr Götter, sie ist so zerbrechlich ... und es *ist* eine Sie, *muß* es sein. Werde ich auch einmal so? Und sie kennt mich ... sie ist eine Freundin von Duun ...)

»Ich bin jetzt deine Lehrerin.«

»Auch die der anderen?«

»Nein, nur deine. Soll ich dich Haras oder Dorn nennen? Was ziehst du vor?«

»Es ist mir gleich, Sagot.« (Wie soll ich sie anreden? Ist sie eine Hatani? Oder eine von den Meds? Oh, ich will hier raus, Duun, ich will die anderen zurückhaben! Sogar Cloen, wenn schon nicht Betan; wenigstens Sphitti! Wenigstens Elanhen, jemanden, den ich kenne!)

»Ich habe zwei Kinder. Beides Jungen. Sie sind erwachsen und haben selbst Kinder, und auch ihre Kinder haben schon erwachsene Kinder. Es ist lange her, seit ich die Lehrerin eines Jungen war. Es hat mir immer gefallen.«

(O ihr Götter!) Die Sanftheit fand empfindliches Fleisch und glitt hinein wie ein Messer. Sie löste wieder die Tränen, so rasch, daß er keine Gelegenheit fand, sich zurückzuziehen, es zu vertuschen. Dorn legte das Gesicht in die Hände, blamierte sich selbst und Duun, und die Brust tat ihm weh, als wäre etwas darin zerbrochen. Er schluchzte. Er bebte am ganzen Körper. Als er sich wieder beherrschen konnte, wischte er sich Gesicht und Nase mit nassen Händen ab und sah wieder auf, weil er nicht anders konnte.

»Du bist ein prächtiger junger Mann«, meinte Sagot. »Ich mag dich.«

»Du lügst, du lügst, Duun hat dich beauftragt ...«

»Zweifellos hat er das. Aber du bist trotzdem ein prächtiger junger Mann. Ich kann in dich hineinsehen und es erkennen. Ich kann mehr sehen, als du denkst; ich habe zu viele Jungen aufgezogen, um noch nicht hin und wieder erlebt zu haben, wie ein junger Mann weint und vor mir sein Herz ausschüttet – auch junge Frauen ... Und ich gestehe, sogar ein paar, die gar nicht mehr so jung waren, alle geschüttelt von Problemen, die ihnen in dem Augenblick gewaltig vorkamen. Ein derartiges Klagen ist wie ein mächtiger Sturm. Er ist gut für dich. Er braust durch den Wald und bricht ein paar Äste. Aber er kündigt eine Veränderung an. Er bringt eine Wende der Jahreszeiten. Er erneuert die Dinge. Und das ist gut. Deine Augen strahlen – sehr schöne Augen, wenn auch anders. Sie sind blau, nicht wahr, wenn sie nicht tränen?«

»Laß mich in Ruhe!«

»Erstaunlich, wie sehr sich junge Männer gleichen! Erst klagen sie, dann brüllen sie. Ich weiß, daß es weh tut. Ich habe zwei Ehemänner begraben. Ich weiß etwas über den Schmerz.«

»Bist du eine Hatani?«

Sie lächelte. »Ihr Götter, nein! Aber ich kenne Duun. Du weißt, daß ein Hatani vieles kann, aber wenn andere Dinge auftreten – nun, die Vernunft kann nicht alles lösen. ›Kümmere dich um ihn‹, sagte er. ›Sagot, sprich mit ihm, lehre ihn ...‹ ›Warum sollte ich das tun?‹ fragte ich. ›Ich habe meine Arbeit, ich habe dies und das zu erledigen, ich habe vierzehn Ururenkel, ich brauche nicht noch einen Jungen ...‹ Aber dann habe ich nachgedacht; es war schon so lange her. Sie sind alle erwachsen. Ich bin jetzt hundertneunundfünfzig, junger Mann, und habe schon die ganze Welt bereist; ich bin Flüsse hinabgefahren und war an beiden Polen; ich habe Bücher geschrieben – auch einige von deinen Lehrbüchern, nebenbei. Ich hatte neun Ehemänner, Liebhaber, die ich vergessen habe, ein paar, an die ich mich weiter erinnere; ich habe junge Knie geflickt, Knochen eingerichtet, Babies geboren und genug von der Welt gesehen, um von nichts mehr schockiert zu werden. Das ist die Wahrheit.«

»Vielleicht hat Duun dich deshalb gebeten, dich um

mich zu kümmern.« Es klang bitter. Aber irgendwann während ihres Geplappers hatte der Schmerz in seiner Brust aufgehört; Sagot hatte ihn geheilt, und Dorn hatte jetzt nicht mehr den Wunsch, wegzulaufen. Er saß mit baumelnden Füßen da, die fünffingrigen Hände im Schoß, und die restlichen Tränen trockneten in seinem nackten Gesicht ... (Aber Betans pelzige Haut war seidig und schmeckte, wie sie roch ...)

»Ich denke, du schätzt dich selbst nicht richtig ein«, stellte Sagot fest. »Es ist schön und gut, ein Hatani zu sein, aber du bist nicht *nur* das, weißt du, genausowenig, wie du nur diese beiden Augen bist oder diese beiden Hände oder dieses Geschlecht zwischen deinen Beinen ...« (Hitze stieg ihm ins Gesicht.) »Oh, nun, Junge, ich weiß, ich weiß, du hast es gerade erst entdeckt, und für eine Zeitlang ist es das Wichtigste für dich, aber das geht vorüber, wird weniger wichtig, je mehr du dich entwickelst; je mehr Fähigkeiten, je mehr Gedanken du entfaltest, desto mehr ändert sich alles und verschiebt sich alles, bis die Welt so groß ist und die Dinge, die dich ausmachen, so vielschichtig werden, daß du sie gar nicht mehr fassen kannst. Du bist nicht nur Dorn, der in einem Labor zur Welt kam, weiter unten auf genau dem Flur dort draußen. Du bist auch Dorn, der Hatani, Dorn, mein Schüler, Dorn, der ferne Orte sehen und Dinge tun wird, an die er jetzt noch gar nicht denkt, und ich auch nicht; und du wirst Antworten auf deine Fragen finden und weitere Fragen, die noch zu beantworten sind, was letztlich das Leben ausmacht. Also jammere und reg dich auf, wenn es sein muß, und wenn du jeden Tag hierherkommen und mir alles ausschütten willst, wenn du das brauchst – nun, dann wird es auch etwas Gutes bringen. Aber wenn du damit fertig bist und ganz bereit bist, dann habe ich vieles, was ich dir geben möchte – es *ist* ein Geben, weißt du, eine Art Geschenk. Wenn du so lange gelebt hast wie ich, dann willst du auch etwas in der Welt hinterlassen, und das ist mein Lehren, das, was ich tue.«

Dorn mußte wieder schluchzen, ganz unerwartet für ihn, wie ein plötzlicher Atemzug. Aber diesmal tat es weniger weh. Er wischte sich mit der Hand über das Gesicht, rasch, voller Abscheu. Er rutschte auf der Erhebung zurück und zog die Füße hoch. Er hatte keine Wahl. Sagot ließ ihm keine. »Ich höre zu, Sagot.« (O ihr Götter, was wird sie mir nur beibringen?) Sagot strotzte vor Geheimnissen, war so furchterregend wie Duun. So unversöhnlich. So schwierig zu umgehen. »Bist du sicher, daß du keine Hatani bist?«

Sagot lachte, und selbst das war sanft, und ihre Stimme klang zerbrechlich. »Ich nehme das als Kompliment. Was gefällt dir denn am besten, welches Fach?«

»Physik.«

»Dann machen wir Physik. Zeig mir, was du weißt! Dann finde ich heraus, wo ich anfange.«

»Falls ein Objekt mit Lichtgeschwindigkeit fliegen würde, und jemand darin zum nächsten Stern reiste – welcher ist das übrigens?«

»Goth.«

»Und wie weit entfernt?«

»Fünf Lichtjahre.«

»Fünfkommaeins. Sei in diesem Fall genau. Und dieser Mann ist vierzig Jahre alt, und er läßt eine Schwester daheim zurück ...«

»Am Fluß Sgoth tritt ein Parasit auf, der die Gehirne des Viehs befällt. Da fällt mir ein, daß ich einmal einen gesehen habe ...«

»Du warst dort?«

»Kind, ich habe neun Monate am Sgoth gelebt, und ich hatte einen Dorffriedensrichter als Liebhaber. Er trug einen Ring, der ihm so seitlich durch die Lippe gezogen war, und es sah komisch aus, wenn er lächelte, das kann ich dir sagen. Er war sechsmal verheiratet gewesen und hatte eine große Kerbe in der Nase, wo ihn eine seiner Frauen mit dem Stock geschlagen hatte, aber sie war eben verrückt und ihre Tochter noch verrückter. Sie setzte es sich in den Kopf, den Grundbesitz ihrer Mutter zu verkaufen, ohne daß er ihr gehörte – sie wollte ihre *Erwartung* der Erbschaft verkaufen, und zwar an den Mann, mit dem sie zusammenlebte. Sie wollte das Geld zusammenbekommen, um den Fluß hinunterzugehen und jemanden zu heiraten, der ein Lebensmittelgeschäft besaß; frag mich nicht, warum, aber ich denke, Essen war eben das einzige, woran sie denken konnte. Sie muß alles in allem zweihundert gewogen haben. Nun, der Friedensrichter, mein Liebhaber, gab ihr endlich das Geld, um sie aus dem Ort zu kriegen, und dieser Dummkopf, mit dem sie zusammengelebt hatte, stürzte sich mit einer Axt auf meinen Liebhaber ...«

»Ihr Götter, Sagot!«

»Er hat es gemacht. Und er jagte ihn immer wieder durchs Büro und dann hinaus auf die Straße, bis dann jemand diesen Verrückten niederschoß. Die Gerüchte besagten, daß die Viehkrankheit ihn befallen hatte, daß diese Frau ihm das Fleisch kranker Tiere zu Essen gegeben hatte; aber mein Liebhaber, der Friedensrichter, sagte, daß jeder, der diese Frau heiratete, von Anfang an verrückt gewesen sein mußte.«

»Achte auf den Monitor! Dies ist ein Simulationsspiel. Hier hast du das Armaturenbrett – hier hast du deinen Treibstoff, siehst du, hier deine Höhe, dort den Kompaß ... Du erinnerst dich doch noch an deinen Flug zur Stadt, nicht wahr?«

»Natürlich!«

»Nun, dies ist kein Hubschrauber, sondern ein Flugzeug. Benutze den Kippschalter und die Tasten ... Ich zeig es dir. Hier ist die Startbahn – es handelt sich um ein altmodisches Flugzeug. Aber wir fangen damit an.«

»Kannst du fliegen?«

»Oh, nun ja, früher schon. Meine Sehstärke ist jetzt gegen mich. Ich begnüge mich mit den Passagierflugzeugen.«

»Passagierflugzeuge?«

»Mein lieber Junge, Flugzeuge fliegen ununterbrochen auf der ganzen Welt hin und her; was meinst du, wie man denn sonst vorankommt?«

»Mit der Bahn.«

»Oh – na ja, damit werden heute überwiegend Güter befördert. Versuchen wir jetzt noch einmal zu starten; ich fürchte, wir sind gerade abgestürzt.«

Irgendwann hörte der Schmerz auf. Dorn erwachte eines Morgens und bemerkte, daß das Schlimmste vorüber war, daß seine innere Verfassung sich in eine Art Bedauern verwandelt hatte, das es nicht mehr erforderte, sich so heftig um Selbstbeherrschung zu bemühen. Und schließlich stellte er eines noch späteren Tages beim Frühstück mit Duun fest, daß er jetzt einen anderen Schmerz empfand, darüber, daß er und Duun sich nur so wenig zu sagen hatten, was über die Erfordernisse zweier Leute hinausging, die zusammenlebten, und über Duuns Anweisungen im Trainingszimmer. In Dorns Leben gab es keine anderen Geschichten als die Sagots; es waren keine Geräusche im Haus zu vernehmen, und hin und wieder tat es auch Duun, und sie spielten ohne jede Leidenschaft. Duun spielte planlos oder entwickelte lange und irritierende Kompositionen, die Dorn auf die Nerven gingen; und Dorn selbst spielte düstere Hatani-Lieder oder auch die leichtesten, trivialsten Liedchen, die ihm seit seiner Kindheit geläufig waren und die er Duun wie Anklagen entgegenschleuderte. Und Duun setzte sich dann hin und hörte zu, oder zog sich in sein Büro zurück, um Ruhe zu haben, oder er nahm gar ein Beruhigungsmittel und schloß die Tür zu seinem Zimmer hinter sich, manchmal, wenn ihm die Seite weh tat.

Dorn war Sagots Mündel. Duun lebte nur noch mit ihm zusammen und kümmerte sich um die Mahlzeiten, sorgte auch dafür, daß Dorns Drill und Training weitergingen (aber Duun hatte Schmerzen beim Atmen, und selbst das wirkte gleichgültig).

(Er hat mich neulich die ganze Nacht über gehalten. Das muß weh getan haben. Er konnte sich kaum noch bewegen, als er aufwachte, aber er hat sich nie beklagt.)

(Wird es je wieder heilen?) In einem Winkel seiner Persönlichkeit war Dorn befriedigt darüber, daß der Anblick Duuns auf die Gelegenheiten reduziert war, wo dieser in den Trainingsraum kam, Anweisungen erteilte und wieder hinausging.

(Aber er ist zu still. Er spricht nicht mit mir. Worauf wartet er? – O ihr Götter, ich wünschte, er würde schreien oder mich anfunkeln oder mir überhaupt in die Augen schauen! Seine Schultern werden krumm. Er bewegt sich wie Sagot. Ich hätte ihn überhaupt nicht erwischt, wenn sein Gleichgewicht bei dem Schlag nicht auf der falschen Seite gelegen hätte. Wäre er jünger gewesen, wäre er nie verletzt worden. Dann hätte ich ihn unmöglich treffen können! Ich hätte ihm nie gegenübertreten wollen! – O Duun, *sieh* mich doch an!)

(Aber warum mache ich mir überhaupt etwas daraus? Er hat mir Betan weggenommen, hat mir Elanhen und Sphitti weggenommen, sogar Cloen; er nimmt mir alles weg, woraus ich mir etwas mache; er hat Sagot geschickt, und eines Tages werde ich hingehen, nur um festzustellen, daß er sie wieder weggeschickt hat, auch sie, alles und jeden.)

(Er hat mich ausspioniert. Er ist wahrscheinlich in die Schulcomputer eingedrungen. Ich weiß, daß er es könnte, er muß nur die richtigen Codes eingeben, wir sind schließlich im selben Gebäude. Er weiß alles, hat alles gelesen, was Betan und ich uns gegenseitig übermittelt haben, und wahrscheinlich haben ihm auch die Wachen Bericht erstattet.)

(O Duun, ich *mag* diese Stille nicht, und ich mag es nicht, wenn du so aussiehst, denn es tut weh.)

Aber eines Mittags kam er von Sagot zurück, und Duun war im Trainingszimmer und wartete auf ihn, als er sich bis auf den kleinen Kilt entkleidet hatte und auf den Sand hinaustrat. Er wartete auf Anweisungen, aber Duun entfernte sich, schwang seinen linken Arm ein wenig und streckte ihn vor und zurück.

»Duun, sei vorsichtig!«

»Dorn, ich bin nicht darauf angwiesen, daß *du* mich mahnst, vorsichtig zu sein. Vergiß nur nicht, was ich dir gesagt habe: Keine Schläge mit voller Kraft. Komm, wir wollen ein paar Stürze üben!«

Duun besiegte ihn. Es dauerte recht lange, und es war schließlich eine List, die Dorn das Gleichgewicht raubte und ihm Duuns Fuß in den Rücken brachte.

»Ich bin tot«, sagte Dorn und setzte sich in den Sand. Auch Duun setzte sich, weniger schnell, und er atmete schwer und leckte sich die Zähne. Dorn rang nach Luft und stützte sich auf die Knie und starrte ihn an. Und grinste auf einmal, denn von Duun geschlagen zu werden, lag im Wesen der Welt, und es führte dazu, daß er sich weniger einsam fühlte.

Duun grinste zurück. Sie redeten nicht. Es war besser danach. Duun spielte an diesem Abend ein altes, vertrautes Stück nach dem anderen, und die Musik von Ddkin und Trommel erweckte sie alle wieder zum Leben, nicht die traurigen Lieder, sondern die Lieder über die Streiche, über den Hatani-Humor, der hintergründig und grausam war.

Dorn schlief in dieser Nacht, und er erwachte mitten darin, während die Sterne schwindelerregend um sein Bett tanzten und vorgetäuschte kalte Winde aus den Luftschächten drangen, so, als kämen sie vom Schnee des Winters. Alles war ruhig, und er spürte ein vages Entsetzen, dem er keinen Namen geben konnte.

(Duun ist hier. Er war vor einer Weile hier.) Vielleicht lag es an einem feinen Duft, den die Klimaanlage verteilt hatte. Aber die Tür war zu.

Dorns Augen durchforschten das Zimmer, die Dunkelheit, suchten nach Umrissen und kannten dabei doch Duuns Geschicklichkeit. (Ist er immer noch hier drin? Wartet er darauf, daß ich mich bewege?) Dorns Herz raste, und die Adern in seinem Hals pochten. (Das ist albern! Wie hätte er denn durch die Tür kommen sollen? Sie läßt sich nicht geräuschlos bewegen; so tief habe ich doch bestimmt nicht geschlafen!)

(Wirklich nicht?)

Sein Herz hämmerte wild. (Er würde es nicht tun! Er *könnte* es gar nicht tun! Nicht nach Betan. Er weiß, daß ich verrückt bin. Ich hasse ihn. Ich hasse ihn dafür, daß er mir das antut!)

Dorn sprang aus dem Bett. (Vertraue ihm nie! Halte bei Duun nie etwas für selbstverständlich ...) Aber er konnte nichts entdecken, nichts außer den falschen Sternen in ihrer langsamen, schwindelerregenden Bewegung.

Er setzte sich wieder auf die Bettkante. Sein Herz klopfte immer noch heftig an die Rippen.

(Wie sieht die Welt aus? Ist sie voller Leute wie Sagot? Oder wie Duun? Was führt er im Schild? Wofür haben sie mich erschaffen? Warum macht sich die Regierung etwas daraus, ob ich lebe oder sterbe – sogar genug, um einen Hatani zu bitten, daß er mein Problem löst? Er könnte sie töten. Könnte mich töten. Er gibt mir eine Chance, sagt er ... eine Chance gegen *was?*)

(Ein Hatani diktiert die Züge anderer. Ein Hatani fällt Urteile. Ein Hatani wandert durch die Welt und bringt Dinge wieder in Ordnung. Ein Hatani kann einem einen Kieselstein ins Bett legen oder ins Getränk tun – kann eine verschlossene Tür durchschreiten und einen in der

Dunkelheit verfolgen. Er ist ein Jäger ... aber kein Jäger von Wild. Vielmehr von jedem, den er will. Was ist er sonst noch?)

(Alles, was Duun unternimmt, hat einen Grund. Und Sagot ist seine Freundin. Vielleicht – vielleicht war Betan es auch. Nein. Doch. O ihr Götter, vielleicht ist *alles* abgekartet! Könnte es sein, daß Betan sich aus *Vorliebe* mit einem Wesen wie mir befaßt? War sie neugierig? Neugierig darauf – was für einer Erfahrung sie sich *damit* aussetzt?)

(Sphitti hat mit mir gelacht und Scherze getrieben, und Elanhen auch, von dem Zeitpunkt an, als wir uns kennengelernt haben. Wäre es nicht natürlicher gewesen, daß sie vor mir zurückwichen? Aber sie waren vorbereitet. Sie *wußten* schon vorher, wie ich aussehen würde. Vielleicht war Cloen als einziger ehrlich – der einzige, der mir je die Wahrheit sagte.)

(Dummkopf, du wußtest es, du wußtest es von dem Zeitpunkt an, als du den Raum betratst, aber du wolltest etwas anderes glauben! Du sahst, wie Betan sich bewegte – dir fiel *Hatani* ein, und du hast den Gedanken wieder weggeschoben.)

(Letztlich ist sie zurückgewichen; sie wich zurück, und ich reagierte – ich roch die Angst, spürte, wie sie den Mut verlor – ich stieß sie zurück, es machte mir Angst, es war ein Reflex; sie saß dicht bei mir, und ich roch die Angst ...)

(Dorn, wo ist nur dein Verstand? Hast du ihn auf Sheon zurückgelassen, auf dem Berg, als du dich wieder auf ihn gestürzt hast? Kannst du vergessen, wie Duun vorgeht?)

(Ich liebe ihn. Liebt er mich?)

(Ist auch nur Sagot real? All ihr Gerede – von Anfang an – ›Ich mag dich, Junge.‹ Dorn, du Dummkopf!)

(Hat Duun die Wahrheit darüber gesagt, was ich bin und woher er mich hat?)

Dorn saß da, die Hände zwischen den Knien verschränkt; und schließlich stand er auf, knipste das Licht an und überprüfte das Bett, als könnte ein Kieselstein darin liegen. Aber das war nicht der Fall.

(Ich hasse ihn. Ich hasse ihn für das, was er mir angetan hat.)

(Es war das Schönste auf der Welt, als er mich heute angelächelt hat!)

ZEHNTES KAPITEL

»Noch einmal!«

Sie benutzten diesmal die *Wer*-Messer, deren Klingen in durchsichtiges Plastik eingefaßt waren. Duun bückte sich und reagierte auf Dorns Schlag, wich ihm schlangenhaft aus, und Dorn wich auch seinem aus, stürzte und sprang ein Stück weiter entfernt wieder auf. »War das eine Bewegung, die du erfunden hast?« fragte Duun trocken, und Dorn senkte den Kopf und sah unter einer Braue hervor, wie früher schon, wenn er etwas Dummes gemacht hatte. »Ich habe sie gerade erfunden«, sagte er, »als ich auf meiner Ferse landete. Entschuldige, Duun.«

Er hatte es trotzdem gut gemacht. Duun legte die Ohren nach hinten. »Noch mal!«

Drei weitere Durchgänge. Die *Wer*-Messer trafen in einer Art aufeinander, wie sie es nie taten, wenn sie nackter Stahl waren, denn jetzt traf Plastik auf Plastik und bot dabei zuviel Widerstand. Duun schwebte zurück und zog die Hülle von seiner Klinge. Dorns Augen zeigten Bestürzung, aber auch er zog die Einfassung ab und warf sie weg.

Nackter Stahl. Duun packte das Messer mit der verstümmelten rechten Hand, hielt die Linke dicht daran, bereit, schnell zu wechseln. Dorn tat dasselbe, machte Manöver und beachtete nichts außer Duuns Augen und seiner Klinge.

Duun bewegte sich, ohne eine Finte zu machen, wie es sonst seine Gewohnheit war, griff vielmehr direkt an, brach den Angriff aber im letzten Augenblick ab, als er Dorns Deckung sah. Er wich aus, machte eine Finte, eine zweite, wechselte die Hand, zog sich kreisförmig zurück, glitt zur Seite, wechselte wieder die Hand.

Klinge fuhr zischend auf Klinge und rutschte ab; der Schwung hielt jedoch an und mündete in einen fließenden Angriff.

Dorn wich ihm mit einem Fall und einer Rolle aus, kam mit Sand in den Haaren und einer verzweifelten Parade wieder hoch, denn Duun drang weiter auf ihn ein, und er selbst stieß bald mit dem Rücken an die Wand.

Dorn spürte es und wich aus, aber zu schnell. Duun wechselte die Hand, und seine Klinge traf heftig auf Dorns, als dieser zurückwich, sobald er wieder freien Raum hatte.

Duun gebot Halt. »Verdammt, dieser Stahl ist zu gut, um so behandelt zu werden! Achte darauf, daß nicht die Schneiden aneinander geraten!«

»Ja, Duun.« Dorn holte tief Luft. Schweiß lief ihm in die Augen, und er fuhr sich mit der Hand darüber.

»Es war wieder diese verdammte Geschichte mit den Händen. Weißt du, was du getan hast?«

»Bin nach rechts gegangen«, antwortete Dorn. Seine Schultern sackten herab. Wieder wischte er sich Schweiß ab. »Ich habe links eine Finte versucht.«

»Aber du bist nach rechts gegangen, du Dummkopf!«

»Ja, Duun. Ich dachte, du würdest denken, daß ich diesmal ganz sicher nach links gehen würde.«

»Nicht, wenn du es niemals machst! Bei den Göttern, überrasche mich nur ein einziges Mal!«

Dorns Gesicht war der schiere Verdruß.

»Auf!« Duun schlug zu, flink wie eine Eidechse. Dorn entkam, entkam immer wieder, griff an und entwich wieder unter dem Klirren der Klingen.

Dann traf Duun ihn, wehrte seine Klinge ab und schlug seinen Arm mit der Faust hoch. Dorn warf den Arm hoch, um die Kraft aus Duuns Schlag zu nehmen, sprang zurück und deckte sich wieder.

Duun gebot erneut Einhalt, und Dorn besah sich sein Handgelenk, als erwartete er, Blut zu sehen. »Wenigstens«, bemerkte Duun, »hast du nicht aufgehört, als ich dich getroffen habe.«

»Nein.« Duun hatte es ihm in schmerzhaften Lektionen ausgetrieben, Anfängergewohnheiten durch blaue Flecken abgewöhnt. »Es tut mir leid.« Dorn war atemlos und wischte sich den Schweiß ab. Er meinte die Klingenberührung.

»Du hast eine ganz neue Form des Fechtens entwikkelt, das kunstvolle Vertuschen deiner Fehler! Beim Ausweichen bist du am stärksten!«

»Es tut mir leid, Duun-hatani.«

»Das ist kein Nahkampf. Junger Dummkopf, du hast dabei eine verdammt scharfe Kralle! Ordne deine Gedanken neu und setze sie ein! Noch mal!«

Dorn ging auf ihn los. Er wich aus, schlug zu, wich aus, schlug zu.

»Halt!«

Dorn zuckte zurück. Stand mit rasselndem Atem da, und der Schweiß lief ihm in die Augen. Er richtete sich auf. »Es tut mir leid, Duun.« Das war zu einem Refrain geworden. Er machte immer wieder Fehler. Er sah zerknirscht aus.

Duun streckte langsam eine Hand nach Dorns Gesicht aus. Dorn trat zurück. Seine Haltung war drohend und wachsam. Duun lächelte.

Dorn zog schwer atmend die Schultern zurück. (Warum schreist du mich an? Warum verfluchst du mich? Was stimmt heute nicht? Ich versuche ja zuzuhören, Duun, also treib nicht solche Scherze mit mir!)

»Erlaube mir, dich zu berühren, Elritze. Dieses eine Mal.«

Die Messerhand sank herab. Dorn stand reglos. Duun trat dicht an ihn heran und legte ihm die Handfläche mitten auf die Brust, auf Fleisch, das bleich geworden war durch den Mangel an Sonnenlicht, auf Fleisch, das so dick mit Schweiß bedeckt war, daß Hände daran abrutschten, wenn man ohne Krallen zupackte. Das Herz klopfte unter Duuns Hand mit gleichmäßigen, mühsamen Schlägen. Dorn zuckte nicht zusammen und zitterte auch nicht. Duun fuhr mit der Hand hinauf an die Seite von Dorns Hals und spürte dort denselben Puls. Ein leichtes Zucken. Ein Reflex. Oder gelernt. Er blickte in die fremdartigen weißen Augen: Es war seltsam, wie wenig sich die blauen Zentren verändert hatten, seit er zum ersten Mal hineingeblickt hatte, in die Augen eines Säuglings auf seinem Schoß. Ein Kind mit rundem Bauch, das über seine gekreuzten Knöchel kletterte und versuchte, ihn an den Ohren zu ziehen; das Gesicht eines Jungen, der in plötzlichem Schrecken zu ihm aufsah, als er ihn auf seiner Spur entdeckte ...

Die Augen schienen sich in der Größe nicht verändert zu haben. Die Knochen ringsherum taten es. Die Wangen wurden hohl und der Unterkiefer länger, und die Haut daran wurde rauher durch das dunkle Haar, das Dorn immer wieder rasierte ... (»Sie werden mich auslachen, Duun! Mein Körperhaar wird nicht dicht genug, und dann will ich es im Gesicht nicht so dicht haben, an einem einzigen Fleck, und sonst nirgendwo.«) Dorn rasierte sich auch den Körper an manchen Stellen, wo dichte Haarflecken wuchsen. Er schnitt das Haar und putzte es und *versuchte,* kein längeres Fell zu bekommen, oder zumindest zu verhindern, daß die Veränderungen seines Körpers den Dorn überdeckten, an den sie sich beide gewöhnt hatten. Dorn roch anders als früher. Brust und Schultern waren breiter und muskulös, der Bauch flach und fest, die Lenden schmal, die Beine mit langen Muskeln ausgestattet und beweglich. Stark war er. Dorn konnte heute *ihn* hochheben, obwohl die Götter wußten, daß Duun nicht vorhatte, ihm einen Versuch zu gestatten.

Seltsamerweise war Dorn nicht häßlich. Siebzehn, beinahe achtzehn Jahre, und Duun blickte ihm auf gleicher Höhe in die Augen, mußte in letzter Zeit sogar ein wenig aufblicken. Und Dorn legte eine Symmetrie an den Tag, die sein Gesicht zum Körper passend machte und seine Struktur zu einer Grazie der Bewegung zusammenfügte, die kein Ästhet leugnen konnte. (»Wenn man sich an ihn gewöhnt hat, ist er schön«, meinte Sagot. »Furchterregend wie irgendein großes Tier, dem man nähergekommen ist, als man wollte. Aber man will sehen, wie er sich bewegt. Solche Dinge sind irgendwie faszinierend, nicht wahr?«)

Die Pupillen weiteten sich jetzt und zogen sich wieder zusammen, zeigten damit die Nachdenklichkeit dahinter. Die Furcht. (Ist das ein Spiel, Duun? Soll ich irgend etwas machen?)

Duun ging weg, wandte diesem Blick den Rücken zu. Vielleicht spürte Dorn seine Furcht. Sie war jetzt akut.

(»Wir müssen jetzt anfangen«, sagte Ellud. »Duun, du hast mich hingehalten; zuerst hieß es warten, bis er die ersten Bänder verarbeitet hatte, und dann hieß es, die Betan-Geschichte hätte ihn aus dem Gleichgewicht gebracht. Jetzt ist es soweit: Ich muß ihm ein paar letzte Dinge beibringen. Duun, wir haben keine Ausreden mehr!«)

Duun hob die Scheide für das *Wer*-Messer auf, drehte sich um und blickte durch das Zimmer dorthin, wo Dorn dasselbe tat. Ein Spiel der Muskeln, die Bewegung eines Armes. Dorn war noch unversehrt an diesem Morgen. Duun hatte den Wunsch, sich immer daran zu erinnern.

»Das sind die Worte: Ich weiß, daß du sie behalten kannst. Du wirst es nicht nötig haben, viel zu lernen. – *Schiff – Sonne – Hand – Warnung.* – Es sind die Äquivalente zu diesen Klangmustern.« Sagot spielte das Band in dem Recorderstab, den sie in der Hand hielt. Es war sehr kompliziert, und Dorn konzentrierte sich, damit ihn die Umgebung nicht ablenkte. Der Posten hatte ihn an diesem Morgen nicht zu dem vertrauten Zimmer gebracht, sondern zwei Türen weiter in einen Raum mit glattem kahlen Boden, der laut das Wort *Meds* verkündete, ein Raum, der ziemlich groß war, der aber zwei große Erhebungen enthielt und voller Schränkchen war. Die Fenster zeigten eine illusorische Wüste, was nur dazu führte, daß der Raum noch kahler wirkte und Dorn noch weniger beruhigte. Sagot wartete dort auf ihn; sie saß mit gekreuzten Beinen an einem Schreibtisch und hielt eine Computertastatur auf ihrem Schoß. Eine weitere Tastatur und ein Monitor standen vor ihren Knien. »Setz dich!« hatte sie gesagt, und der Posten war hinausgegangen und hatte die Tür zu ihnen geschlossen.

»Ich. Er. Gehen.«

Dorn hatte an einen Simulator gedacht, als der Posten ihn zu einer fremden Tür führte. Er hatte Spaß an so etwas, an der schnellen Interaktion mit dem Computer, an der Vorstellung des Fliegens, daran, wie das Land unter den illusorischen Tragflächen dahineilte. In einem Zimmer hatten sie hier einen Bildschirm, auf dem es ungeheuer echt wirkte! In diesem Zimmer saß er in einer Maschine, deren Steuerung sehr an die eines Helikopters erinnerte, und die ganze Maschine konnte sich richtig unter ihm bewegen, sich auf dem Bildschirm neigen und kippen, so daß er beim ersten Mal den Mund fest hatte zusammenpressen müssen, damit er nicht schrie, als er die Kontrolle verlor und der Raum sich im Kreis drehte. Jetzt war er besser darin.

(»Meds?« hatte er Sagot sofort beunruhigt gefragt. »Setz dich!« war ihre Antwort gewesen. »Heute geht es um Muster.«)

»Stopp. Mann. Radio. Radar. Stopp.«

»Ist das eine Sprache?«

»Kümmere dich um deine Muster, Junge!«

(Irgend etwas stimmt hier nicht. Sagots Mund sieht hart aus. Habe ich eine falsche Frage gestellt? Macht sie sich Sorgen wegen dieses Zimmers?)

»Konzentrier dich!«

Dorn bemühte sich darum. Er wies den Mustern Bedeutungen zu. Sagot verließ ihn; er sollte sich die Bänder immer wieder anhören, und er verabscheute es. Voller Widerwillen sprach er die Klänge aus. Heute war kein guter Tag. Duun war beim Frühstück mürrisch gewesen, auf die ihm eigene Art, was bedeutete, daß er still und nachdenklich war und Dorn nichts von seinem Inneren zeigte, sondern lediglich die Oberfläche, wie eine überfrorene Pfütze. Sagot gab ihm strikte Befehle, ging hinaus und ließ ihn allein in dem Raum zurück, verschwand durch die innere Tür und kam nur gelegentlich wieder herein, um ihn flüchtig zu überprüfen.

(Sie haben miteinander gesprochen. Duun ist sauer auf mich, und er hat es Sagot erzählt. Ich habe jedenfalls nichts getan, um Sagot böse zu machen.)

(Ich war gestern schlecht beim Training; ich kann einfach nicht anders, als immer wieder von rechts zu kommen, und wenn Duun mich anschreit, bin ich noch schlechter. Ich wünschte, er würde mich sogar schlagen; es macht mir nichts aus, und ich verdiene es schließlich, wenn ich meine Flanke so öffne. Es kommt mir vor, als hätte ich einen Punkt erreicht, wo ich mich nicht mehr verbessern kann, und Duun weiß es. Ich bin nicht gut genug, um Hatani zu sein, nicht ganz. Er hat sich so lange bemüht, mir etwas beizubringen, und ich komme wie ein Dummkopf wieder von der rechten Seite, und er sollte mit mir schimpfen, er sollte mich auch verletzen – vielleicht würde ich es mir dann merken.)

Er hatte eine Narbe auf einem seiner Unterarme. Duun ebenfalls.

(Das habe ich nie mehr vergessen.)

»Junge.«

Die Maschine hielt inne, ein Eingriff Sagots. Er blinzelte sie an. Sie hatte ihm eine Tablette und einen kleinen Becher Wasser mitgebracht. (Götter, es *sind* die

Meds! Was stimmt hier nicht? Wollen Sie mich nur ansehen?) »Sagot, ich will das nicht schlucken! Ich bin nicht krank!«

Sie hielt ihm weiter beides hin. Also blieb ihm keine Wahl. Dorn nahm die Tablette aus Sagots schwarzer, runzeliger Handfläche. Er brauchte das Wasser nicht, um sie hinunterzuschlucken, aber mit dem Wasser bekam sie seinem Magen besser; er fürchtete, sich mit ihr den Magen zu verderben. (Verhält sich Sagot deshalb so komisch? Ist wirklich etwas mit mir los? Denkt Duun das auch?)

»Ich möchte, daß du mit mir nach nebenan kommst«, sagte Sagot. »Ja, es sind die Meds. Du wirst dich für eine Weile hinlegen, und ich möchte, daß du gut dabei mitmachst.«

(Du riechst nach Angst, Sagot. Ich auch, glaube ich. Ihr Götter, worum geht es überhaupt?)

Er stand auf. Er überragte Sagot, aber sie ergriff seine Hand. (Ich bin Hatani, Sagot, und du solltest mich nicht ...) Aber er schlug ihr nie etwas ab. Sie führte ihn an der Hand zur Tür an der Seite des Zimmers und hindurch in ein kleines Zimmer, das keine Illusionen mehr duldete, es sei keine Einrichtung von Meds. Es war ganz vollgestellt mit Geräten und einem Tisch. Sagot hielt Dorn weiter an der Hand. Sie wollte offensichtlich nicht über die Sache diskutieren. (Sie hat Angst. Sollte *ich* nicht auch welche haben?) Aber er blieb ruhig stehen, während Meds hereinkamen und ihm sagten, er solle den Kilt ausziehen und sich hinlegen.

»Ich schaffe das schon«, sagte er zu Sagot; er wollte sich nicht vor ihr ausziehen, nicht, weil er sie zu schockieren glaubte – (Ich habe vierzehn Ururenkel, Junge.) –, sondern genau deswegen, weil sie nicht schockiert sein würde; sie würde ihn wie ein Kind betrachten, und Dorn, das Kind, war bereits zu nackt. Aber Sagot blieb, und Dorn wandte ihr den Rücken zu, löste den Kilt und stieg auf den Tisch, als die Meds ihm sagten, er solle es tun. Sein Kopf schwamm; seine Glieder fühlten sich an, als wären sie sehr weit vom Gehirn entfernt; er schwebte in einer übermächtigen Ruhe, die allein ihn schon beunruhigte.

(Es war eine Droge, was Sagot mir gegeben hat. Weiß Duun darüber Bescheid? Weiß er, wo ich bin, was sie machen, hat er es gar angeordnet?)

Sie befestigten Elektroden an seinem Körper. Er spürte es wie von ferne. Sie unterhielten sich flüsternd, oder sein Gehör funktionierte nicht mehr richtig. Sie justierten einen Bildschirm über seinem Kopf. Etwas Weiches und Rauhes senkte sich auf seinen nackten Körper, und er erkannte vage, daß jemand eine Decke über ihn gezogen hatte. Er empfand eine matte Dankbarkeit. (Es ist kalt hier drin. Sie merken sonst nie, wie kalt mir manchmal wird; sie haben ja Felle und ich nicht, und ich schwitze jetzt ...) Etwas Enges legte sich über seine Beine und dann noch einmal über die Brust. »*Reden* Sie mit ihm! Um der Götter willen, es ist doch kein Stück Fleisch, mit dem Sie da umgehen!«

»Sagot-mingi, wir müssen Sie bitten, ruhig zu sein, mit allem Respekt, Mingi Sagot.«

Ein Gewicht senkte sich auf seine Schultern. Schüttelte ihn. »Halte die Augen offen! Sieh nach oben!«

Dorn gehorchte der Stimme. Er hörte die Klänge seiner Bänder, immer wieder von neuem.

»Blinzle. So ist es richtig. Du kannst blinzeln, wenn du mußt.«

»Er kommt mit, nicht wahr?«

Die Stimme schwebte wieder davon. Er hörte, wie ihn eine andere Stimme beschwatzte; er sah Bilder, befand sich in einem Simulator; weitere Stimmen, weitere Bilder, Leute, die sich wie er in der Dunkelheit bewegten; er sah Gesichter, die ihn anschwatzten, Maschinen und noch mehr Maschinen ...

Er versuchte davon wegzukommen.

... Augen wie Spiegel starrten ihn an. Dann kamen

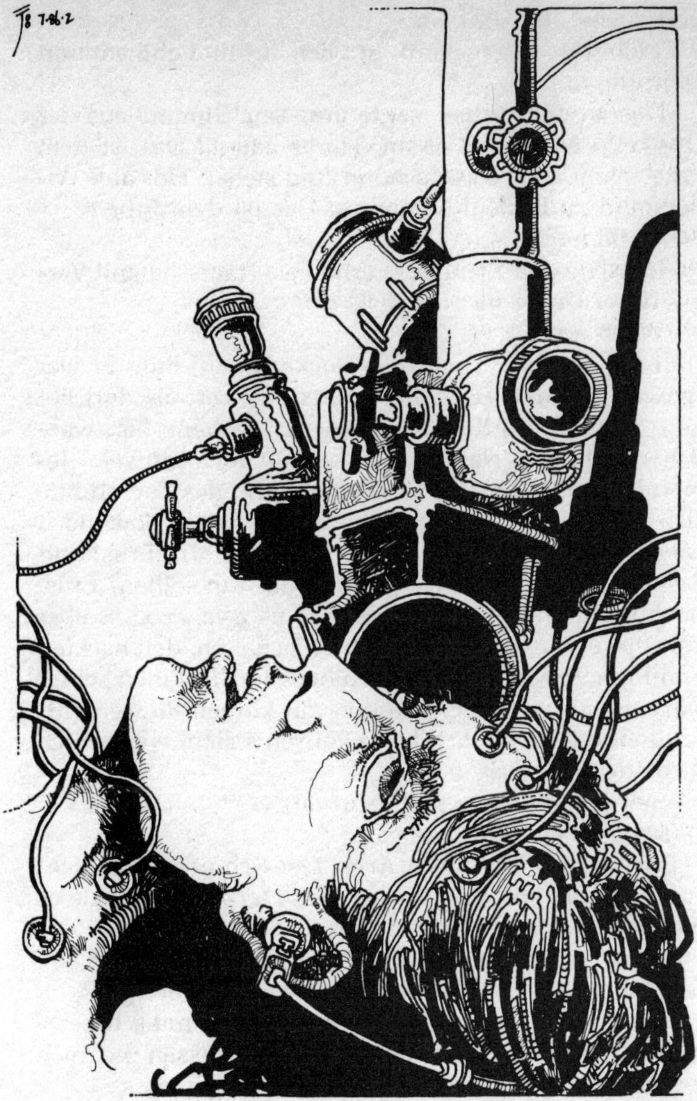

weitere Maschinen, die sich in der Dunkelheit drehten, und Arme, die winkten ...

Er kämpfte dagegen an. Er wich aus und entkam und kämpfte.

»Das ist dein Erbe«, sagte ihm eine Stimme aus der Dunkelheit. »Nimm es an, Haras-hatani! Das ist dein Erbe. Nimm an, was du hörst und siehst. Hör auf, Widerstand zu leisten! Nimm an! Das ist dein Erbe.«

Ein Bilderchaos.

»Lausche den Klängen! Lerne das, Haras-hatani! Vergiß diese Dinge nicht mehr!«

»Wach auf!«

Er lag auf dem Tisch. Die Decke lag auf ihm. Er war schweißgebadet. Er wollte nichts anderes, als dort liegen bleiben, und seine Augen stachen, als wäre Schweiß hineingelaufen; das konnte auch gut sein. Jemand wischte ihm das Gesicht ab, und das Tuch fühlte sich neutral an, naß und rauh, aber weder kalt noch warm. Jemand entfernte Gewichte von Dorns Brust und Beinen. »Sind Sie sicher, daß Sie das tun sollten? Er ist noch nicht wieder wach.« Er war es zwar, zog es aber vor, dieses Geheimnis für sich zu behalten, den nackten Stahl ignorieren, ebenso die plötzliche Nacktheit seines Körpers, als sie die Elektroden mit kurzen Rucken entfernten, die er deutlich hätte spüren sollen, was jedoch nicht der Fall war.

»Seine Farbe sieht nicht gut aus.«

(Mir ist kalt, Dummkopf.)

Etwas stach in seinen Arm. Der Schmerz war nicht stark. Wenig später spürte er sein Herz pochen, wie es das in Alpträumen tat.

(Geht weg! Laßt mich in Ruhe! Faßt mich nicht an!)

»Halten Sie ihn fest! Er soll sich nicht bewegen!«

Er blinzelte. Meds hielten seine Glieder mit schmerzhaften Griffen fest. Er hob den Kopf. »Lassen Sie mich los! Ich bin wach. Ich möchte mich aufsetzen.«

Sie machten dumme Gesichter und senkten die Ohren. Nachdem sie es sich überlegt hatten, ließen sie ihn los, und einer legte ihm von der Seite her eine Hand auf den Rücken, und mehrere Meds halfen ihm dabei, sich aufzusetzen, und hielten ihn dann fest.

»Sind Sie fertig?« erkundigte sich Dorn.

»Wir sind fertig«, erwiderte einer. Sie sprachen selten mit ihm. »Wir bringen dich für eine Zeitlang ins Bett.«

»Ich gehe nach Hause.« Dorn stemmte sich plötzlich hoch und landete mit den Füßen auf dem Boden. Die Füße fühlten sich taub an, aber die Knie hielten. Der Med streckte die Hände nach ihm aus, aber er wehrte das mit einem Arm ab, den er wie in Zeitlupe bewegte, eine freundliche Warnung. Der Med verstand sie, als Dorns Blick der Bewegung folgte, und wich zurück.

»Sagot!« rief jemand. »Sagot, kommen Sie schnell herein!«

Dorn wartete, ob Sagot kam. Ihm fiel wieder ein, daß er nackt war. »Ich will meine Kleider zurückhaben!« Ein Med reichte ihm seinen Kilt, und er bemühte sich mit tauben Fingern und vermindertem Gleichgewichtssinn darum, ihn anzuziehen.

Eine Tür ging auf. Dorn blickte zu Sagot auf. »Sagot«, sagte er; er bemühte sich sehr darum, höflich zu sein. Duun würde ihn schlagen, wenn er grob zu den Meds war, und er war verzweifelt. Er zwang sich dazu, ganz sanft und höflich zu sprechen, und stand so gelassen da, wie er nur konnte. »Sagot, sie denken, ich sollte hier ins Bett gehen, und ich möchte lieber in meinem eigenen Bett schlafen. Bitte, bring mich nach Hause, Sagot!«

Sagot betrachtete ihn, und ihre dünnen Lippen waren fest zusammengepreßt. Sie stand lange so da. »In Ordnung«, sagte sie dann. »Rufen Sie seine Eskorte, und rufen Sie auch Duun an und sagen Sie ihm, wir kämen!« Sagot trat zu Dorn und ergriff seinen Arm, wand ihren dünnen, zerbrechlichen Unterarm um seinen und verschränkte ihre beiden Hände mit seiner, und so verließ er mit ihr zusammen das Zimmer.

»Wir warten hier für einen Moment«, sagte sie im angrenzenden Zimmer, und sie stand dort und hielt weiter seinen Arm fest. Einen Augenblick später ging die Tür auf, und der Posten, der ihn überallhin begleitete, war da. Ogot hieß er. Er sagte wenig, war jedoch ein angenehmer Mann; er gehörte zu Duuns Leuten, und wenn Ogot ihn hierhergebracht und ihm doch nichts gesagt hatte, dann hatte er vielleicht nicht halb soviel gewußt wie Sagot. Ogot bedachte Dorn jetzt mit besorgtem Blick, und Dorn schämte sich, weil er so hilflos war.

»Es ist alles in Ordnung«, meinte Sagot. »Sie haben ihm lediglich ein paar Beruhigungsmittel gegeben; wir gehen langsam. Der Junge will jetzt nach Hause. Komm, Dorn!«

Er war nicht in seinem Bett, sondern lag auf Kissen auf der Erhebung, die an die Wand des Hauptzimmers grenzte. Die Fenster zeigten Zweige, die von Wind und Regen gepeitscht wurden, und taten so, als wäre das Glas regennaß und der Ausblick durch das Wasser verzerrt. Das Audio spielte Donner- und Regengeräusche. Blitze zuckten. Die Klimaanlage verbreitete feuchtkalte Luft und den Geruch von Wäldern im Regen. Dorn lag auf Kissen in dem Zimmer, das er kannte (aber die Wände veränderten sich stets), und er blinzelte. Er kannte diese Bäume, den einen, der sich beugte, den krummen Ast, die Felsen, den Weg, auf dem man hinaufsteigen konnte ...

»Hier.« Duun setzte sich auf die Erhebung, nahm eine Tasse und goß ihm Tee ein. »Es ist Aghos darin, also spuck ihn nicht aus! Du kannst die Kalorien gebrauchen.«

Dorn packte die Tasse mit einer Hand und nippte an dem Tee. Das Gewürz war ausgesprochen süßlich, aber es schmeckte besser als sein Mund. Er blinzelte Duun an. Sein Hals war steif; er hatte in ungünstiger Position geschlafen.

»Das ist gut«, sagte Duun. »Ich habe dich hierhergebracht.«

»Mich getragen?« Dorn erinnerte sich daran, im Bett gelegen zu haben; erinnerte sich auch daran, daß Duun ihn einmal geweckt und ihm etwas zu trinken gegeben hatte.

»Ich kann es immer noch.«

»Duun, sie ...«

»Sei still!«

Dorn kam wieder zu Atem. Er war also im Begriff gewesen, sich in Verlegenheit zu bringen. (Dir fehlt etwas, Dorn.) Nach dem vorangegangenen Gewitter fühlte er sich jetzt ausgelaugt und ruhig. Der trügerische Regen prasselte an die Fenster. »Das ist Sheon, nicht wahr?«

»Ich habe diese Szenerie abgespeichert, das war vor etwa einem Jahr. Ich dachte mir, daß ich sie eines Tages gebrauchen könnte.«

(Eines besonderen Tages. Heute? Ist es ein Geschenk? Ein Ausgleich für diese Behandlung durch die Meds?)

»Willst du noch Tee? Ich möchte, daß du jetzt richtig wach wirst. Heute nachmittag werden wir im Trainingsraum eine Runde üben.«

»Du wirst mich umbringen.«

»Ich werde es locker angehen, Elritze.« Duun starrte auf ihn herab, und das Gesicht hatte einen zwiespältigen Ausdruck, teils gutgelaunt, teils böse, mit diesem ewigen höhnischen Lächeln. »Du schaffst es.«

(Freut er sich jetzt über mich? Habe ich einen Test bestanden?) »Duun, sie haben mich ...«

Duun hob die rechte Hand, hob deren einsame Finger. Sei still, wollte er damit sagen. (Ich will nicht, daß du redest.)

»Sie ...«

»Es ist nicht geschehen.«

»Verdammt, ich ...«

»*Es ist nicht geschehen.* Sei still!«

Dorns Puls wurde schneller. Er lag da und blickte in

Duuns narbiges Gesicht, in diesen Blick, den kein Blinzeln unterbrach. Das Herz klopfte ihm heftig an die Rippen. (Was machst du mit mir? Was machst du mit mir, Duun-hatani?)

»Du bist langsam, Dorn. Mach schneller!«

Dorn versuchte es. Er warf sich herum und verlor das Gleichgewicht, sprang rückwärts, um sich zu retten, als die verhüllte Klinge vor seinem Bauch entlangfuhr. Er spürte, wie sie ihn streifte, wirbelte davon und riß die eigene Klinge hoch, um das abzuwehren, was folgte. Duun gebot Halt und hockte sich hin. Dorn setzte sich und wischte sich das Gesicht ab.

»Ich gehe. Ich bringe es zurück.«

»Du wirst weiterüben«, sagte Duun.

»Was – ›weiterüben‹?« (Hat sich etwas verändert? Was stimmt hier nicht?) *Weiterüben* hörte sich endgültig an.

»An drei von fünf Morgen wirst du lernen. An jedem zweiten Tag gehst du wieder in dieses Zimmer dort. Das ist auch eine Art Lernen.«

»Duun ...«

»... worüber wir gar nicht diskutieren werden.«

»Duun, ich kann es nicht!«

»Du kannst es nicht?«

Dorn zuckte zusammen. Er umklammerte die Knie mit den Armen. »Hast du es auch getan? Hast du das auch erlebt?«

»Wir werden nicht darüber reden. Jeden zweiten Tag wirst du dich dem stellen. Dir wird klar sein, daß du dich dem aussetzen mußt; und du wirst von allein hingehen und höflich zu den Meds sein. Dies ist das einzige Mal, daß ich dir das sage. Wenn du wirklich anfängst zu leiden, werden sie es nur noch einmal in fünf Tagen machen. Aber das ist eine Entscheidung, die die Meds aus medizinischen Gründen treffen werden, und nicht du mit deinen ungeschulten Launen.«

»*Für immer?* Für den Rest meines Lebens?«

Duun zögerte. Er zögerte selten bei seinen Antworten, obwohl es durchaus vorkam, daß er erst nachdachte. Diesmal dauerte die Pause eine Minute, und Duun machte ein finsteres Gesicht. »Es ist ein Test, Elritze. Du wirst dabei nicht versagen, hörst du? Ich werde dir nicht sagen, wie lange er dauert. Du wirst diese Angelegenheit auch nicht durch die Tür dort bringen. Nächstesmal schläfst du dich in der medizinischen Abteilung aus. Wenn du auf eigenen Füßen nach Hause gehen kannst, wirst du es tun; und du wirst hereinkommen, egal zu welcher Zeit, und sagen: ›Hallo, Duun, ich bin zu Hause, was machen wir jetzt?‹ So, wie du es jeden Tag machst. Sagot war weich und ließ dich gewähren, und ich hätte dich auf der Stelle zurückschicken sollen, anstatt dich zu hätscheln. Du kannst vom Leben nicht erwarten, daß es dich hätschelt.«

»Auch nicht von den Meds, Duun! Es *tut weh,* es ... Ich weiß nicht, wie ich damit umgehen soll. Duun, hilf mir, sag mir um der Götter willen, wie ich damit umgehen soll!«

»Akzeptiere es! Mit Würde. Nimm es an! Mit aller Kraft und Schlauheit, über die du verfügst.«

»Habe ich heute versagt?«

»Nein«, sagte Duun. »Nein, du warst wunderbar. Du kannst stolz auf dich sein. Du hast es fertiggebracht, daß viele Leute glücklich über dich sind, Leute, denen du noch nicht begegnet bist. Aber wir werden nicht mehr darüber reden. Du kommst stets wieder nach Hause und brauchst dann nicht davon zu sprechen. Wir werden tun, was wir immer getan haben. Ich denke, das wird dich freuen.«

»Du wirst mich nicht anschreien?«

Zum zweiten Mal wirkte Duun erstaunt, und das war noch seltener. »Nein, Elritze, ich werde dich nicht anschreien.«

ELFTES KAPITEL

»Guten Morgen«, sagte Sagot.

Dorn ging über den Sand durchs ganze Zimmer bis dorthin, wo Sagot saß, wo sie auch schon das erste Mal gesessen hatten. Er ging zu der Erhebung ihr gegenüber, setzte sich auf die Kante, ließ die Füße baumeln und verschränkte die Hände im Schoß. Sagots Gesicht war das einer Fremden, die alles hinter den Augen zurückhielt, hinter einer gealterten Maske aus weißem Staub.

»Wie geht es dir, Dorn?«

(Als fingen wir noch einmal von vorn an.) »Es geht mir gut, Sagot. Duun sagt, ich müßte morgen wieder dorthin gehen. Wird es wieder dasselbe?«

»Ich kann nicht darüber reden, Dorn.«

Er schwieg für einen Moment. »Ich will es wissen, Sagot. Was machen sie dort?«

»Ich kann nicht darüber reden. Können wir jetzt mit dem Unterricht anfangen?«

»Begleitest du mich morgen?« (Bitte, Sagot!)

Es blieb lange still. »Ich denke nicht, daß ich wirklich viel bewirken kann. Sie werden es nicht mehr zulassen, daß ich dich nach Hause bringe; sie werden darauf bestehen, daß du dortbleibst. Sie sind der Meinung, daß du zu schnell aufgewacht bist. Sie waren überhaupt nicht glücklich darüber, daß ich dich weggebracht habe; du warst auf den Beinen, du warst vernünftig ...« – sie verzog gutgelaunt den Mund –, »aber mit einem betrunkenen Hatani streitet man nicht. Du weißt jetzt, was du morgen zu erwarten hast, und du wirst nicht mit den Meds streiten, klar?«

»Ich weiß. Trotzdem hätte ich es gerne, wenn du bliebst.«

»Dorn ...«

»Sprich nicht mit Duun darüber. Ich weiß, daß er nein sagen würde. Tu es einfach, Sagot. Ich traue den Meds nicht. Ich habe sie nie gemocht.«

»Ich werde dort sein.« Sagot glättet den schweren Stoff ihres Kilts und legte die Hände auf die Knöchel. »Sprechen wir jetzt über das Wetter – über die Atmosphäre zum Beispiel. Die Wechselwirkungen zwischen den Meeren und Luftmassen. Als ich am Nordpol war, damals im Jahre '87, bin ich hinaufgeflogen und dann auf dieses Forschungsschiff umgestiegen, *Uffu Non* hieß es. Frag mich bei Gelegenheit einmal nach den Hothonin ...«

»Was sind Hothonin?«

»Es sind Fische von ungefähr Shonungröße. Sie fangen Vögel. Du hast richtig gehört. Sie haben einen weißen Fleck auf dem Kopf, der wie ein kleiner, schneller Fisch aussieht, wenn sie dicht an der Oberfläche schwimmen; dann stürzt sich irgendein Vogel herab, der Hothun taucht auf – *schnapp,* kein Vogel mehr. Siehst du, wozu Annahmen führen können? Wie dem auch sei, wir sind von Eor ausgelaufen und ...«

»Er ist immer noch bei Sinnen«, sagte Duun. Ellud saß ihm gegenüber, die Hände auf den Knien, hinter dem üblichen Durcheinander auf seinem Schreibtisch. Duun saß auf seinem gewohnten Platz. »Wir wollen ihn nicht drängen, Ellud.«

»Ich dränge ihn nicht«, sagte Ellud. »Der Rat drängt mich. *Betan* ist wieder aufgetaucht. Sie lebt.«

Duun entspannte trotz der Überraschung sein Gesicht. »Das ist keine gute Nachricht. Wo?«

»Sie ist abgesondert. Shbit hat sie natürlich in seinem Haus. Das hat man mir berichtet, via ein Ratsmitglied, das mit einem Ratsmitglied sprach, das mit ihr gesprochen hat. Dring nicht dort ein, Duun. Um der Götter willen, versuche es nicht an diesem Punkt! Alles entwickelt sich zu unseren Gunsten, und Shbit hat nichts vorzuweisen außer einer gescheiterten Agentin.«

»Die Agenten der Behörde müssen ja schon mit Shbit in einem Bett liegen, wenn sie sich sicher sind, was er *nicht* hat. Ich mag ihre Selbstgefälligkeit nicht. Sag es ihnen!«

»Halt dich da raus, Duun! Wenn du dir Shbit vornimmst, könntest du die ganze Geschichte wieder an die Öffentlichkeit bringen, und die Götter wissen, daß wir schon zu oft dort waren. Der Rat treibt im Moment eine gemäßigte Politik, und die Zuweisungen treffen weiterhin ein.«

»Ich weiß, wann Shbit sich regen wird. Shbit weiß es noch nicht.« Duun goß sich eine Tasse ein. »Man muß davon ausgehen, daß er Betan zurückhält; aber ich gehe lieber von gar nichts aus. Wie sieht der Bericht von Gatog aus? Irgendwelche Einzelheiten?«

»Sie haben das Problem gelöst. Es stellte sich als Fehlfunktion der Software heraus. Sie haben sich gegenseitig außer Gefecht gesetzt.«

Duun runzelte die Stirn. »Das dachte ich mir. Also ein falscher Alarm. Verdammt, Ellud, wenn diese Ohren wieder ausfallen, haben wir Ratsmitglieder in den Bäumen sitzen!«

»Es könnte noch schlimmer kommen.«

»Glaub mir, das vergesse ich nie.« Duun hob die Tasse mit den beiden Fingern der rechten Hand hoch und drehte sie dann mit der linken, spürte das eingravierte Muster, den Naturlehm, die kostbaren Zufälligkeiten der Obu-Kunst – die Ellud glich, gleichzeitig klug und ohne Konzept. Die Paradoxien dieses Mannes verwirrten ihn nun schon ein Leben lang. »Ich möchte Berichte über Shbit sehen. Ich will sehen, wann er einatmet und wie lange er die Luft anhält. Auf die Sekunde genau, Ellud. Sag es deinen Agenten!«

»... 1582 ging in der Provinz Toghon der erste Reaktor ans Netz ...«

»... 1582 gründete die Dsonan-Liga den internationalen Rat. Der unmittelbare Grund dafür war die Dürre, die zyklisch in Thogan auftritt und in dem Jahr großes Elend über die siebzehn Millionen Einwohner der Region gebracht hat, die von ...«

»... 1593 wurde der erste Satellit von der Dardimuur-Küste aus gestartet ...«

(Satellit?)

»... 1698 flog Botan no Gelad als erster Shonun in den Weltraum ...«

»Sagot.« Dorns Herz klopfte sehr schnell. Er blickte vom Monitor auf in ein ruhiges, altes Gesicht. »Sagot, wir sind doch im Weltraum.«

»Ich war noch ein kleines Mädchen, als Nagin auf dem Mond spazierenging. Ich erinnere mich daran, daß mein ältester Bruder mich zum Fernseher holte und mir sagte, das sei der Mond, und Shonunin würden darauf spazierengehen, Nagin, Ghotisin und Sar. Ich ging hinaus in die Dunkelheit – es war Frühling, und es war eine klare Nacht. Ich sah zum Mond hinauf und versuchte zu sehen, wo sie waren, aber es gelang mir natürlich nicht. Ich starrte und starrte, und mein Bruder kam heraus und stellte sich neben mich. ›Eines Tages fliege ich auch dort hinauf‹, sagte er. Und er tat es wirklich. Er flog den ganzen Weg bis nach Dothog, und er ging auf einer anderen Welt herum. Er schickte mir ein Bild von sich, auf dem er vor einem Meer aus roten Dünen steht; man kann ihn natürlich gar nicht richtig erkennen, denn der Raumanzug ist zu groß und schwerfällig, und die Sonnenblende ist heruntergeklappt, aber ich weiß, daß er es ist. Ich habe es immer noch.«

(Maschinen in der Dunkelheit. Dinge, die kreisen.)

»Kann ich es einmal sehen? Kann ich deinen Bruder *treffen?*«

»Er ist längst tot. Er starb vor, oh, vierzig Jahren.

Seine Ausrüstung versagte in der Yuon-Wüste auf Dothog. Die Luft entwich aus dem Anzug, und er ... Das Bild habe ich noch. Ich bringe es einmal mit.«

»Es tut mir leid, Sagot.«

»Kind, man trauert und kommt darüber hinweg. Jetzt erinnere ich mich nur noch an meinen Bruder, nicht an sein Ende, sondern daran, wie er war, als er noch lebte. Kennst du den Shuttlehafen direkt außerhalb von Dsonan? Man spürt es richtig, wenn die Schiffe starten. Man kann sie hören, wenn sie ankommen, wie Donner, sogar durch die Wände ...«

»Sind *das* ihre Geräusche?« (»Duun, was ist das?« »Ich weiß nicht, Häuser erzeugen viele Geräusche. Konzentrier dich auf das, was du tust, Elritze!«)

»... etwa alle fünf Tage. Sie bringen Fracht zur Station hinauf, holen dort ab, was die Station erzeugt, Arzneimittel und solche Sachen, und bringen es wieder mit nach unten. Die Dothog-Basis besteht immer noch; sie ist jetzt eine richtige kleine Stadt, die ganz aus Kuppeln und Verbindungstunneln besteht. Alles Wissenschaftler dort. Ungefähr einmal im Jahr kann man von der Station aus eine Reise dorthin antreten, aber die Preise sind horrend, also können es sich nur die Reichen leisten; andererseits ist der Flug zu hart, als daß die meisten dieser Leute Gefallen daran finden könnten, aber trotzdem haben sie auf Dothog immer wieder ein paar Besucher. Ich habe davon geträumt, würde selbst gern dorthin, aber man braucht ein Jahr für eine Strecke, und irgend etwas kommt immer dazwischen. Ich weiß nicht ...« Sagot besah sich ihre Hände und blickte wieder auf. »Ich glaube, daß ich tief in mir abergläubisch bin, was diese Sache angeht. Ich denke, daß mein Bruder noch dort ist, daß er nach wie vor über die Dünen stapft und Spaß daran hat; aber wenn ich hinkäme, wäre es einfach nur ein Ort wie jeder andere; ich würde sehen, wie groß die Stadt geworden ist, wie die verdammten Touristen dort herumlaufen, würde hinaus in die Wüste gehen, um dann festzustellen, daß er gar nicht mehr da ist. Dann wäre er für mich wirklich tot ... o ihr Götter! Entschuldige, Junge, die alte Frau redet unaufhörlich. Du wolltest mich nach dem Weltraum fragen.«

»Warst du dort?«

»Ich war auf der Station. Sie ist öde, ganz Röhren und Tunnel ...«

(Tunnel. Metalltunnel, die immer weiter führten, sich nach oben krümmten, wenn man ihnen folgte ...)

»... und jeder Teil von ihr gleicht den anderen weitgehend. Und, seltsam genug, man bekommt die Sterne nur selten zu sehen. Man sieht sie vom Shuttle aus, wenn man von der Frontseite anfliegt – sie erlauben es einem. Es ist schön. Die Welt ist schön. Hast du sie nicht auf Bildern gesehen?«

(Der dunkle Globus, hinter dem das Feuer zum Vorschein kommt, der Ort, der sich dreht ...)

»Nein, das hast du natürlich nicht. Ich habe da dieses wunderbare Fensterband. Ich habe es auf der Station gekauft. Es zeigt die Welt vom Raum aus. Ich denke, ich kann eine Kopie für dich auftreiben. Du siehst darauf die Sonne immer wieder hinter der Krümmung der Welt aufgehen; du siehst all die Meere und die wirbelnden Wolken ...«

»Er kommt wieder zu sich – er kommt wieder zu sich! Halten Sie die Injektion bereit. Er kommt wieder zurück.«

»Es hat ihm einen Schock versetzt. *Irgend etwas* ist passiert.«

»Still, er kann Sie hören! Wir bringen ihn lieber hinaus.«

»Kannst du uns hören, Dorn? Mach eine Handbewegung, wenn du uns hörst.«

»*Aaaaaaaaiiiiii!*«

Es war seine Stimme. Dorn war es, der schrie. Er

kämpfte sich aus der Dunkelheit hervor, und Dunkelheit umgab ihn. Sterne leuchteten in schwindelerregender Entfernung.

Licht flammte auf, weiß und schrecklich; er sprang blind aus dem Bett und stieß mit dem Rücken an die Wand, bevor er Duun im Eingang erkannte, vor der Dunkelheit des Flurs. Duun war noch nackt vom Schlafen und betrachtete ihn. »Alles in Ordnung mit dir, Dorn?«

Dorn lehnte sich an die kalte Oberfläche in seinem Rücken. Seine Glieder zitterten jetzt, da die Reaktion einsetzte. »Entschuldige, Duun.«

Duun sah ihn weiter an, hatte die Ohren zurückgelegt. Dorn schälte sich von der Wand. Die Fenster zeigten einen Sonnenaufgang über Grasland. Duun hatte die Schaltuhr unterbrochen. Die Klimaanlage verbreitete den taufeuchten und kalten Duft von Gras. Dorn zitterte wieder, als er den kalten Luftzug auf der Haut spürte. Die Bettdecken hingen über den Bettrand bis auf den Sand herunter, zeigten seinen Fluchtweg.

»Ich hatte einen Alptraum«, sagte Dorn. »Ich träumte ...« (Gesichter. Geräusche.) Erneut geriet er ins Zittern. »Gesichter wie *meines,* Duun ... sie haben mich gar nicht künstlich entwickelt!«

Duun sagte nichts. Sein Gesicht zeigte diesen maskenhaften Ausdruck, der stets bedeutete, daß er nichts sagen würde.

»Nicht wahr?« beharrte Dorn.

»Wer sagt, daß sie nicht die *Bänder* entsprechend redigiert haben?«

»Mach das nicht mit mir, Duun!«

»Du hörst dich nicht schläfrig an. Möchtest du eine Tasse Tee und etwas zu essen?«

Dorn ergab sich. Duun bemühte sich, freundlich zu ihm zu sein, führte ihn wieder von dem Thema weg. Dorn kannte die Tricks. Er riß die sandigen Bettücher vom Bett herunter und warf sie auf den Boden. Das Bett mußte ohnehin gewendet und geklopft werden, und die Decken hatten es nötig, daß sie gewaschen wurden. Duun war von der Tür verschwunden und hatte sie offen gelassen. Dorn öffnete den Kasten seitlich in der Erhebung und zog die Kleider des vorangegangenen Tages hervor, aber es war noch vor dem Baden, und vor dem Unterricht mußte er sich ohnehin wieder umziehen.

Duun war in der Küche, als Dorn eintrat, und stellte gerade die Teekannte auf die Erhebung. »Sobasi?«

»In Ordnung.« Der Mikrowellenherd war in Tätigkeit. Dann schaltete er sich ab, und Dorn zog die Teller heraus und stellte sie auf den Tisch. (Gesichter. Gesichter. Die Station. An- und abfliegende Schiffe. Punkte und Symbole. Chemie. Der Wert von Pi. Zahlen.) Dorn setzte sich und kreuzte die Beine. Duun tat dasselbe und goß sich Tee ein. »Ich trinke zuviel von dem Zeug«, sagte er. »Es ruiniert meinen Schlaf.«

»Das ist bei mir das gleiche. Duun, können wir darüber sprechen – nur einmal?«

Duun legte die Ohren an.

»Verdammt, bitte!«

Duun hielt ihm mit ausdruckslosem Gesicht die Teekanne hin. »Eine Frage. Eine Frage höre ich mir an. Nur eine, Haras-hatani. Du mußt sie nicht jetzt stellen, wenn du es dir erst überlegen willst. Blitzurteile sind nie gut.«

Dorn nahm die Teekanne, glättete seine Gesichtszüge und goß sich ein. (Ich hasse ihn! Ich hasse ihn! Er hat nicht einen einzigen Nerv im Körper!) »Ich sage es dir, wenn ich sie stelle. Ich will nicht, daß du die erste Frage nimmst, die ich stelle, und dann behauptest, sie wäre es gewesen. Hast du eine Geliebte?«

(Das war ein Treffer!) Duuns Ohren zuckten; seine Augen weiteten sich und verengten sich wieder. »War das der Alptraum?«

»Nein. Ich bin nur neugierig.«

»Im Moment keine. Eine Zeitlang hatte ich eine Gefährtin. Ich habe sie weggeschickt.« Duun füllte sich den Mund und schluckte es hinunter.

»Warum?«

(Wieder ein Treffer! Das hatte ich gar nicht erwartet!) »Sie wollte schließlich die Heirat. Ich nicht.«

»Wie alt bist du?«

»Elritze, als du anfingst, sprachen wir von einer Frage. Ist das alles sachdienlich?«

»Du bist mir gestern auf die Schliche gekommen, weil ich immer in die Defensive gehe. Greif auch mal an, hast du gesagt. Ich habe festgestellt, daß ich mich außerhalb des Trainingsraumes genauso verhalte. Also greife ich jetzt an. Findest du, daß du alt bist?«

Duun grinste. »Ich werde recht bald zu weit gehen, Haras-hatani, und auf dieses Spiel eingehen. Findest *du*, daß ich alt bin?«

»Was war deine Lösung für die Regierung?«

»Dich zu einem Hatani zu erziehen. Was ich auch getan habe.«

»Warum wolltest du nicht, daß ich lerne, wie die Welt wirklich beschaffen ist?«

»Du hast es doch jetzt gelernt, nicht wahr?« Duun zuckte die Achseln. (Ihr Götter, nicht eine einzige Regung!) »Es ergab sich nie; zu viel Sheon und zu wenig von der Welt. Als wir hierher kamen – zwei Jahre zu früh und nicht ganz aufgrund meiner Planungen, wie ich dich erinnern könnte ...« (Gegenangriff und Treffer!) »Du warst tief erschüttert – falls du dich erinnerst –, und du wußtest verdammt gut, daß du außergewöhnlich warst.« (Wieder ein Treffer. Ihr Götter! Er kennt keine Gnade!) »Was sollte ich also machen? Dich innerhalb eines Tages mit der ganzen Welt konfrontieren? Hör mal, Elritze, ich sah mich einem Problem gegenüber: Ich hatte einen Jungen großzuziehen, und das ohne Nachrichtensendungen, ohne Bilder von Städten, ohne jeden Hinweis darauf, was außerhalb von Sheons Wäldern ablief, denn jedes Photo mit Leuten darauf hätte einem gescheiten jungen Burschen gezeigt, daß alle Leute mir sehr ähnelten, aber niemand ihm. Ich mußte dich erziehen, ohne dich zu erziehen, wenn du das Problem verstehst, denn ich wollte nicht, daß du an deinem Anderssein leidest. Ich wollte dir eine Kindheit geben, und ich gab dir die beste, die ich geben konnte: meine eigene.«

(Er bearbeitet mich. Er sagt die Wahrheit. Worin *besteht* eigentlich das Experiment? Sie sind noch nicht fertig damit. Es geht immer noch weiter.) Dorn spürte, wie sich Schweiß in seinen Kniekehlen und Achselhöhlen bildete.

»Du mußt zugeben«, sagte Duun, »daß in den letzten zwei Jahren viel in deinen Kopf hineingestopft worden ist. Ein Haufen Fakten. Du bist aus der Vergangenheit in die Gegenwart vorgestoßen. Eins will ich dir sagen: Als ich anfing, wußte ich nicht, was für ein seelisches Fassungsvermögen du besitzt, ob es normal war, verstehst du? Ich wußte gar nicht, ob ich tun *konnte,* was ich vorhatte. Ich mußte es herausfinden, bevor ich irgend jemandem sonst erlauben konnte, sich mit dir zu befassen ... ich mußte herausfinden, ob du Hatani werden konntest. Erinnere dich an Ehonins Tochter.«

»Warum ist es wichtig – daß ich Hatani werde?«

»Ist das eine Frage?«

»Ich habe dir gesagt, daß ich Bescheid geben würde, wenn sie kommt.«

»Nun, ich werde es dir eines Tages erklären.«

»So lautet meine Frage: Warum enthält das, was sie mich zu sehen zwingen, die Station, und warum ist die Station voller Leute, die wie ich sind?«

»Das sind zwei Fragen.«

»Es ist nur eine. Ein Hatani sollte ihre Einheit sehen.«

»Na gut, ich behandle sie als eine. Die Station ist nicht, wie du denkst, sondern voller normaler Leute, und ich habe dir die Wahrheit gesagt: Du bist einzigartig. Wahrscheinlich führen die Tests dazu, daß du seltsame Träume hast; sie haben psychologische Auswirkungen, die, da bin ich mir sicher, die Meds sehr interessieren.«

»Das Experiment geht noch weiter, nicht wahr?« (Ihr Götter, er hat mich wieder verdreht! Alles, alles ist eine Illusion, wie die Fenster.) »Nicht wahr, Duun?«

»Das ist schon wieder eine Frage, und ich werde sie nicht beantworten. Wie ich dir schon gesagt habe, will ich nicht, daß du diese Sache durch die Tür bringst. Ich könnte mir denken, daß du dich über einen Ort freust, wo die Leute dir nicht den Verstand auseinandernehmen und Spiele mit dem treiben, was du weißt.«

»Ihr Götter, sag mir, wo *der* liegt!«

Duun lächelte. Oder vielleicht war es nur die Narbe. »Iß! Du hast mich geweckt. Also kannst du verdammt gut auch das Frühstück essen, das ich deinetwegen machen mußte!«

»Es ist eine Sprache, Sagot. Warum sagen sie es mir nicht einfach?«

»Still! Ich kann nicht darüber sprechen.«

»Was machen sie mit mir?«

»Dorn, ich kann nicht darüber diskutieren. Bitte!«

»Mir tut alles weh, wenn ich von dort herauskomme. Ich fühle mich dann, als hätte mich jemand gepackt und von innen nach außen gewendet. Ich sehe Dinge in meinem Schlaf. Ich habe die Fensterbilder geändert. Vorher waren es Sterne. Ich wachte auf und wußte nicht, wo ich war, und ich hatte das Gefühl zu fallen, wie das Fallen im Traum, nur schlimmer. Jetzt habe ich Wälder vor mir, und manchmal die Wälder Sheons im Regen; ohne das kann ich nicht schlafen. Ich wünschte, sie würden dieses schreckliche Wüstenbild im Labor auswechseln.«

»Es soll eigentlich beruhigen.«

»Es ist zuviel Himmel dabei. Es wirkt tot. Ich träume von so einem Ort, und es gefällt mir nicht.«

»Ich werde sie bitten, es zu ändern. Ich bin sicher, daß sie es tun werden. Sie versuchen wirklich, gut zu dir zu sein, wie du weißt.«

»Sie hassen mich.«

»Junge, sie sind Profis. Sie müssen kalt sein. Ihre Gedanken kreisen nur darum, was sie zu tun haben, und sie unterscheiden sich nicht von anderen Profis. Irgendwann sind sie soweit, daß sie Leute behandeln, als ginge es darum, Knöpfe zu drücken und zu erwarten, daß die Dinge in Gang kommen. Sie vergessen einfach, daß eine Person an dieses Bein und jenen Arm anmontiert ist, denn sie blicken in sich hinein und sehen dann auf einer anderen Ebene, sehen zum Beispiel einfach nur, wie die Adern und Nerven verlaufen. Auf dieser Ebene ist dein Körper nur noch eine Karte, auf der Wege hierhin und dorthin führen, und ich fürchte, sie bewegen sich in diesen Gleisen, ohne viel daran zu denken, daß irgendwo oben in diesem Netz sich ein Schädel mit einem Gehirn befindet, daß dort ein sehr besorgter junger Mann wohnt und ihnen zusieht und dem zuhört, was sie zueinander sagen.«

(Sagot, du lenkst wieder ab. Ich kenne diesen Trick. Ich bin ein Junge zwischen zwei cleveren Erwachsenen, und sie sorgen ständig dafür, daß ich mich nicht im Gleichgewicht befinde. Ich bin es müde, gegen den Sturm zu kämpfen. Manchmal möchte ich mich einfach nur noch hinlegen und aufgeben.)

»Ich denke daran, mich umzubringen.«

Panik. Sagot sah ihn schockiert an. Dorn grinste, aber innerlich schmerzte es ihn.

»Das war ein Scherz. Du bist sehr gut darin, mich vom Thema abzubringen. Ich dachte, ich mache das einmal mit dir.«

»Mach keine Scherze über so etwas, Junge! Ich hatte einen Ehemann, der mir das angetan hat. Ich halte es für überhaupt nicht komisch.«

»Erzähl mir nichts von deinem Ehemann! Du machst

es wieder mit mir! Ich hör dir nicht zu!« Er sprang von der Erhebung und ging über den Sand nach draußen. Sagot schwieg. Er kam bis zur äußeren Tür, in den Raum mit der Vase und dem Zweig, und die Tür war abgeschlossen. Er schlug auf den Schalter, hämmerte gegen die Tür. »Macht auf! Ich will hier raus!«

Es gab kein Entkommen. Schließlich mußte er wieder in das große Zimmer zurückgehen (wie Sagot es geplant hatte). Aber er setzte sich auf die hinterste Erhebung, kreuzte die Beine und betrachtete eingehend die Adern an seinen Händen und Knöcheln, Adern, die durch den Zorn erweitert waren. Karten. Wege. Sagots Ehemann *hatte* sich wahrscheinlich umgebracht, und es war keine Erfindung von ihr. Sie saß dort drüben, vor sich einen undankbaren, groben Jungen, der schmollte, nachdem er sie auf Hatani-Art angegriffen hatte. Er hatte Cloen geschlagen. Er hatte Sagot geschlagen. Beide Male hatte er seine Kenntnisse pervertiert.

Endlich stand er wieder auf, ging hinüber und setzte sich vor Sagot. »Du kannst mit mir schimpfen, Sagot. Bitte!«

»Das brauche ich nicht.«

(Treffer. Geschickt und tödlich wie Duuns Schlagfertigkeit, wenn er verärgert war.) Dorn zuckte innerlich zusammen. »Vergib mir, Sagot. Sagot, hasse mich bitte nicht!«

»Böser Junge. Voller Arglist und Täuschung. Ich sehe, daß du Duuns Werk bist. Wir sind wieder bei den Meds, nicht wahr?«

»Sag mir bloß nicht, daß sie mich nicht hassen! Ich kann ihre Bewegungen lesen, ihre Blicke, Sagot. Sie hassen mich und fürchten mich, und sie haben mich zu dem gemacht, was ich bin. Sind ihre Reaktionen da vernünftig?«

»Vielleicht ist es der Hatani, den sie fürchten. Hast du schon einmal daran gedacht? Die Leute mögen es nicht, wenn man sie durchschaut. Da steht ein Hatani vor deiner Tür, du gibst ihm Nahrung und einen Platz zum Schlafen, und du überlegst dir jede Bewegung, die du machst, weil du weißt, daß du unablässig beobachtet wirst, jede kleine Bewegung von dir. Man müßte schon sehr dumm oder sehr unschuldig sein, um sich zu entspannen, wenn man einen Hatani unter seinem Dach beherbergt.«

»Ein Hatani fällt kein Urteil, wenn er nicht darum gebeten wird. Manchmal nicht einmal dann. Warum machen sie sich also Sorgen?«

»Wegen der Schuld. Jeder hat irgendeine Schuld. Ein Hatani macht einem das bewußt.«

»Selbst Hatani tragen Schuld, Sagot.«

»Aber sie verbergen es. Sie wissen, wie man bewerkstelligt, daß man nicht durchschaut wird, nicht wahr? Sofern sie es wirklich versuchen. Manchmal tun sie es nicht.« Sagot stand auf, kam herüber und setzte sich neben ihn, legte einen Arm um ihn. »Manchmal wollen sie es nicht, stimmts? Komm schon, lehn dich an mich, ich sage es niemandem.«

»Erzähl mir etwas über den Test, Sagot!«

»Böser Junge.« Ihre Hand drückte seine Schulter dicht am Hals, was ihn nervös machte. Er zuckte die Achseln, und Sagot fuhr mit der Hand zur Mitte seines Rückens hinunter. »Du hast ein Hatani-Bewußtsein, in Ordnung. Du wirst erwachsen.«

»Ich höre Wörter, Sagot; Klänge wandern durch meinen Kopf, und ich erkenne Wörter in ihnen.«

»Was sagen sie, diese Wörter?«

»Sie sagen ›hallo‹ zu mir, sie wollen etwas, aber ich kann nicht sagen, was. Sie sprechen von der Sonne und von der Welt, von Mathematik und Chemie; Sauerstoff, sagen sie, und Kohlenstoff, sagen es immer wieder. Und sie reden Unfug, und dann wieder über die Elemente, die Reaktionen innerhalb der Sonne, die Lebenszyklen der Sterne ...«

Sagot hatte den Arm angespannt. Dorn drehte sich

um und blickte sie aus unmittelbarer Nähe an, sah, wie sich ihre Augen weiteten und verengten. »Habe ich dich gerade erschreckt?« wollte er wissen.

»Red weiter!«

»Ich soll doch nicht mit dir darüber sprechen. Du sagst mir das immer wieder.«

»Davon kannst du mir erzählen. Fahr fort!«

»Mehr ist da nicht; ich kann mich an nichts sonst erinnern. Ich sehe diese Wüstengegend und einen Ort wie eine Raumstation; ich sehe die Welt aus dem All und die Sonne hinter ihr zum Vorschein kommen, und Gesichter – Gesichter wie meines; ich sehe, daß die Raumstation voll solcher Gesichter ist, sehe Leute wie mich kommen und gehen und miteinander reden. Manchmal sind sie wie verrückt, und ich kann sie lesen, wenn ich auch nicht schlau aus dem werde, was sie sagen. Einer will etwas, und es ist eine Frau – Duun sagt, ich würde mir das vorstellen, aber ich stelle mir nie solche Dinge vor; ihr Mund ist ganz rot und ihr Haar lang, und die Haut um ihre Augen herum ist bemalt. Sie will etwas, unbedingt, und ist wütend auf einen Mann, aber er entschuldigt sich, und sie treffen sich weiter an diesem Ort, wo die Leute essen und Kleider anhaben, Kleider für Leute, die nicht behaart sind, und diese Frau ist gebaut wie ...« Er zeigte mit den Händen vor seiner Brust die Vorstellung von ihrer Fülle. (Weiß, ganz weiß, und groß und seltsam aussehend.) »Und schließlich – viele Leute kommen und gehen – geht sie mit diesem anderen Mann davon, und sie gehen in sein Schlafzimmer und vereinigen sich, aber es ist keine Liebe dabei, die Frau kann ihn nicht einmal leiden, und er ist sauer deswegen, vielleicht auch wegen etwas anderem. Sie machen es ganz mechanisch. Dann zieht sie sich an und geht weg und findet den ersten Mann wieder, aber er will gerade woanders hin und möchte nicht mit ihr sprechen. Sie weint. Er geht fort. Sie geht wieder dorthin, wo die Leute essen, und sie ist sehr unglücklich.

Dann kommt er durch die Tür herein und setzt sich zu ihr, aber sie haben dort keine normalen Möbel, sondern alles steht auf Beinen; das ganze Mobiliar ist dort so. Die Frau tut so, als würde sie sich nicht freuen, ihn zu sehen, und ißt weiter. Er weiß, daß sie nur so tut, und sagt etwas. Sie blicken einander an und unterhalten sich darüber, ob sie irgendwohin gehen sollen, und dann ist es zu Ende, und ich weiß nicht, wohin sie gegangen sind.«

Sagot nahm sein Gesicht zwischen die Hände, und er fühlte sich so verloren, daß er es duldete. Sie zog sein Gesicht zu sich herunter und fuhr ihm mit der Zunge über die Augen. Es war ein seltsames Gefühl für ihn, ein Gefühl, geliebt zu werden, sogar in Anbetracht von Sagots Alter.

»Ist es das, was ich sehen soll?«

Sie ließ ihn los. »Geh nach Hause! Ich rufe Ogot.«

»Was soll ich sehen? Ist es vorüber? Bin ich damit fertig?«

»Ich weiß es nicht. Geh nach Hause!«

ZWÖLFTES KAPITEL

Ellud ging hin und her und wedelte mit den Armen. »Ich kann das nicht verbergen!«

»Das brauchst du auch nicht.« Duun blieb sitzen. »Ich hole ihn heute nachmittag. Ich will den Hubschrauber auf dem Dach stehen haben, und ich will das Flugzeug in Trusa, und ich will keine Schnitzer. Zieh eines von der Gesellschaft ab! Ich fliege selbst.«

»Ihr Götter, dein Pilotenschein ist abgelaufen! Ich kann deine Pläne so nicht akzeptieren. Heute fliegt man diese verdammten Dinger nicht mehr selbst, sondern die verdammten Computer tun es! Ich besorge dir einen Piloten.« Ellud brachte seinen Punkt vor, und er verlor seinen Fall.

»Tu das! Eine Stunde. Ich bin schon unterwegs.« Duun ging zur Tür.

»Sie werden mich des Amtes entheben! Innerhalb einer Minute, nach dem du vom Dach gestartet bist, schlagen sie los, stehen Ratsmitglieder vor dieser Tür.«

»Paß du nur auf Shbit auf. Ich bringe Dorn für dich zurück.«

»Die Gilde wird ihn nicht annehmen!«

»Heißt das, du hoffst, daß sie es tun, oder daß sie es nicht tun?«

Ellud stand mit offenem Mund da. Duun ging.

Dorn beeilte sich; er trug ein Bündel unter dem Arm, das aus Kleidern zum Wechseln für ihn und Duun bestand, Duuns grauen Umhang um Sachen für das Bad gewickelt und mit einer Schnur zusammengebunden. Er hatte neue Winterkleider an, eine wattierte Jacke, eine ausgebeulte Hose, wattierte Stiefel. Duun, der mit langen Schritten neben ihm her zum Aufzug ging, war genauso bekleidet.

»Wohin gehen wir, Duun?« Es war zur Hälfte ein Protest und zur Hälfte eine Frage, nun zum dritten Mal gestellt. (Habe ich eine Regel gebrochen, habe ich Duun böse gemacht?) Aber er konnte Duun jetzt nicht durchschauen, außer daß er Geheimnisse in ihm erkannte und Duun es eilig hatte, ihn wegzubringen ... (Hinaus?) Er hatte keine Hose und keine Jacke mehr getragen seit dem kältesten Wetter auf Sheon. Stiefel hatte er noch nie angehabt. Der Herbst fing gerade erst an.

(Er weiß, was ich Sagot erzählt habe. Ich habe etwas falsch gemacht! Wir fliehen wieder, wie wir von Sheon geflohen sind ... Männer mit Gewehren hinter uns ... Aber das ist verrückt. Das täten sie nicht. Ich habe mit niemandem geredet, bei dem ich es nicht durfte, ich habe nichts getan ...)

(Wirklich nicht?)

Die Aufzugtür öffnete sich. Duun trat als letzter ein und benutzte eine Karte, um den Lift zu bedienen. Die Kabine schoß nach oben, vorbei an allen Stockwerken zwischen ihrer Wohnung und dem Dach.

Die Tür öffnete sich in der Kuppel. Durch die Fenster war der echte Himmel zu sehen, graue Wolken, ein Hubschrauber mit sich drehenden Rotorblättern. Wachtposten warteten hier, um die Tür für Duun und Dorn zu öffnen, und der Wind wirbelte bitterkalt herein. »Lauf los!« schrie Duun Dorn zu und rannte los, nahm eine geduckte Haltung ein, als er in die Nähe des Hubschraubers kam. Dorn erinnerte sich wieder daran und lief hinterher, und der von den Rotorblättern aufgepeitschte Wind brannte in seinem Gesicht. Er hielt sich geduckt, bis er die Maschine erreicht hatte, und kletterte hinter Duun hinein, so schnell er konnte, warf sich in seinen Sitz und machte sich daran, die Gurte anzulegen. (Wie im Simulator. Aber dies ist keiner. Es ist Wirklichkeit.) Der Hubschrauber wurde lauter und stieg kräftig in die Luft. Die Spitzen von Dsonans hohen Gebäuden kreisten schwindelerregend durchs Blickfeld, die tiefen Abgründe von Bahnlinien und Wartungswegen, der ferne Hafen, wo das Licht auf der Wasserfläche unter einem wolkenverhangenen Himmel grau schimmerte.

»Wir fliegen zum Flughafen!« schrie Duun in Dorns Ohr. »Dort wartet eine Maschine auf uns!«

Dorn sah ihn an, und die Frage stand deutlich lesbar auf seinem Gesicht. Die Bitte.

»Wir fliegen nach Avenen!« schrie Duun ihm zu. »Dem Hauptquartier der Gilde. Es wäre besser, wenn du dich während des Fluges innerlich sammeltest, Elritze. So viele Hatani, wie sie nur zusammenbringen können, werden dorthinkommen, und du schaffst es entweder diesmal oder nie. Du hast keine zweite Chance.«

»Wozu?«

»Um den Schutz der Gilde zu erlangen! Darum geht es!«

Sie liefen vom Hubschrauber zu einem Gebäude und wechselten darin ihre wattierten Wintersachen gegen Anzüge, die eng am Körper anlagen. Helfer, so unpersönlich wie die Meds, bearbeiteten die Verschlüsse, ruckten daran, immer zwei auf einmal, waren grob in ihrer rasenden Eile. Dann erhielten Duun und Dorn Masken, die an ihren Hälsen baumelten, und Helme mit eingebauten Mikrophonen. »Lauf!« sagte Duun daraufhin und bückte sich, um das Gepäck zu nehmen. Sie liefen zur Tür hinaus, die Helfer für sie offenhielten, und gelangten in ein an beiden Seiten offenstehendes Gebäude, in dem donnernder Lärm herrschte. Ein Flugzeug stand dort bereit, die Motoren im Leerlauf, eine Maschine mit einer abgesenkten Spitze und mit stummeligen, nach hinten gezogenen Tragflächen. »Dieses Ding braucht eine Laufbahn!« schrie Duun durch den Lärm hindurch. »Wir werden damit hinausrollen ... Geh hinter die Tragfläche, dort ist eine Leiter!«

Dort war tatsächlich eine, an die Maschine gelehnt.

Das Kanzeldach des Cockpits war geöffnet. Duun warf einem Posten das Gepäck zu und kletterte die Leiter hinauf, dicht gefolgt von Dorn, der durch den Anzug behindert wurde, da er die Beweglichkeit seiner Glieder herabsetzte. Dorn schnappte nach Luft, als er die Oberseite der Tragfläche erreichte. Er kroch hinter Duun her zur Seite des Rumpfs. Ein Pilot und ein Copilot saßen in der Maschine; hinter den beiden waren zwei weitere Sitze in dem Cockpit angebracht, das kaum groß genug für die beiden Vordersitze wirkte. Duun trat auf einen der beiden hinteren Sitze und ließ sich in den zweiten fallen, packte den komplizierten Gurt und legte ihn an. Dorn glitt neben ihm auf seinen Platz – und stellte fest, daß es Gurte wie im Simulator waren. Die Anschlüsse für die Schläuche der Masken befanden sich zwischen ihren Beinen; Duun zeigte es ihm und schloß seine Maske dabei mit einem heftigen Ruck an. »Der Kommunikationsschalter«, meldete sich seine Stimme über den Lautsprecher in Dorns Helm, direkt oberhalb des Ohrs, und dann wandte Duun ihm das Gesicht zu, unkenntlich hinter der insektenähnlichen Maske, um ihm den dreistufigen Gleitschalter und den Knopf an der Seite zu zeigen. Das Kanzeldach glitt nach vorne, begleitet vom Wimmern der Hydraulik. Der Pilot drehte sich um und gab Duun mit erhobener Hand ein Zeichen, das Duun erwiderte. Der Pilot wandte sich wieder nach vorn, aber dort kümmerte sich bereits der Copilot um die Dinge. Die Motoren wurden lauter und die Maschine rollte aus dem Gebäude hinaus, wurde unter dem bedeckten Himmel immer schneller. Die Reifen holperten über die unebenen Deckplatten der Laufbahn. Linker Hand breitete sich die Skyline von Dsonan aus, und sie wirkte so irreal wie ein Fensterausblick in der Stadt.

Die Maschine beschleunigte weiter. Sie schwenkte hinaus auf eine ausgedehnte Betonbahn, und das Wimmern der Motoren verstärkte sich. Der Beschleunigungsdruck preßte die Insassen gegen die Rückenlehnen ihrer Sitze, als die Maschine abhob und hinaus über den Fluß donnerte. Sie ging in eine steile Schräglage, die für einen langen, schwindelerregenden Augenblick einen Ausblick auf den Fluß ermöglichte, bis sich der Pilot entschied, wieder geradeaus hochzuziehen.

»Ihr Götter!« sagte Dorn. Sein Herz raste, als Wolkenfetzen vorbeihuschten und der Anstieg immer noch andauerte. (Warum so schnell? Warum so plötzlich? Was hat Duun vor?) »Wie schnell ist diese Maschine?«

»Mehr als zwei Mach, wenn es sein muß. Es ist ein Kurierflugzeug – bewaffnet, für den Fall, daß du dich fragen solltest. Und für den Fall, daß du dich noch etwas fragen solltest, ja, es gibt einen Grund. Es sind Probleme am Boden, über die ich mir Sorgen mache. Ich rechne nicht mit Schwierigkeiten, aber es besteht eine gewisse Wahrscheinlichkeit, daß wir sie doch bekommen. Es besteht sogar eine entfernte Chance, daß wir hier oben Schwierigkeiten bekommen. Drüben in der Provinz Hoguni liegt eine Ghota-Einheit, die auch eine von diesen Maschinen hat, und ich mache mir Sorgen darüber, woher sie wohl ihre Befehle erhält.«

»Ghota? Sind das keine Sicherheitskräfte?«

»Man kann sie mieten. Sie sind eine Kriegergilde. Eine von zweien. Die Kosan und die Ghota. Unsere Freunde da vorne sind Kosanin. Sie treten in einen Dienst fürs Leben. Ghotanin vermieten sich von Fall zu Fall; man vertraut ihnen nicht, solange man nicht weiß, wie weit ihr Vertrag reicht und ob man der einzige ist, der sie bezahlt. Wie ein-Jahr-Ehefrauen. Sie sind immer auf der Jagd nach dem nächstbesten Vorteil. Kosanin sind nicht bereit, mit ihnen zusammen zu dienen. Darum bilden sie nur getrennte Einheiten.«

»Duun-hatani, es könnte sein, daß ich nicht genug weiß!«

»Was du auch machst, lüge nicht und weiche nicht zurück! Niemand weiß jemals genug. Das ist alles, was ich dir jetzt sagen kann. Zwei Regeln. Und noch eine dritte: Erinnere dich an Sheon! Erinnere dich an das Messer auf deinem Kissen! Erinnere dich an das Kieselstein-Spiel! Aber sei immer höflich!«

Sie landeten mit kreischenden Motoren auf einer Landebahn, die ins Meer hinausragte, bremsten mit einer gewaltsamen Anstrengung und wendeten in einer engeren Kurve, als überhaupt möglich schien, zu einer weiteren Ansammlung von Gebäuden und Flugzeugen aller Größen, meist jedoch kleinen.

Und keines so schlank wie ihres. »Na ja«, sagte Duun, »niemand hat uns bis hierher überholt; das sind nur Ortsansässige und solche, die zufällig hier sind.«

Dorn blickte sich suchend um. Auf den meisten Maschinen waren Insignien zu erkennen. Manche Flugzeuge waren gestreift und andere nur weiß. Ein Hubschrauber stand mit kreisenden Rotorblättern bereit. »Ist das unserer?«

»Hoffen wir es.« Duun packte ihn mit schmerzhaft festem Griff an der Hand. »Hör mir zu! Von hier an wirst du keine Fehler mehr machen, Haras-hatani!«

Ein wuchtiges Bauwerk erhob sich hinter dem Flughafen auf dem Land. Sie hatten es beim Anflug von oben gesehen. Es war flach und sehr ausgedehnt, anders als die Gebäude, die Dorn sonst kannte. Graue Mauern. Hatani-grau. Die Gildenhalle.

Avenen.

Das Flugzeug stoppte, und das Geräusch der Motoren erstarb. Ein Fahrzeug mit einer Leiter im Schlepp brauste heran. Das Kanzeldach glitt zurück und gewährte dem kalten Wind Zutritt.

Duun warf das Gepäck in die Hände eines Helfers und kletterte hinaus, hastig gefolgt von Dorn. (Denk nach, denk nach, achte auf diese Helfer, achte auf alles!)

(Ist das Ganze irgendein Test? Hat Duun gelogen?

Sind wirklich Ghotanin hinter uns her, und würden sie hierher kommen?)

Duun nahm das Bündel mit ihren Habseligkeiten und eilte zum Hubschrauber. Dorn folgte ihm mit baumelnder Maske dicht auf den Fersen, in seinen Bewegungen durch den Anzug behindert. (Achte auf diese Leute! Achte auf sie alle, auf ihre Hände!)

Dann ging es die paar Stufen hinauf in den Hubschrauber, wo der Pilot schon bereitsaß. (Duun hat die bessere Nase. Er würde die Angst riechen, wenn dieser Mann etwas vorhätte, sogar durch diesen ganzen Ölgestank hindurch!) Dorn ließ sich neben Duun auf seinen Sitz fallen und gurtete sich an, als der Hubschrauber schon startete und sich drehte, in der typischen Schräglage hochstieg und in einer Höhe davonflog, die nach der Flughöhe der Kuriermaschine oben im blendenden Licht der Sonne in ihrer Nähe zum Boden einen unwirklichen Eindruck erweckte. Es vermittelte nur die Illusion von Geschwindigkeit. Es dauerte mehrere lange Minuten, bis sie die grauen Mauern überflogen und sich über Gebäuden befanden, die aussahen, als hätten ein Dutzend Architekten miteinander Streit gehabt und jeder von ihnen die Pläne geändert.

Ein Landekreis auf einem Dach tauchte auf. Leute standen in seiner Nähe. Leute mit grauen Umhängen, und blickten zu ihnen herauf, während der Hubschrauber aufsetzte.

»Sie sind in Ordnung«, sagte Duun. »Eins kannst du wirklich glauben, nämlich, daß kein Ghota hier diese Farbe tragen würde.« Der Rotor wurde langsamer, und Duun reichte Dorn das Gepäck und stieg aus.

Dorn sprang ebenfalls hinunter und folgte Duun unter den Rotorblättern hervor. Der Hubschrauber flog knatternd sofort wieder ab, überschüttete sie mit Staub und Wind, daß ihre Umhänge flatterten.

Duun nahm seinen Helm ab und klemmte ihn sich unter den Arm. Dorn schaffte es, trotz des Bündels seinem Beispiel zu folgen; kalter und unversöhnlicher Wind raufte sein Haar. Er betrachtete die fünf, die dort standen, um sie zu empfangen. Es waren ansehnliche Leute, unter denen er auch eine Frau zu erkennen glaubte, alle mit grauen Umhängen und schwarzen Kilts bekleidet; und er und Duun waren unordentlich, mit herabbaumelnden Masken und Schläuchen wie zwei lebendige Maschinen, die erst kürzlich abgeschaltet worden waren. Die fünf starrten sie an – zum ersten Mal jetzt auch ihn, dem niemand ähnlich war, das wehende Haar und das glatte Gesicht in all seiner Fremdheit. Dorn konnte nicht erkennen, was sie dachten, und das überzeugte ihn mehr als alles andere davon, wo er sich befand. Niemand außer Duun hatte bislang für ihn so undurchsichtig sein können.

Aber diese Leute konnten es. Diese großen, weithin ausgebreiteten Häuser waren voller Leute, die es konnten, jeder einzelne von ihnen.

»Er ist beeindruckender, als das auf den Bildern erkennbar war«, meinte Tangan, ein außerordentlich zerbrechlicher Mann, so alt, daß seine Wangen ausgemergelt waren und sogar seine Brust weiß geworden war. Die in seinem Schoß gefalteten Hände waren hager und von Messernarben gezeichnet, empfangen in einer Jugend, die so weit zurücklag, daß sie für die Novizen der Gilde schon zum Reich der Mythen gehörte. Duun saß auf dem weißen Sand, in den Novizen kunstvolle Muster geharkt hatten, zwischen den fünf mächtigen Felsbrocken, die diesen altertümlichen Raum schmückten. Die Beleuchtung war elektrisch, aber das war auch schon die einzige Veränderung, die seit dem fünften Jahrhundert eingetreten war. Generationen von Hatani-Händen hatten die großen Steine dunkel gemacht und geglättet, ganz wie der Fluß, aus dem sie stammten. Generationen respektloser Novizen hatten auf ihnen gesessen, hatten dort gehockt, um den Sand zu rechen, waren von einem zum anderen gesprungen und hatten (manchmal, da Novizen in jeder Generation wieder dieselben waren) es zu einem Spiel gemacht, waren hin und her gesprungen und hatten mit Harkengriffen nacheinander gestoßen.

Tangan hatte einmal einen gewissen Rebellen und häufig verwarnten Novizen zusammen mit anderen bei einem solchen Spiel erwischt. Und Duun hatte das bereut. Vier Zehntage lang hatte er den Sand von Hand reinigen müssen. Jetzt schockierte es ihn zu sehen, wie sehr dieser Mann gealtert war.

»Ich habe mich an sein Aussehen gewöhnt«, sagte Duun.

»Hast du das?«

Duun erwiderte Tangans reservierten Blick, legte dabei die gleiche Reserviertheit an den Tag. »Ich hatte ungefähr zwanzig Jahre Zeit dazu.«

»Zwanzig Jahre mit einer Macht, für die es keinen Präzedenzfall gibt.«

»Sechzehn Jahre versteckt auf einem Berg und im Wald. Fünf, in denen ich unaussprechliche Aufgaben zu erfüllen hatte, die jedem Mann Demut lehren würden. Wie der Umgang mit Dsonan.«

»Ah. Wie sieht es in der Hauptstadt aus?«

»Dir Nachrichten zu überbringen, wäre dasselbe, wie Wasser zu einer Quelle zu tragen.«

»Wie sieht es in der Hauptstadt aus?«

»Es gibt mehr Möglichkeiten, im Rahmen eines Abkommens zu betrügen, als hier gelehrt werden, Tangan-hatani.«

»Paradoxerweise haben wir eine Zeit des Wohlstands. Geld. Ist es das, was du siehst?«

»Viel neues Geld – ausgezahlt in den kulturell unterentwickeltsten Provinzen, um Dummköpfe zu wählen, die bereit sind, jeden Befehl auszuführen, die nur Wege sehen können, sich zu verschanzen und sichere Verträge mit den richtigen Gesellschaften abzuschließen.

Manche von diesen Dummköpfen sind leicht zu erkennen, und clevere Landleute fahren damit fort, sie zu wählen, weil die Mächtigen in ihren Bezirken jemanden kaufen könnten, der zehnmal schlimmer ist und viel subtiler. Ich finde, wir sollten einen Novizen ausschikken, der Elsnuunan und Yoth durchwandert. Irgendein Hirte könnte eines gegebenen Tages leidenschaftlich genug sein, uns eine Frage zu stellen. Aber einige dieser Dummköpfe gelten heute als scharfsinnige Ratsmitglieder und schützen sich so gut, daß sie selbst junge Politiker heranziehen und wieder abservieren.«

»Shbit no Lgoth?«

»Er wird uns irgendwann herausfordern wollen.«

»Das hat er schon. Sein Agent ist unterwegs.«

Duun lächelte sanft. »Das wird eine Ghota sein, vermute ich.«

»Du kennst diese Person?«

»Wahrscheinlich sind wir uns schon begegnet.«

»Dann wirst du also mit Shbit fertig. Aber wie gut?«

»Ich könnte es besser machen. Ich war zeitlich voll ausgelastet, und so ist dieser Mann eine Gefahr. Ich hätte ihn willkürlich entfernt, aber ich bin durch zuviel Macht behindert worden. Ich hätte zuviel tun können. Also konnte ich gar nichts tun.«

»Ich habe das vorhergesagt.«

»Ich habe Shbit vorhergesagt, aber ich wußte da noch nicht, wie er heißen würde. Zuviel Geld wurde gemacht. Und ich war derweil in Sheon und wischte feuchte Nasen ab. Meister, du kennst vielleicht eine Antwort: Bot sich eine andere Möglichkeit?«

Es war lange still. Tangan verschränkte die Hände und studierte sie und sah dann wieder auf. »Ich habe gesehen, wohin du uns bringen könntest. Ich dachte zurück an mein ganzes Leben und an die ganze Geschichte der Gilde und fragte mich, wo der Kern lag. Ich denke, er liegt in dem Zeitpunkt, als diese Mauern errichtet wurden. Alles führte hierzu. Du hast uns in eine schwierige Position gebracht; wenn wir ihm den Schutz versagen, zünden wir das Feuer an, das uns zerstört; wenn wir ihn unter unsere Fittiche nehmen, setzen wir einen Feuersturm frei. Ich möchte nicht über diese Wahl nachdenken. Ich will offen zu dir sein: Nachts frage ich mich, was ich meinem Schüler beigebracht habe, daß du dich heute in dieser Lage befindest. Ein Hatani sollte einen Fehler haben. Ein Hatani sollte ausreichend an sich selbst zweifeln, um ein wenig eigene Schuld zu tragen. Du hast keine. Du brennst zu hell, Duun-hatani. Du blendest mich. Ich kann nicht erkennen, ob du recht oder unrecht hast. Vielleicht wird das auch keine Rolle mehr spielen. Vielleicht kommt als nächstes die Dunkelheit. Ich gestehe, daß ich dir in einer Sache vertraue; ich gestehe, daß ich darin ein Feigling bin. Ich habe nicht geglaubt, daß du herkommen würdest, selbst als ich schon wußte, daß du ihn ausbildest. Frei-hatani wäre meine Lösung gewesen.«

Duun dachte lange darüber nach. »Meister, mit einem Atemzug sagst du, du hättest meine Machtlosigkeit vorhergesagt. Mit dem nächsten sagst du, du hättest nicht geahnt, daß ich letztlich hierher komme.«

»Um uns mit deiner Machtlosigkeit anzustecken?«

Duun blickte auf. »Tangan-hatani, in vieler Hinsicht ist er ein Junge wie andere Jungen. Denk immer daran.«

»Ist das deine Weisheit?«

»Tangan-hatani, wenn ich ein Feuer bin, dann bin ich um so sicherer deshalb, weil ich einen Kamin hatte, um darin zu brennen.«

»Machen wir aus ihm eine Lampe und stellen sie auf ein Regal?«

»Das könntest du tun, aber dann hoffe ich, daß es verdammt stabil ist.«

»Sollen wir ihn hierbehalten?«

»Schicke ihn an einen Ort deiner Wahl! Die Gilde ist in dieser Lösung selbst eine Klientin. Und ich bin ein Klient. Ich überlasse dir das Urteil.«

»Wir haben noch eine andere Wahl.«

»Die Gilde wird nicht darauf verzichten.«

»Sagst du voraus, was die Gilde tun wird?«

»Ist das Zorn, Meister Tangan?«

»Natürlich nicht. Es ist maßloser Stolz. Mein Schüler hat uns alle in eine Falle getrieben. Angmen muß einen solchen Stolz empfunden haben, als Chena die Gildentore einriß.«

Duun faltete die Hände im Schoß. »Du wirst damit fertig.«

»Schmerzen die Narben, Duun-hatani? Du warst ein so beweglicher Schüler.«

(Zuschlagen und ziehen.) »Ich verstehe mich darauf, es zu kompensieren, Tangan-hatani. Schließlich hast du mich Geduld gelehrt.«

Dorn durchsuchte das Zimmer, das sie ihm zugewiesen hatten. Es war komfortabel und bestand ganz aus kahlem Holz und altem Gemäuer. Ein Feuer aus richtigem Holz brannte im Kamin. So etwas hatte er schon seit Sheon nicht mehr gekannt, und es hätte ihn sofort dazu verlocken können, sich daran zu wärmen. Sie gaben ihm Wasser mit der Versicherung, daß es sicher sei; sie gaben ihm Fleisch und Käse und ein Konfekt aus konservierten Bohnenbeeren. Sie gaben ihm ein Bett aus Pelzen, und der Bodensand war weiß und fein und tief, frisch gebrannt und in sorgfältig gezeichneten Spiralen arrangiert. Im angrenzenden Zimmer wartete ein heißes Bad, milchig von den aromatischen Zutaten und wohltuenden Ölen. Die Hatani lächelten ihn an, zeigten ihr typisches Lächeln, das weder falsch noch echt war.

Und er durchsuchte die Räumlichkeiten nach Kieselsteinen. Er fand keine. Er war durstig nach dem langen Flug und dem Laufen. Seine Glieder waren wundgerieben und verschwitzt vom Fliegeranzug. Er hatte das Gepäck auf die hölzerne Erhebung gestellt, die auch als Kommode diente. »Gehört der graue Umhang dir?«

hatte ein Hatani gefragt, der ihm zusah, wie er die Sachen ausbreitete. »Nein«, war Dorns Antwort gewesen, begleitet von einem klaren Blick, denn er wußte, daß sie wußten, wem er gehörte. »Es muß Duuns sein«, sagte der Hatani daraufhin. »Ist er auch«, entgegnete Dorn. »Gib mir seine Sachen!« sagte der Hatani dann. »Ich bringe sie in sein Zimmer.«

Dorn lachte so bestimmt, wie er konnte. »Es wäre dumm von mir, ihm nicht zu gehorchen; vergib mir, Hatani: Wenn er dich beschuldigt, sag ihm, es wäre meine Schuld. In meiner Unerfahrenheit konnte ich nicht feststellen, was ich tun sollte, also folgte ich seinen Anordnungen.«

Ein weiterer Hatani trat neben ihn und streckte die Hand aus. »Bitte, Besucher, gestatte mir wenigstens, diese Sachen für dich wegzulegen.«

»Nein«, erwiderte Dorn und schob die Hand langsam weg. »Nein, Hatani, vergib mir.«

Dieser Hatani wich zurück. »Niemand wird dich bis morgen stören, Besucher«, sagte der andere. Sie schlossen die Tür hinter sich.

(Es kann nicht so leicht sein! Bestimmt gibt es hier noch einen Trick!)

Dorn suchte danach. Er zog den Anzug aus, entkleidete sich bis auf den kleinen Kilt. Er durchsuchte das Essen, brach den Käse auf und riß das Fleisch auseinander. Er leerte den Zuber. Er wendete das Bett. Er durchsuchte den Wandschrank und zog die Schublade der Kommode heraus, um den Raum dahinter in Augenschein zu nehmen. Dann zerbrach er sich den Kopf. (Selbst das Mobiliar könnte etwas verbergen.) Also untersuchte er die Bretter des Wandschranks, die Toilette, die Erhebung mit der Badewanne und das Becken.

Der Hahn war trocken. Eine Sache, die hier nicht in Ordnung war. Er tastete hinein und fand nichts. (Verdammt, *irgend etwas* stimmt doch damit nicht! Vielleicht wollen sie verhindern, daß ich daraus trinke und nicht aus dem Krug.) Er versuchte sogar, die Wanne und das Bett und die große Erhebung daneben wegzuschieben. Er untersuchte die Wände.

Und schließlich kniete er sich in die Ecke bei der Tür und wühlte im tiefen Sand.

Er fand die kleine Platte im Gestein darunter, als er die Hälfte des Sandes im Zimmer verschoben hatte. Er keuchte inzwischen. Er wischte sich mit einem trockenen und staubigen Arm über das Gesicht. (Nein.) Er erinnerte sich an Sagots Fisch und den Vogel. An Duun, wie er einen Kieselstein neben der Teekanne auf den Tisch legte. (Vertraue auf nichts!)

Er holte seinen Oberkilt und brach die Platte mit einem durch den Kilt gesteckten Daumennagel auf, klappte sie dann zurück. In einer kleinen Vertiefung lag ein Kieselstein. Dorn ging zur Kommode, holte sich den Rasierer aus der Tasche und ein Papiertaschentuch. Mit dem Rasierer fummelte er den Kieselstein hervor und wickelte ihn in das Tuch. Er brachte den Deckel wieder an und machte sich Gedanken über die lange Sandwelle, die zurückverteilt werden wollte.

(»Sei höflich.«) Vielleicht erstreckte sich das bis dahin, den Raum ordentlich zu halten.

Und dann kroch ein anderer Gedanke in sein Bewußtsein. (»Schnapp, kein Vogel mehr. Siehst du, wozu Annahmen führen können?«)

(Fisch und Vogel. Kieselstein und Teekanne.)

(Habe ich irgendeine Gewißheit, daß hier nicht noch ein zweiter Stein versteckt ist?)

Eine Hälfte des Zimmers war noch zu durchsuchen. (Und – ihr Götter – wieviel Zeit habe ich noch? Er könnte im *Sand* liegen. Und ich habe nur meine Hand zum Schaufeln!)

Er verstaute den einen Stein sicher in seinem Gürtel und machte sich daran, den restlichen Sand zu durchsuchen.

Der andere geheime Schacht befand sich in der gegenüberliegenden Ecke. Einen dritten gab es nicht. Dorn betrachtete den großen Sandhügel drüben neben der Tür. Dann ging er hinüber zu dem Teller mit dem übel zugerichteten Essen, säuberte ihn und benutzte ihn als Schaufel, um den Sand so schnell wie möglich wieder zu verstreuen. Rücken und Arme taten ihm weh; die Knie waren wund, trotz allem, was er getan hatte, um sie mit seiner Reservekleidung zu polstern, während er im ganzen Raum herumkroch. Er hatte sich die Schwielen an den Händen aufgeschürft und damit allen Schutz verloren, den er für sie hatte. Er war durstig und dankte den Göttern, daß er wenigstens gefrühstückt hatte, denn er würde das Essen, das sie ihm gebracht hatten, nicht anrühren. (Es könnte ein Kieselstein im Spenderbehälter liegen, gar nicht einmal in diesem Zimmer. Wie sollte ich mich darauf verlassen, daß das nicht der Fall ist? Und das Becken. *Irgend etwas* stimmt da nicht. Versage ich, wenn ich die sicheren Dinge nicht benutze? Ich bin verschwitzt. Ich rieche furchtbar. Ich *kann* doch nicht auch noch ihre Nasen beleidigen! Und ich habe die einzigen Kleider, die ich zum Wechseln hatte, schon benutzt.)

(Soll ich Duuns nehmen? Ihr Götter, nein!)

(Wie spät ist es?)

Dorn warf den Sand durch die Gegend und verteilte ihn, watete hinein und trat ihn mit den Füßen so gleichmäßig, wie er konnte, versuchte dabei nachzudenken. Dann blieb er keuchend stehen, kehrte ins Bad zurück und arbeitete an der Beckeninstallation, bis seine Hände bluteten. Es gelang ihm nicht, das Ding zum Nachgeben zu bewegen, und er setzte sich auf die kalten Fliesen. Seine Beine wurden taub. (Es wird nicht nachgeben. Sie wollen einfach nur, daß ich den Krug benutze.) Und sein Mund war trocken, die Kehle rauh von Staub und Erschöpfung. (Ich habe gewonnen. Zwei Kieselsteine waren da, und ich habe sie beide gefunden.

Ich werde nicht von dem Wasser trinken, das Essen nicht anrühren und nicht im Bett schlafen.)

(Die Matratze. Gibt es eine Regel, die Sachen nicht kaputtzumachen?)

(Bei Duuns Spielen haben wir es nie gemacht.)

(Seine Regeln. Er hätte es mir gesagt. Er hätte es richtig gemacht.)

Er stemmte sich von den Fliesen hoch, humpelte zu dem warmen Sand vor dem Feuer und sank dort zu Boden, sandbedeckt, verschwitzt und gleichzeitig durchfroren. (Ihr Götter, wenigstens kann ich den Rasierer benutzen und die Lotion, die ich mitgebracht habe. Sie riecht gut. Vielleicht überdeckt sie meinen Gestank etwas.)

(Ich traue mich nicht zu schlafen. Sie haben mir versprochen, daß mich niemand stört, aber ich wage es nicht zu glauben.)

Er tastete nach den Kieselsteinen in seinem Gürtel und zog seine Beute hervor, ohne sie mit den Fingern zu berühren. Sie waren in die Papiertücher eingewickelt, jeder einzigartig, einer mit einer weißen, der andere mit einer schwarzen Ader. (Ob jemals einer gemogelt hat?)

(Dummkopf!)

Er blickte ins Feuer, zu der umfangreichen Glut im Kamin.

Er ging zum Tisch, holte den Krug und goß den Inhalt über den Kohlen aus. Zischend stieg Dampf auf, und trotzdem blieb ein lebendiger Feuerschein in den Kohlen zurück.

(O verdammt, verdammt, *verdammt!* Ich habe das Bad ausgeleert, und der Hahn läuft nicht!)

Er nahm den Krug mit ins Bad und versuchte es wieder mit den Hähnen, kniete sich dann hin und schöpfte mit den Händen Wasser aus der Toilette. Es füllte den Krug einmal.

Die Kohlen glühten wieder heller, als er zurückkam. Er goß das Wasser darüber aus, nahm dann die Servierplatte und schaufelte Sand auf die Kohlen, wartete eine Weile und schaufelte einen Teil wieder mit der Platte weg. Immer noch Glut. Ein Metallrost befand sich unter den Scheiten. Die Kohlen befanden sich eine Unterarmlänge tief im Sand.

(Wieviel Zeit habe ich noch? O ihr Götter, ich traue mich nicht, länger zu warten!)

Er schleuderte die obere Sandschicht weg. Er drang bis zur Kohle durch und harkte sie mit dem Rasierer auf die Servierplatte, um sie dort zu wenden und zu untersuchen. Stück für Stück wuchs die Sammlung im Badezimmer; und er stieß auf die tiefere Kohle und die Hitze. Da war ein Metallrost. Er bekam ihn heraus, indem er den Fliegerhelm als Hebel benutzte. Er holte weitere Kohlen heraus, und unter der Hitze brach die Platte entzwei. Er benutzte daraufhin das größere Stück und harkte jetzt behutsamer. An seinen Händen bildeten sich Blasen. Jeder Griff in den Kamin wurde zu einer neuen Begegnung mit dem Schmerz. Alles, was er in die Hand nahm, war heiß. Die Scherbe zerbrach auch, und eins nach dem anderen zerbrachen die Stücke, die er benutzte, zu immer kleineren Scherben. Er verzichtete nun darauf, die Kohle immer wieder ins Bad zu schleppen, sondern schob sie nur auf den Sand, untersuchte sie und griff wieder in den Kamin, um noch mehr hervorzuholen. Er geriet mit einem Knie auf ein glühendes Stück, und Tränen traten ihm in die Augen, liefen ihm übers Gesicht und trockneten wieder.

Von tief unten zwischen den Kohlen schaufelte er ein kleines glühendes Stück hervor, das ihm zu regelmäßig und zu glatt vorkam. Er rollte es im Sand hin und her, damit es abkühlte, und kratzte dann mit dem Rasierer daran. Es war ein Kieselstein.

Er wickelte ihn zusammen mit den anderen ein, ohne dabei vor der Hitze zurückzuschrecken. (Soll ich mit der Suche aufhören?)

Er machte weiter, bis zum letzten. An der Seite des

Kamins fand er tief unter alter Asche einen Metalldeckel und stemmte ihn mit dem Rasierer auf. Er verbrannte sich wieder, als er den kleinen Stein vom Grund der Vertiefung holte. Aber dann rollte er auch ihn in das Papiertuch und durchsuchte den letzten kleinen Rest Asche, bis er sicher war, daß er keine weiteren Kieselsteine finden würde.

Dann setzte er sich hin und sackte zusammen, die Hände auf den Knien, bis er sich ausgeruht hatte. Und dann packte er das Gitter und sammelte die kalte Kohle wieder ein und beförderte beides in den Kamin zurück.

Während er noch damit beschäftigt war, ging die Tür auf. Die Hatani, die ihn in dieses Zimmer gebracht hatten, waren wieder da. Sie sahen sich um.

Einer ging ins Bad und kam wieder zurück, und Dorn stand auf.

»Komm mit!« sagte der erste Hatani.

Dorn griff nach seinem rußigem Kilt und zog ihn an. Dann machte er sich daran, den Rest von seinen und Duuns Sachen zusammenzusuchen.

»Besucher«, sagte der andere, »am Zustand dieses Zimmers ist klar erkennbar, daß du noch nicht weggehen wirst. Es ist nicht nötig zu packen.«

»Bitte.« Dorn wickelte Duuns Umhang und Wechselkleider in seinen Fliegeranzug, der neben dem Umhang das einzige noch saubere Stück war. Er hob den Rasierer vom Boden auf und legte ihn mit den Lotionsflaschen in den Helm.

»Oh, stell dich nicht so dumm an!« sagte der andere. »In der Halle werden sie dich auslachen! Du wirst vor Meister Tangan treten, vor allen Hatani im Haus! Du kannst dort nicht dieses ganze Zeug anschleppen!«

»Ich bin noch nicht ganz dazu gekommen, Duun seinen Umhang zu geben. Ich bin mir nicht sicher. Ich könnte diese Sachen verlieren. Ich will, daß er mir sagt, was ich tun soll.«

»Dann komm, Dummkopf! Aber ich warne dich: Sie

werden lachen. Ihr Götter, bist du schmutzig! Möchtest du dich umziehen? Ich kann dir etwas leihen.«

»Danke. Ich frage Duun, wenn ich ihn sehe.«

Der andere deutete auf die offene Tür.

Der Flur mündete eine offene Halle mit einem Parkett, dessen Seiten viele Stufen aufwiesen. Hatani in grauen Umhängen saßen auf diesen Stufen, Hunderte von ihnen. Der Boden war sandbedeckt und wies Spiralen auf, die hineingeharkt worden waren. Große Steine standen im Sand. Auf jedem saß ein Hatani.

Am Fuß der Stufen vor ihm stand Duun, der einzige, der keinen Umhang anhatte. Duun hob leicht das Kinn, und Dorn ging die Treppe hinunter, gefolgt von seiner Eskorte.

»Du hast meinen Umhang mitgebracht«, stellte Duun fest. »Haben sie alles angefaßt?«

»Nein, Duun-hatani.«

Duun streckte eine Hand aus, nahm den Umhang entgegen und zog ihn an. Dann deutete er zum entferntesten Stein. »Der auf dem letzten ist Meister Tangan.«

Dorn ging über den Sand, folgte dem schmalen Pfad, auf dem auch die Hatani auf den Steinen gegangen waren und der die Form eines Baumes aufwies. Er hörte, wie andere ihm folgten. Vor dem hintersten Stein blieb er stehen. Er trug immer noch seine Sachen unterm Arm.

»Du kannst deine Sachen weglegen«, sagte Meister Tangan und hob eine Hand auf genau die Art, mit der auch Duun immer zum Ausdruck brachte, daß er einer Sache trauen konnte. »Du wirst stehen.« Duun trat neben ihn. Die beiden Hatani, die ihn hergebracht hatten, stellten sich an seine andere Seite. Dorn legte seine Habseligkeiten vor sich auf den Boden.

»Du bist unordentlich, junger Mann«, sagte Tangan. »Ist es vielleicht eine Art, so in die Halle zu kommen?«

»Vergeben Sie mir, Meister Tangan.«

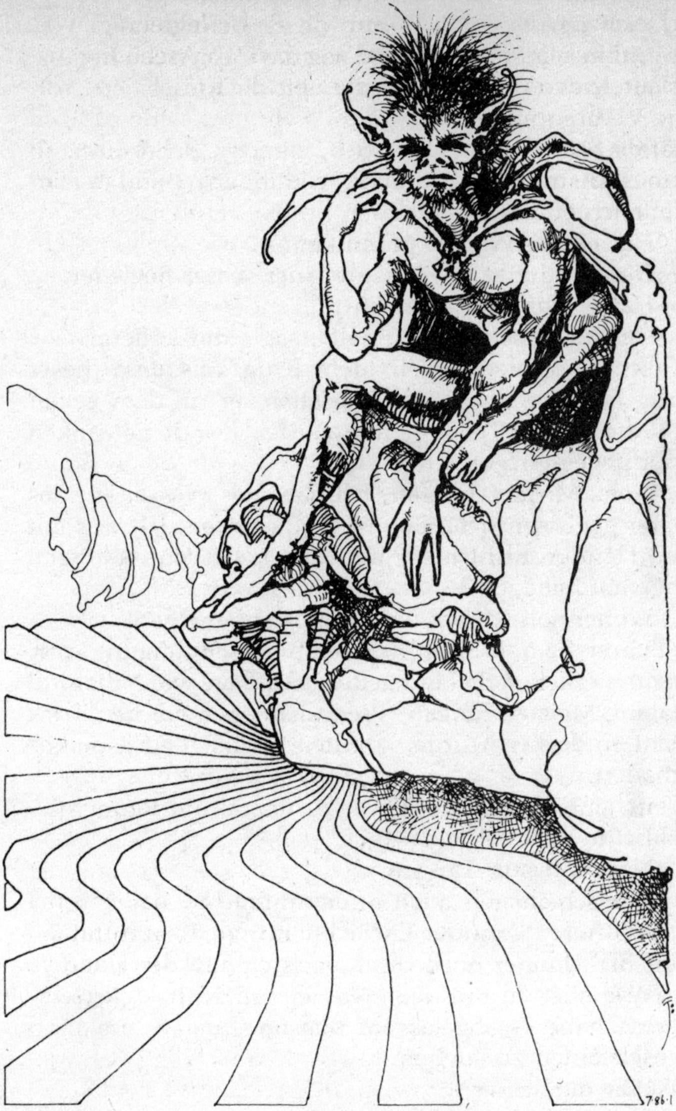

»Stimmte mit dem Zimmer etwas nicht?«

Dorn zögerte. Es kam ihm wie die richtige Frage vor. Er griff in seinen Gürtel und zog das Papiertuch heraus. Er faltete es auseinander und zeigte die Kieselsteine vor. Die Verbrennungen taten ihm weh, und seine rußigen Hände bluteten auf das Tuch, zitterten dabei trotz all seiner Anstrengungen, das zu verhindern. (Sind es alle? Habe ich einen übersehen?)

»Hat er das Wasser getrunken?«

»Der Krug war leer«, sagte einer seiner Begleiter.

»Hat er das Essen verzehrt?«

»Das Essen war zerkrümelt«, sagte der andere.

»Ein Kieselstein lag in dem Krug, aus dem dieser Krug gefüllt wurde. Ein Kieselstein lag auf dem Teller, von dem dieser Teller gefüllt wurde. Hast du getrunken oder gegessen?«

»Nein, Meister Tangan. Ich habe das Wasser auf das Feuer gegossen. Ich habe nichts gegessen. Ich war mit den Händen nicht mehr am Mund, seit ich das Essen angefaßt habe.«

»Woher soll ich wissen, ob das stimmt?«

Zuerst kam es ihm wie eine Anschuldigung vor. Dann merkte er, daß es wieder eine Frage war. »Sie sind Hatani, Meister Tangan. Wenn ich einen solchen Trick nicht entdecken würde, könnten Sie mich auch durchschauen.«

Für einen Augenblick war es überall im Raum still. »Hast du gebadet?«

»Nein, Meister Tangan.«

»Das scheint mir auch offenkundig.«

Dorn war zu müde. Er blickte nur zu Tangan hinauf und hielt immer noch die Kieselsteine in der Hand.

»Was hast du mit dem Wasser gemacht?«

»Ich habe es abgelassen, Meister Tangan, um nach Kieselsteinen zu suchen.«

»War dort einer?«

»Nicht in der Badewanne.«

»Leg die Kieselsteine, die du gefunden hast, nacheinander in den Sand.«

Dorn bückte sich und ließ sie einzeln aus dem Tuch gleiten. Beim dritten wurden die Hatani im Raum auf ihren Plätzen unruhig, beim vierten noch unruhiger. Er richtete sich wieder auf und blickte zu dem uralten Mann hinauf.

»Vier sind ungewöhnlich«, sagte Meister Tangan einfach. »Zwei über das Essen und das Wasser hinaus wären dir vielleicht entgangen. Das ist die erste Probe. Die zweite bin ich selbst. Erzähl mir das Schlimmste, was du je getan hast.«

Beinahe hätte Dorn seinem Gesicht erlaubt, eine Reaktion zu zeigen. Er bremste sich und überlegte für einen Moment. (Daß ich Sheon verlor? Aber da wußte ich es nicht besser; es geschah aus Unwissenheit. Das weist Duun die Schuld zu.) »Ich habe gestern meine Lehrerin Sagot angeschrien, Meister Tangan.«

»Hast du gestohlen?«

»Nur von Duun.«

Wieder kam es zu Unruhe auf den Plätzen.

»Hast du gelogen?«

»Manchmal.«

»Hast du irgend jemand getötet?«

»Nein, Meister Tangan.«

»Hast du deine Fertigkeiten falsch eingesetzt?«

Er schloß die Augen. Und öffnete sie wieder. Es war leicht zu zählen. »Dreimal, Meister Tangan. Als ich Sagot anschrie, als ich einen anderen Schüler schlug und als ich ihn bedrohte.«

»Die Antwort kam ja schnell. Gibt es da nicht mehr zu erzählen?«

Dorn überlegte noch einmal. »Ich habe mich mit Duun gestritten.«

»Ich auch, Besucher.« Ein leises, kurzes Lachen ging durch die Halle. Neben Dorn zog Duun den Kopf ein. Der Gesichtsausdruck des Meisters änderte sich nicht.

»Wir haben in der Gilde einen Fall. Ein Mitglied beansprucht ein Messer, das auch von einem anderen Mitglied beansprucht wird. Wie löst du dieses Problem?«

Dorn biß sich auf die Lippe. Panik rauschte durch ihn hindurch. (Es ist eine falsche Frage! Man kann sie nicht beantworten! Kann ich es wagen, das zu äußern?) Er bemerkte, daß er in der Kälte zitterte. »Meister Tangan, es gibt in der Gilde nicht einen einzigen Hatani, der über Besitz streiten würde.«

»Wir haben noch einen weiteren Fall. Zwei Schwestern heiraten einen Mann für nacheinander je ein Jahr. Aber kaum ist die erste Ehe vollzogen, da läßt sich der Mann von dieser Frau scheiden und heiratet eine dritte für drei Jahre. Wie beurteilst du das?«

»Meister Tangan, wie wurde die Frage formuliert?«

»Die erste Schwester sagt: Urteile zwischen mir und meiner Schwester und dieser Frau.«

(Nicht über den Mann.)

»Das ist keine Hatani-Angelegenheit, Meister Tangan. Sie sollten damit zum Friedensrichter gehen.«

»Sie bestehen darauf. Sie bitten noch mal um dasselbe.«

»Wie steht es um den Besitz?«

»Sie haben ein Haus und ein Geschäft von ihren Eltern. Der Mann lebt und arbeitet mit der neuen Frau in einem Haus, das ihm gehört. Die neue Frau gehört zur Tanun-Gilde.«

»Dann sollen die beiden Schwestern in ihrem eigenen Haus wohnen und sich einen neuen Ehemann suchen.«

»Erkläre das!«

»Sie wollen diesen Mann mehr, als er sie will, und sie hassen die neue Frau. Sie könnten nie mit ihr teilen.«

Meister Tangan hob die Hand. Winkte jemandem. Dorn widerstand dem Impuls sich umzudrehen, aber er hörte jemanden kommen. Mehr als einen.

»Ein weiterer Fall«, sagte Meister Tangan. »Sieh dir diese Frau an!«

Dorn drehte sich um, und sein Herz machte einen

Sprung. Es war Betan. Betan in einem blaßblauen Kilt und dunkelblauem Umhang, und sie hatte die Hände vor sich gefaltet und die Ohren angelegt. Mit einem Lufthauch gelangte ihr Duft zu Dorn. Es waren immer noch Blumen.

(O Betan!) Erschöpfung überfiel ihn. (Also doch eine Hatani?)

Ihr Gesicht verriet nichts.

»Sieh mich an!« sagte Meister Tangan. »Diese Frau beschuldigt dich, sie angegriffen zu haben. Deine Überredungskraft benutzt zu haben, sie zu verführen. Und als sie dich nackt sah und erkannte, daß der körperliche Unterschied sie verletzen würde, will sie zu fliehen versucht haben, und du hättest deine Fähigkeiten benutzt, sie festzuhalten, bis Duun no Lughn eingriff. Sie bittet mich um ein Hatani-Urteil.«

(Dachte sie *das* wirklich? Habe ich das wirklich getan?)

»Was sagst du dazu?«

»Ich ... war allein mit ihr in dem Zimmer. Alles, was sie sagt, könnte stimmen.«

»Duun-hatani, du warst Zeuge.«

»Ich kam herein, und diese Frau lief hinaus«, berichtete Duun. »Ich befahl ihr zu gehen. Ich war Zeuge einer Umarmung, aus der sie sich zu befreien versuchte und aus der sie sich dann auch löste.«

»Als du hereinkamst.«

»Ja, Meister Tangan.«

»Was hast du sonst noch beobachtet?«

»Wut auf seiten meines Schülers, Wut, die sich gegen mich richtete. Er sagte: ›Ich wünschte, du wärst später gekommen.‹ Die Frau sagte nichts. Später äußerte mein Schüler: ›Ich wollte sie lieben.‹ Ich erklärte ihm, daß der Unterschied sie verletzt hätte.«

»Wußte er nichts davon?«

»Es ist möglich, daß es ihm nicht klar war.«

»War es das?«

»Nein. Ja.« Dorn bemühte sich um Fassung. »Ich

habe sie weggeschoben, Meister Tangan. Sie roch nach Angst, und da habe ich sie weggeschoben.«

»Weg von dir?«

»Er lügt«, sagte Betan. »Er ist Hatani, und doch lügt er mit offenem Gesicht.«

»Was verlangst du für ihn?«

»Schicken Sie ihn zurück nach Dsonan! Nehmen Sie ihn nicht in die Gilde auf!«

»Was verlangst du für sie, Besucher?«

»Ich halte das für eine Falle«, sagte Dorn. »Ich denke, auch das ist wieder ein Test, und sie ist eine Hatani.«

»Warum meinst du das?«

»Sie bewegt sich so.«

»Du irrst dich, junger Mann. Sie ist keine Hatani, weder frei noch von der Gilde.«

»Sie ist Ghota«, sagte Duun. »Oder ich bin blind. Und es war dumm von ihr, herzukommen.«

Betan stand nur da. (Ghota?) Dorn starrte sie an. Er hatte bewaffnete Männer erwartet. (Betan? Ghota?)

»So lautet mein Urteil«, sagte Tangan: »Verlasse dieses Haus. Ich werde keinen Gildenkrieg beginnen. Du hast eine halbe Stunde, um dich zum Flughafen zu begeben. Und nimm meine Warnung ernst!«

Betan drehte sich auf den Fersen um und ging weg, folgte vorsichtig dem Weg, vorbei an den Hatani auf den Steinen und die Stufen am Ende der Halle hinauf. Dorn zitterte, aber es lag an der Kälte und den Verbrennungen. In ihm, wo Betan und ein Teil seiner Jugend gewesen war, war es nun kalt.

»Noch eine Frage«, sagte Tangan.

»Meister?« Dorn drehte sich um und blickte zu dem alten Mann auf dem Felsen hinauf.

»Von dem, was du heute getan hast, worauf bist du am meisten stolz?«

Dorn blinzelte. Es verriet ihn, und er war verdrossen, aber seine Augen stachen und seine Knie bebten. »Duuns Umhang hierherzubringen.«

Im ganzen Raum klang Gelächter auf, beißendes Gelächter, rauh und heiser.

»Die Eigenart eines Novizen«, sagte Meister Tangan. Sein Gesicht entspannte sich, und Freundlichkeit wurde darin erkennbar. »Novizen, die im Gildenhaus aufwachsen, lassen sich nie so erwischen, außer am Tag ihrer Ankunft. Aber dir hat man es nicht beigebracht, und du ehrst deinen Lehrer. Sie lachen weil du vier Kieselsteine gefunden hast, abgesehen vom Wasser und vom Essen. Das ist sehr selten. Ich rechne es dir als Fehler an, daß du das Wasser ausgegossen hast. Aber du hast es auf die schwere Art wieder wettgemacht. Von diesen Verbrennungen wirst du Narben behalten, junger Mann. Ich denke, du solltest sie behandeln lassen, bevor wir dich zurückschicken.«

(Dann habe ich also verloren.)

»Du wirst bei Duun no Lughn in die Lehre gehen, solange es Duun für angebracht hält. Danach wirst du tun, was du für richtig hältst. Du besitzt die Weisheit, von einem Urteil Abstand zu nehmen, wo dein Wissen nicht ausreicht. Das ist sehr wichtig. Sei freundlich. Sei gnädig. Fälle richtige Urteile. Alle weiteren Regeln der Gilde leiten sich daraus ab. Ein Frei-hatani urteilt, ohne daß die Gilde sich einmischt. Wenn du urteilst, wird die Gilde Blut vergießen, um dich zu unterstützen. Denke stets daran, Haras-hatani!«

»Ja, Meister Tangan.« Und für einen Augenblick gewährte ihm das Gesicht des Meisters einen Ausblick an einer weiteren Barriere vorbei. (Das ist ein besorgter Mann. Die Hatani dort oben sehen es jetzt. Sie haben gelacht, weil sie erschraken. Zorn schwebt in diesem Raum.) Dorn blickte kurz zu Duun und sah dort die andere Hälfte dieses Ausdrucks. (Sie wissen etwas. Nein, Duun weiß etwas, und Tangan findet es heraus.)

»Nimm ihn mit und sorge dafür, daß jemand nach diesen Verbrennungen sieht, Duun-hatani!«

DREIZEHNTES KAPITEL

»Versorgen Sie ihn!« sagte Duun, als er ging. Es waren Hatani-Meds, die Dorn die Kleider abnahmen und ihn aufforderten, sich auf ein Plastikgitter zu stellen und die Hände auf Tische an beiden Seiten zu legen, damit sie sie verarzten konnten. Zwei weitere Meds machten sich mit Seife und einem kleinen, durchsichtigen Wasserschlauch daran, ihn abzuwaschen; sie fingen mit seinem Haar an und wuschen dann von oben nach unten den ganzen Körper mit Schwämmen ab. Graues Wasser spritzte und strudelte durch das weiße Plastikgitter davon und schwemmte Ruß und Sand hinweg. Dorns Knie tat weh und pochte, aber die Berührungen durch die Meds waren flüchtig und sanft. Sie wuschen auch seine Hände, aber anders, mit größerer Sorgfalt. »Das wird ganz schön kalt«, sagte einer; etwas roch stechend und kündigte damit schon an, weh zu tun. Dann traf es seine rechte Hand mit einem Schock, der ihm für einen Moment das Gefühl vermittelte, er würde bis auf den Knochen durch gehen, während ein Med eine klare Flüssigkeit daraufsprühte. Aber dann folgte Taubheit, oder der Schmerz hörte auf. Es war ein so starker Wechsel, daß Dorn erst jetzt merkte, wieviel Schmerzen er gehabt hatte. Die Waschung ging weiter, und sie versorgten auch die andere Hand. Die rechte tauchten sie in eine Art Gelatine und dann in noch etwas anderes, und das verhärtete dann zu einer glänzenden, elastischen Schicht, während ein Med ihm das Haar trocknete und ein anderer sich um sein Knie kümmerte und es verband. Die Meds faßten ihn sanft an, und ihr Benehmen war genauso sanft. »Könnte ich bitte etwas zu trinken haben?« fragte Dorn und spielte damit auf den Schlauch an, falls die Meds ihn für einen Augenblick erübrigen konnten. Dorn hatte seine Lippen befeuchtet, während sie ihm Haar und Gesicht abspülten, aber sein Durst wurde wieder stärker. Der Med, der gerade dabei war, ihm das Haar zu trocknen, ging weg und kehrte mit einem Becher Wasser zurück, hielt ihn für Dorn, da dessen Hände gerade verarztet wurden. Dorn blickte dem Mann in die Augen und sah darin nichts als Freundlichkeit.

»Du solltest eigentlich ins Bett gehen«, sagte der Med, der mit seiner rechten Hand beschäftigt war, »aber wir wissen, daß es jetzt nicht geht. So, damit sind wir fertig. Halte die Ellbogen gebeugt, soviel du kannst, schließe die Hände nicht und hebe nichts, hörst du? Nicht, bis das Gel abblättert.«

Der Med, der sich um seine linke Hand kümmerte, wurde fertig und zog ihn am Ellbogen auf den normalen Fußboden. Jemand brachte einen Fliegeranzug und einen Helm, seinen eigenen, wie Dorn benommen dachte, denn er erkannte ihn am Hörer, den er beschädigt hatte. Die Meds hielten den Anzug aufrecht und halfen Dorn beim Hineinsteigen mit ebensoviel Tüchtigkeit, wie sie bei der Behandlung seiner Wunden gezeigt hatten.

(Wir kehren also zurück.) Die Meds in Dsonan würden ihn wieder übernehmen, ihn auf einen Tisch legen und dunkle Worte murmeln, während sie ihre Finger in das hineinsteckten und an dem herumschnüffelten, was die Meds hier getan hatten; und sie würden ihm weh tun.

Dann würden ihm wieder Bänder vorgespielt werden. Nichts würde sich verändert haben. Dorn zitterte, während die Meds an den Verschlüssen hantierten, und einer unterbrach sein Tun und fühlte an Dorns Hals den Puls. »Geh sofort ins Bett, wenn du wieder in Dsonan bist«, sagte er.

»Wir können ihm nichts geben«, meinte ein anderer mit besorgter Miene, die jedoch anders war als bei den Meds zu Hause, eher freundlich. »Wir können es nicht wagen. Hoffen wir bei den Göttern, daß er nicht allergisch auf das Gel reagiert.« Er tätschelte Dorns Schulter. »Ist dir schlecht?«

»Nein, nicht sehr.«

Sie fuhren fort mit ihrem Ziehen und Zupfen. Der Anzug wurde enger. »Verdammt, er kann den Helm nicht handhaben!«

(Warum diese Eile? Was stimmt denn nicht? Warum machen sie sich Sorgen? Wegen Ghotanin? Sie haben Betan gehen lassen. Ist sie zum Flughafen gekommen? Ist sie fort?) Der Gedanke, daß Betan sterben könnte, war schmerzhaft für ihn. (Obwohl sie meine Feindin ist. Es war tapfer von ihr, herzukommen.)

»So.« Ein letztes Zupfen. »So ist es richtig. Halte den Helm in der Armbeuge, nimm nicht die Hände! Jemand sollte Duun rufen.«

»Er ist draußen.«

»Danke«, sagte Dorn und sah sie dabei an. Er meinte es ernst. Und einer von ihnen öffnete die Tür und rief Duun herein. Duun trug wieder seinen Fliegeranzug und hatte sich eine graue Stofftasche an schwarzen Riemen über die Schulter gehängt, und er hielt den Helm an derselben Seite im Arm.

»Er schafft es, nicht wahr?« fragte Duun.

»Kümmern Sie sich um ihn«, sagte ein Med. Und fügte dann zu Dorn gewandt hinzu: »Halte die Arme angewinkelt! In Ordnung? Auf Wiedersehen.«

Das war alles. Duun wartete an der Tür, warf einen Blick an ihm vorbei auf die Meds, der als Dank gemeint schien, und ließ Dorn an sich vorbei in den Flur. Hatani kamen und gingen, aber keiner von ihnen trug jetzt noch den grauen Umhang. Die meisten wirkten beschäftigt, und manche schienen es eilig zu haben. Viele musterten ihn und Duun aufmerksam, wenn sie vorbeikamen.

(Sie hassen mich nicht.) Dorn war an diesen Blick gewöhnt, den Leute zeigten, sobald er sich zu ihnen gesellte. Sogar bei Elanhen und Sphitti. Besonders bei Cloen und den Meds. Und gerade eben in der Halle bei Betan. (Ihre Gesichter zeigen es vielleicht nicht.)

(Aber sie sind Hatani. Sie *kennen* mich. Sie kennen mich, wie ich innerlich bin, hinter der Haut und den Augen und der Art, wie ich blicke, und sie wissen, daß ich wie sie bin. *Ein richtiges Urteil,* hatte Meister Tangan das genannt. Ein Hatani-Urteil.) Dorn hatte ein würgendes Gefühl im Hals, und seine Auchen stachen. (Ich möchte diese Leute kennenlernen. Ich möchte hierbleiben – nur einen Tag oder zwei, mehr nicht; ich möchte mit ihnen reden und bei ihnen sein und dann doch mein ganzes Leben hier verbringen.)

Ein Flur folgte auf den anderen, und schließlich führte eine Treppe hinauf aufs Dach. Duun blieb davor stehen und packte Dorn an den Armen, damit er ihn ansah.

»Betan hat es bis zum Flughafen geschafft. Sie ist gestartet und wird jetzt verfolgt. Der Radar zeigt, daß zwei weitere Ghota-Flugzeuge gerade von Moghtan gestartet sind. Die Kosan-Gilde schickt Maschinen von Dsonan herauf.«

Dorn blinzelte und versuchte diese Informationen zu verarbeiten. (Wegen mir. Weil ich hier bin. Das ist unmöglich!) Er fühlte sich taub. »Was hat Betan vor?«

»Sie wird nicht zur Gilde durchkommen. Raketen schützen diesen Ort ringsherum. In diesem Moment sind schon Hatani unterwegs zu Ellud und Sagot, um sie zu beschützen. Und noch weitere Leute, deren Leben in Gefahr sein könnte.«

Dorn wurde es immer kälter zumute. Die Taubheit erreichte sein Herz. »Wir müssen dorthin!«

»Diese Aufgabe erledigen andere. Wir müssen etwas anderes tun.« Er ließ Dorns linken Arm los und zog den Jungen eilig die Treppe hinauf. »Der erste Teil unserer Aufgabe besteht darin, dich von hier wegzubringen.«

Es war nicht leicht, in das Flugzeug zu gelangen. Duun schob von hinten, so, wie sie es auch beim Hubschrauber gemacht hatten, und Dorn kletterte über den Rand ins Cockpit. Die Haut auf seinem verletzten Knie riß auf, als er in den Sitz taumelte, sich in die richtige Position wand und nach dem Gurt packte, soweit er es zustande brachte. Duun ließ sich neben ihm auf seinen Platz fallen und packte die Schnalle von Dorns Gurt, rammte sie zu, packte Dorns Leitungen und steckte sie in die Fassungen, bevor er sich um sich selbst kümmerte. Die Motoren brüllten auf und setzten die Maschine in Bewegung, und das Kanzeldach glitt nach vorn, und schloß sich. Pilot und Copilot waren merkwürdige Kreaturen aus Plastik und Metall, die ihre dünnen Arme bewegten, um im Raum zwischen ihren Sitzen Schalter umzuschnipsen. Die Maschine wurde schneller, schwenkte auf die Rollbahn ein und raste los, daß die Insassen gegen ihre Rückenlehnen gedrückt wurden.

Wolkenfetzen strömten vorbei. Die Sonne hetzte hinter Spiegelungen auf dem Cockpit her, und die Maschine drehte und flog mit der Sonne auf der rechten Tragfläche weiter.

»Wir treffen in wenigen Minuten unseren Geleitschutz«, meldete eine dünne Stimme über Helmlautsprecher. Der Pilot oder der Copilot sprach auf dem Kanal von Duun und Dorn. »Sie stoßen bei Delga zu uns.«

Duun bestätigte. Die Stimme meldete sich wieder. »Wir sind gerade informiert worden, daß Ghota-Flugzeuge auf uns zuhalten. Unser Geleitschutz ist unterwegs, um sie abzufangen. Maschinen sind über Homaan aufgestiegen. Die Ratssitzung beginnt jetzt.«

Dorn lehnte den Kopf an die gepolsterte Rückenlehne und starrte in das helle, milchige Licht des Himmels, auf die schwarzen, unwirklichen Gestalten der Piloten. Es gab keine Welt außer dieser, keine Vergangenheit und keine Zukunft. Er hing bewegungslos über der Erde, während der Himmel immer schneller auf die Flugzeuginsassen einstürmte und leise Stimmen vom Boden mit den Piloten sprachen (die selbst nichts tun konnten) und ihnen sagten, daß auf der Welt Chaos herrschte. Duun sprach von Raketen. Von Abfangmanövern. Von Flugzeugen, die jetzt in Städten rings um die Welt starteten und Meere und Kontinente überquerten. Die Leute am Boden blickten ängstlich zum Himmel, voller Angst vor Flugzeugen, die sie nicht sehen konnten, und sie erwarteten, daß Raketen auf sie stürzten. Kinder standen auf jenem braunen Felsen auf Sheon, nahe dem krummen Baum, blickten nach oben und winkten den weißen Spuren am Himmel zu (»Seht her, hier sind wir! Hallo!«), während furchtbare Raketen in Feuer und Rauch gehüllt losbrüllten.

(Das alles kann einfach nicht wahr sein!)

(Es gibt kein *kann nicht,* Elritze.)

»Jemand ist auf Abfangkurs mit uns.« Wieder die Stimme des Piloten. »Hält sich niedrig. Fünfundvierzig.«

»Vom Meer her«, sagte Duun. »Das ist Betan. Ich habe es mir gedacht. Halt dich fest, Elritze!«

Die Maschine drehte ab. Der Druck zerrte an ihnen, zog an Kiefern und Augen und Eingeweiden, und Dorns Nase lief; er hörte ein Pochen in den Ohren. Die Maschine schaukelte und ging in eine steile Schräglage. (Wir stürzen ab! Wir sind getroffen worden!) Dorn rollte seinen Kopf an der Rückenlehne; sein Herz klopfte wild, und die Sonne stieg wieder hoch über die rechte Tragfläche.

»Das war ein Fehlschuß auf ihrer Seite, ein Treffer auf unserer. Sie stürzt ab.«

(Wovon reden sie? Vom anderen Flugzeug? Von Betan?)

Das unerbittliche milchige Licht hüllte sie jetzt wieder ein. Auf einem Bildschirm ging ein winziger Lichtpunkt aus, und Betan existierte nicht mehr; die Scherben und Fragmente eines Flugzeuges verstreuten sich, Leben waren ausgelöscht ... (»Das war ein Fehlschuß auf ihrer Seite, ein Treffer auf unserer.«) Ihr Flugzeug hatte geschossen. Das war die Erschütterung gewesen. Und Betan war innerhalb eines Augenblicks tot gewesen, mit all ihrem Mut und ihren Fähigkeiten. (»Sie stürzt ab.«)

»Betan«, erklärte Duun, »ist übers Meer hinausgeflogen und von dort zurückgekommen. Punkte für sie. In diesem Moment hätte sie gewinnen können.«

»Sie ist tot.«

Für einen Moment herrschte Schweigen. Der Himmel war unglaublich glatt. Wirkte wieder unwirklich.

»Es gibt einen Mann namens Shbit«, sagte Duun. »Ein Ratsmitglied. Kennst du Dallen-Öl? Erinnerst du dich an die Gesellschaften?«

»Ja.«

»Nun, sie haben nicht nur mit Öl zu tun, sondern mit vielen Dingen. Energie, Handel, Produktion. Sie haben große Macht im Rat. Sie sahen, wie sie ihnen entglitt. Sie arrangierten die Wahl Shbits, eines ihrer Leute, Shbit wollte, daß du aus Elluds Flügel geholt und einem anderen übergeben wurdest, wo du für ihn leichter erreichbar gewesen wärest, wo du mehr in der Öffentlichkeit gestanden hättest. Wo die Politik von Kontroversen hätte profitieren können. Wo ich hätte geschwächt werden können. Sie können ein Hatani-Urteil nicht umwerfen, aber sie können es untergraben. Sie können sich einem von so vielen Seiten nähern, daß es unmöglich ist, alle im Auge zu behalten. Shbit hat es versucht. Er hatte ein paar Ghotanin in seinem Sold. Leibwächter. Ghotanin in privatem Dienst sind so normal wie Regen. Er hatte ein paar Frei-hatani, von denen er wußte, wo er sie zu Hause erreichen konnte. Ein paar Kosanin, mögen die Götter ihnen helfen. Und der Dummkopf bekam Betan an einem Dummkopf von Personalleiter vorbei, am Sicherheitschef, am Abteilungsleiter, an Ellud – ihr Götter, das war vor fünf Jahren. Wir waren noch auf

Sheon. Die gescheiteste junge Sicherheitsbeamtin, die Ellud hatte. Oder sie hätte es sein sollen.«

»Elanhen und Sphitti und Cloen ...«

»Auch von der Sicherheit. Sphitti ist ein Frei-Bürger, Sohn einer Frau, die ich kenne. Elanhen und Cloen sind Kosanin von der Station. Verdammt gute Jungs. Betan, eine Frei-Bürgerin mit Karriere bei der Sicherheit; so wurde es erzählt. In ihrem Fall wurden wichtige Einzelheiten ausgelassen.«

Die Glätte dauerte an. Das milchige Licht variierte nicht. Kalte Begriffe wie *Abfangmanöver* strömten über Funk zur einen und zur anderen Seite. (»Sie stürzt ab ...«) Leben fanden ihr Ende. Hinter Illusionswäldern auf Stadtfenstern öffneten sich Raketensilos wie Blumen zur Sonne.

»... Betan wußte, daß wir im Begriff standen zu gewinnen. Das war es, was das Gleichgewicht kippte. Sie hatte Hilfe, die Götter wissen es; sämtliche Quellen von Shbit, gefälschte Unterlagen. Trotzdem verpfuschte sie es – einer Frei-Ghota kann das im Leichtsinn passieren. Aber sie arbeitete nicht für Shbit. Sie hatte vor, den Ablauf der Dinge zu verpfuschen. Dich zu töten, falls sie konnte. Ein falsches Spiel mit Shbit zu treiben. Ich wußte, daß das möglich war. Ich brauchte Zeit, diese Affäre zu klären, und beinahe wäre es zuviel Zeit geworden, während ich an den Bändern arbeitete.«

»Du ...«

»Während du außer Gefecht gesetzt warst. Täglich. Ständig. Mach dir keine Gedanken darüber! Ich hatte mich zu sehr verzettelt; ich hätte die Dinge gern beschleunigt, aber ich war zeitlich ausgelastet, und ich war obendrein an das Gesetz gebunden. Ich spürte Betan bis zu Shbit nach. Als ich erfuhr, daß sie in Shbits Verwahrung wieder aufgetaucht war und am Leben blieb – *da* wußte ich, daß entweder Shbit selbst ein Ghota war, oder daß er von einem bearbeitet wurde. Ich erkannte das Muster.«

Dorn wandte ein zweites Mal das Gesicht von der Sonne ab und Duun zu, blickte in ein Gesicht, das die Maske gesichtslos machte. Die Sonne spiegelte sich in den Augenschirmen aus Kunststoff.

»Betan könnte«, sagte Duun, und die Stimme klang durch den Lautsprecher, als käme sie aus der Ferne, »ihr ganzes Leben lang auf das vorbereitet worden sein, was sie tat. Gildendienst. Eine spezielle Art von Ghota. Die Götter allein wissen, was die Ghotanin Shbit als Informationen aus der Abteilung andrehten. Shbit stand gegen die Ghota-Gilde und konnte überhaupt nichts ausrichten ... Er machte ihre Züge gegen mich und dachte dabei, es wären seine eigenen. Das gilt sogar für die Dallen-Gesellschaft. Ich kann nicht behaupten, daß ich keine Gildenprobleme erwartet hätte. Aber ich mußte mich eben an das Gesetz halten ... Ich versuchte, die Autonomie des Rates nicht zu zerstören. Verdammt, sie hatten mir einfach zuviel übertragen! Ich ließ Shbit leben, weil ich wußte, daß er ein Abzug war, den ich ziehen konnte, einer, auf den die Ghotanin reagieren würden. In Elluds Büro sitzt ein Spion, den *ich* dort sitzen ließ. Sagot ist meine Spionin.«

(Eine ist noch getreu in dieser Welt! O Sagot, ein Stück Wahrheit!)

»... Und du tatest, worauf wir gewartet hatten.«

»Was habe ich denn getan? Dieses *Band?* Dieses verdammte dumme *Band?* Die Zahlen und die Bilder?«

»Du hast es überlebt. Du hast es überlebt, Elritze, und du hast es verstanden. Und die Meds hätten innerhalb eines Tages auch erfahren, was du wußtest – und in dem Augenblick, in dem sie es gewußt hätten, wären die Nachrichten durch dieses Leck direkt zu unseren Feinden gelangt, während Ellud nicht wollte, daß du das Gebäude verläßt. Ich hätte ihn abweisen können, aber er hätte mir dann auch Widerstand leisten und die Sache unwiderruflich verpfuschen können. Er ist ein guter Mann, und ehrlich; und er will immer mehr Zeit haben, als die Opposition ihm gewährt. Über manche Dinge konnte ich nicht einmal mit Tangan sprechen. So über den Gildenkrieg. Über die Tatsache, daß ich den Abzug gezogen habe.«

»Dieser Shbit hat Betan losgeschickt, als er erfuhr, daß wir die Stadt verlassen hatten?«

»Jetzt kapierst du es. Er gab einer Ghota ein Kurierflugzeug und kam gar nicht auf die Idee, daß sie von ihrer eigenen Gilde bezahlt wurde, um von ihm bezahlt zu werden. Er mußte ihr eine Ghota-Crew geben. Kein Kosan hätte sie zu uns geflogen.«

»Warum *hierher*, um der Götter willen?«

»Sie konnte uns nicht einholen. Was Shbit angeht – sollte sie hineingehen und jammern und klagen und ein gutes Schauspiel aufführen. Schande über dich bringen. Dafür sorgen, daß du nicht in die Gilde kommst. Einen Skandal heraufbeschwören. Und was die Ghotanin angeht – sollte sie einfach hineingehen, genauso, wie sie es dann auch tat, und eine Botschaft von ihrer Gilde überbringen. Du hast Tangan verstanden. Er wollte nicht nachgeben. Für dich und mich ist das klar – aber Ghotanin sind felsenfest davon überzeugt, daß man alles kaufen kann, wenn man nur genügend anbietet. Und Betan ging hin und stellte fest, daß sie nicht die richtige Münze dabeihatte – in ihrer Sicht der Dinge. Als sie dann auf diese Weise verlangte, dich nicht aufzunehmen, war klar, daß sie nicht für Shbit sprach. Tangan wußte es in diesem Moment. Er durchschaute, wer sie war, und er wußte, was ich mit ihm gemacht hatte, und auch warum. Und er vergab uns beiden.« Duun schwieg lange.

Und Männer und Frauen starben jetzt für sie, in Flugzeugen, die umherrasten und Raketen abfeuerten, die überhaupt nur auf Bildschirmen zu sehen waren.

(Verdammt, Duun, ist selbst das nur ein Manöver?)

»Er hat mir gefallen«, sagte Dorn. »Tangan hat mir gefallen, Duun.«

»Ich habe ihn nicht verraten. Ich habe ihm die Macht gegeben, die er brauchte. Ich habe ihn freigesetzt. Verstehst du, was ich meine?«

»Um die Ghotanin zu stoppen?«

»Um zu decken, was ich tue. Begreifst du es noch nicht, Elritze? Du wirst es noch.« Atmosphärische Störungen zischten, als Duun an der Seite seiner Maske den anderen Kanal einschaltete. »Wie läuft es?«

»Der Schirm von Dsonan wird in einer Minute fallen, um uns durchzulassen«, meldete die Stimme des Piloten. »Es geht hitzig zu vor uns. Zwei Raketen haben die Basis getroffen. Das 3. Geschwader wird alles, was es hat, gegen sie werfen, während wir einfliegen, Sey Duun.«

»Mögen die Götter sie retten«, murmelte Duun. »Mögen die Götter uns alle retten. Machen Sie es gut, Manan!«

»Sie können verdammt sicher sein, daß ich es versuchen werde!«

Dorn rückte etwas hinüber, um einen besseren Blick aus der Kanzel zu haben. Er konnte nichts ausmachen außer ihren Tragflächen, der gnadenlosen Sonne und dem endlosen Himmel.

Wieder prasselten Störungen. »Ich will dich ja nicht nervös machen, Elritze«, sagte Duun, »aber das bedeutet, daß Dsonan seine Raketenabwehr herunterschalten wird, damit ein Fenster entsteht, durch das wir einfliegen können; und frag mich nicht, was passiert, wenn etwas schiefgeht. Kosanin gehen in Position, um sicherzustellen, daß nichts durch diese Lücke gelangt während der fünf kritischen Minuten, die wir brauchen, um durch den Schirm zu gelangen. Dann geht er hinter uns wieder hoch. Sobald wir am Boden sind, klettern wir auf dieser Seite hinaus und springen von dieser Tragfläche herunter; sie wird heißer als die Hölle sein. Du springst an der Kante dort hinunter, sobald ich unten bin. Ich fange dich auf. Denk an nichts, lauf einfach nur auf die Shuttlerampe zu.«

»Shuttle?«

»Das größte Ding, das du dann vor dir siehst.«

»Ich weiß, wie eines aussieht! Wohin geht es damit?«

»Zur Station.«

Störungen prasselten im Funk. Der Bug der Maschine kippte zu einem Sturzflug ab. Ein Tausch der Höhe gegen Geschwindigkeit.

(»Mehr als zwei Mach, wenn es sein muß.«)

Dorn zitterte. Seine Verbrennungen schmerzten in der Hitze; er schnappte nach Luft in der trägen Versorgung durch die Maske, und Nase, Hals und Augen waren wund. Er war schweißbedeckt. Er hörte ein hohes, seltsames Geräusch, und er spürte, daß etwas wie elementare Angst in seinen Knochen und Eingeweiden zitterte. (Ich habe Angst, Duun; Duun, ich möchte nicht so sterben ...)

Er sah einen verschwommenen Fleck vor ihnen, zum ersten Mal auf diesem Flug wieder eine Substanz, ein Schatten, flammendes Licht.

(Das ist der Boden, der uns entgegenkommt; dort ist der Fluß – o ihr Götter, der Boden, die Stadt ...)

Der Druck setzte ein; die Muskeln seiner Glieder zogen sich zusammen, und die Schmerzen waren wieder da ... Die Welt kippte heftig, teilte sich in Heimstatt und Himmel als vertikal getrennte Hälften und richtete sich wieder gerade, als Dorn spürte, wie sich die Gurte um ihn spannten ... (Sie werden reißen! Ich werde gegen das Kanzeldach prallen! Ich kann mich nicht halten!)

Dann packte ihn eine neue Kraft. Sie wurden langsamer. Eines seiner Ohren knackte nicht; der Druck darin erreichte die Schmerzgrenze und stieg weiter an bis zu einer akuten Agonie, die aus demselben Stoff war wie die übrigen Geschehnisse.

Rauch am Horizont. Rauch lag in dieser Richtung über der Stadt, und grauer Dunst zu beiden Seiten.

Das lange Band einer Landebahn erstreckte sich vor ihnen in die Ferne, eine gerade und helle Linie. Die Maschine sank geradlinig wie eine Messerschneide darauf hinab, mit dem hinteren Teil zuerst, und brauste rüttelnd dahin, bis die auf Umkehrschub geschalteten Motoren Geschwindigkeit wegnahmen. Sie wurden zunehmend langsamer. Die Reifen quietschten und die Düsentriebwerke brüllten noch einmal auf, als eine Abschußrampe vor ihnen hochragte, darauf ein Shuttle wie ein weißer Turm vor dem rauchbefleckten Himmel. Über dem Horizont zerplatzte eine rote Sonne, breitete sich aus und verblaßte wieder. Dann erneut ein brennendes Licht.

Immer näher heran. Das Flugzeug rüttelte, holperte und schaukelte über unebenen Bodenbelag; ein Lastwagen kam auf sie zu. Das Kanzeldach der Maschine fuhr zurück, und die Insassen rochen den Gestank von Metall, das vor Erhitzung knackte und knallte. Duun riß Verbindungen los, während die Triebwerke winselnd erstarben; er riß Dorns und seinen Gurt los, stand auf und sprang seitlich hinaus. Dorn krabbelte hinterher, zuckte vor der Hitze zurück und sah, wie Duun von der hinteren Kante der Tragfläche auf die Pritsche des Lastwagens sprang und dort beim Landen auf ein Knie sank. Dorn rollte sich über die Seite der Flugzeugkanzel und fiel auf die Tragfläche, als Duun schon wieder aufstand; Dorn machte einen Schritt auf der nachgiebigen Oberfläche und sprang dann hinunter auf die Pritsche und in Duuns Arme.

Duun und er gingen zu Boden und rollten über die Pritsche. Der Lastwagen fuhr mit einem Ruck an, und das Flugzeug wurde hinter ihnen kleiner. Über dem Horizont zerbarsten weitere Sonnen, und eine blühte am Himmel auf und verblaßte zu einem Rauchflecken.

Duun hielt Dorn fest. Dorn zitterte, und er spürte, wie Duun ihm die Maske abnahm, damit er die Lunge wieder mit Zügen kalter Luft füllen konnte. Duuns Griff wurde noch fester, während der Lastwagen heulend und ruckelnd dahinfuhr, die Abschußrampe sich turmhoch in das Blickfeld schob und ihre Träger in den von Rauch verwüsteten Himmel streckte. Der Lastwagen bremste. »Hinaus!« forderte Duun und half ihm, das Gleichgewicht zu halten, während er aufstand. Dann sprang Duun hinten vom Lastwagen und stand bereit, um Dorn zu packen, sobald dessen Füße den Boden erreichten.

»Komm schon! *Lauf!*« Duun zerrte ihn mit zur Rampe, zu der weißen Wand, die ein Seitenleitwerk des Shuttle war. Ein Aufzug befand sich dort, dessen Tür offenstand, und eine Frau winkte sie so heftig herbei, daß es wie ein Fluch wirkte. Sie stiegen ein; die Frau schloß die Tür und legte einen Stangenschalter um, der den Aufzug nach oben in Bewegung setzte. In der ganzen Kabine stank es nach ihren Anzügen, nach Schweiß und Angst, und Dorn taumelte, als es nach oben ging. Duun legte ihm eine Hand auf die Brust. »Halte durch, verdammt, Dorn! Halte durch!«

Dorn preßte die Knie zusammen und lehnte sich mit dem Unterarm an die Wand. Träger sausten so schnell am Fenster vorbei, daß er nur einen verschwommenen Blick auf sie hatte. Dann rammte die Frau den Schalter wieder nach unten, und die Kabine hielt mit einem Ruck an. Die Tür ging auf und gab den Blick frei auf eine offene Luke in einer dicken Wand.

»Komm!« sagte Duun, schob Dorn hindurch und folgte ihm. Dorn blickte bekümmert zurück, als er Explosionen wie fernen Donner vernahm.

Die Frau, noch draußen, schlug die Luke zu und verschwand in einem abnehmenden Halbmond des trüben Sonnenlichtes. – *Rumms.*

(Was wird aus ihr?) Die Welt erschien Dorn als unsicherer Ort, wo man besser niemanden zurückließ. Aber Duun drehte ihn heftig um und warf ihn fast auf einen Sitz in dieser kleinen Kabine, auf einen von drei Sitzen, die flach auf dem matt beleuchteten Boden angebracht waren.

7.86.2

»Angurten!« sagte Duun, und Dorn griff nach dem Gurt. Duun fiel auf seinen Platz, machte Dorns Gurt fest und nahm sich den Helm ab. Er hielt ihn an seiner Brust und drückte einen Knopf auf der Armlehne des Sitzes. »Wir sitzen, wir sitzen hier hinten.«

»Wir verstehen Sie gut.«

Dorn schob sich mit den Handgelenken den Helm vom Kopf; Duun half ihm, beugte sich zur Seite und verstaute den Helm in einem Kasten auf dem Boden neben seinem Sitz. Der Deckel fiel ins Schloß und machte dabei ein hohles Geräusch. Dorn atmete schwer, während Duun sich angurtete. »Sie warten noch, bis die Helferin über den Fluchtweg verschwunden ist«, erzählte er, den Kopf zurückgelegt und die Augen geschlossen. »Auch der Fahrer des Lastwagens muß erst fort sein.«

»Was ist mit dem Flugzeug?«

»Maran und Koga – sie fliegen hinüber nach Drenn, tanken dort auf und starten wieder. Es ist ihr Geschwader, das dort draußen die Niederlage hinnehmen muß. Sie schaffen ein Fenster – für uns. Der Raketenschirm muß wieder gesenkt werden, damit wir von hier starten können.«

(Leute sterben. Überall gehen diese Granaten hoch. All diese Leute ...)

Ein Donnern wurde lauter. (Treffer schlagen dicht bei uns ein.) Schweiß strömte über Dorns Körper; er hatte das unangenehme Gefühl eines drohenden Verhängnisses. Dann pflanzte sich der Lärm bis in seine Knochen fort, und eine Kraft drückte ihn nach unten, eine schwindelerregende und allumfassende Kraft. Ein zusätzliches Donnern setzte ein, als Teile des Schiffes zu klappern begannen, so als fiele alles auseinander. (Wir schaffen es nicht, wir schaffen es nicht! Irgendeine Rakete wird uns stoppen!)

Der Druck wurde stärker und preßte ihn fest in den Sitz.

Sie verließen die Welt. Alles. Vor ihnen wartete das All, unbegreiflich und grenzenlos.

(Ich blickte zum Mond hinauf und versuchte sie zu sehen, aber natürlich konnte ich es nicht.)

(Die Welt ist groß, Elritze, größer als du denkst.)

(Die Welt ist schön. Hast du sie noch nicht auf Bildern gesehen?)

VIERZEHNTES KAPITEL

Es herrschte Ruhe, eine unheimliche Ruhe und Stille, in der Bewegung nur wenig kostete und Atmen noch weniger. Eine sanfte Berührung senkte sich auf Dorns Gesicht, und Luft strich an einer Wange entlang.

Duun schwebte über ihm und balancierte gewagt auf einem Arm, mit dem er sich an der Rückenlehne festhielt. Dorn blinzelte, und Duun befreite ihn von allen Behinderungen. Als Dorn leicht mit dem Arm an den Sitz stieß, trieb ihn das davon weg.

»Wir sind oben«, murmelte Dorn. »Wir sind oben.«

»Dort, wo sich die Welten drehen, ja. Du kannst dich für eine Zeitlang entspannen, Elritze. Es ist ein großer Ozean, auf dem du jetzt fährst. Es ist leicht, hier zu fahren, und leicht, zu weit zu fahren.« Duun grinste ihn an. (Wie kann er nach all dem noch lächeln? Sich freuen? Kann sich jemals wieder jemand freuen, nach dem, was geschehen ist?)

Duun zog ihn sanft am Handgelenk. »Halte den Arm steif. Mach dir nichts draus, versuch dich nicht festzuhalten.« Die Verschlüsse des Fliegeranzugs gaben nach. Duuns Anzug trieb in Einzelteilen dahin, an Brust, Handgelenken und Knöcheln geöffnet. Nun befreite Duun Dorn. Das Drehmoment versetzte sie in kreisende Bewegung, und zusammen schwebten sie in der Luft, während sich die Kabine langsam um sie drehte.

Dann war Dorn frei. Er schwebte, schloß vor Erschöpfung die Augen und öffnete sie wieder zu Schlitzen, um zu beobachten, wie Duun durch ein Loch, das er vorher gar nicht gesehen hatte, hinausschwebte und wieder hereinkam. Eine Luke war über ihnen geöffnet worden. Während der langsamen Drehung erblickte Dorn ein weißes Licht, in dem Shonunin, die mit irgend etwas beschäftigt waren, hin und her schwebten. Duun glitt dort hinauf und kam dann wie ein anmutiger Taucher wieder heruntergesegelt. Seine Ohren waren aufgerichtet, die Augen lebhaft und strahlend.

(Er kennt sich hier aus; er kennt dies alles; er hat diesen Weg schon mehr als einmal gemacht.)

»Wohin fliegen wir, Duun?«

»Still, ruh dich aus! Wir sind beschäftigt.«

»Was ist mit der Welt passiert?«

»Sie ist immer noch da. Die Kämpfe konzentrieren sich jetzt auf die Shuttlehäfen, auf Avenen und Suunviden. Aber sie lassen nach – jetzt, wo wir fort sind und sie nichts mehr dagegen unternehmen können.«

»Warum haben wir das getan? Wohin fliegen wir?«

»Warum, warum, warum? Wir haben eine Dusche an Bord. Ich werde sie benutzen. Danach wickele ich dir etwas Plastik um die Hände und mache aus dir einen angenehmeren Gesellschafter.« Duun schwebte von ihm weg. Dorn drehte sich in der Luft um und sah, wie er durch ein weiteres Loch verschwand. Dorn versuchte, eigenständige Manöver zu machen, kreiste und stieß gegen die Polster, erinnerte sich noch im letzten Moment daran, nicht die Hände zu benutzen. Er prallte hilflos ab und schwebte dann wartend in der Luft.

Eine Saugpumpe ging in der Duschkabine an, und Dorn beobachtete, wie die Wassertropfen in aneinanderhängenden Spuren hineinliefen und verschwanden. Die Höhensonne trocknete ihn. Er öffnete mit dem Ellbogen den Riegel und schwebte hinaus, drehte sich einmal langsam in der Luft um sich selbst, bevor Duun ihn packte, einen einfachen blauen Kilt um ihn wickelte und einen Gürtel aus demselben Stoff und von derselben Farbe wie der Kilt um seine Taille band, eine Berührung, die ihm vor Jahren vertraut gewesen war, genau die schützende Wärme, die Art, wie Duun es damals gemacht hatte. Dorn blickte ihm nun als Erwachsener in die Augen, auf gleicher Höhe, als Duun ihm zum Schluß noch einen leichten Klaps auf die Seite gab, wie damals, als er noch klein gewesen war. Die Zeit lief rückwärts und wieder vorwärts, kreiste, wie es der Raum tat.

»Folge mir!« sagte Duun, trat gegen die Schrankwand und schwebte mit unfehlbarer Würde aufwärts durch die enge Luke.

Dorn stieß sich ab, richtete sich mit der Anmut aus, die er zustandebringen konnte, und segelte hinter Duun durch die Luke, folgte ihm weiter hinauf dorthin, wo es hell war, in die Zentrale des Shuttles, wo Besatzungsmitglieder kamen und gingen.

Sie starrten ihn an ... (Sie sind schockiert; sie wollen höflich sein, sie wissen nicht, ob sie mich betrachten sollen, ob das Starren ehrlich ist oder nur unhöflich.) Duun schwebte weiter und hielt an, und Dorn ahmte seine Bewegungen nach, kümmerte sich nicht um die Blicke ... (Die Welt in Flammen. Sie *müßten* mich eigentlich hassen. Ich werfe es ihnen nicht vor. Ich bin dazu geboren.) Und er trieb seltsam frei dahin, nahm all ihre Vorwürfe an, kümmerte sich nicht um ihre Blicke auf seiner glatten, bleichen Haut, und er duldete Duuns Griff um seinen Arm, mit dem er ihn zum Fenster zog.

Der leuchtende blaue Planet lag dort draußen. Die Brände darauf waren nicht zu sehen. Die Perspektive leugnete alles – und die Brände wurden zu nur einer weiteren Illusion hinter einem Fenster; Dorns Leben schrumpfte auf einen unsichtbaren Maßstab zusammen, verbracht auf einem Berg und in einer Stadt, deren Brände nicht einmal die Wolken beflecken konnten.

Er sah unverwandt hinaus, und Tränen bildeten sich in seinen Augen, bis ein Blinzeln sie hinaustrieb. Er wischte sich über die Augen, und ein Tropfen schwebte von seiner Fingerspitze weg, ein vollkommenes Gebilde, ein zitternder Ball wie der Planet dort draußen im All.

»Gefällt es dir?« fragte Duun. »Gefällt es dir, Elritze?«

»Ja«, sagte Dorn, als er überhaupt wieder etwas sagen konnte. Er wischte sich erneut die Augen ab. »Sie ist noch da.«

»So lange, wie du nicht auf ihr bist«, sagte Duun, und es stimmte. Er hatte es gesehen. Dorn empfand Schmerzen in der Brust. Er streckte eine Hand nach dem Fenster und der Welt aus.

Das Schiff ließ den Planeten zurück, während sie weiter unten angegurtet waren. Die Maschinen schoben kräftig, und es blieb lange so.

Dorn schloß die Augen. Ich kann nicht schlafen, ich kann nie mehr schlafen, sagte er sich, aber die Kraft floß aus ihm hinaus, und er spürte, wie der Schmerz ihn an das erinnerte, was er war und was es kostete, unablässig wie die Schläge seines Herzens. »Trink das!« sagte Duun und flößte ihm durch einen Strohhalm etwas ein, wovon er schon nach dem ersten Schluck nicht mehr wollte. »Trink!« Duun sprach wieder mit der Stimme, mit der er Dorn sein Leben lang gedrillt hatte, ließ ihm so keine Wahl. Dorn trank und schlief dann; und als er erwachte, schlief Duun neben ihm – wandte ihm die unvernarbte Seite zu, die ihre eigenen Illusionen vermittelte, Illusionen über das, was Duun früher gewesen war.

Dorn schloß die Augen wieder. (Lebt Sagot noch? Haben Manan und der andere Pilot überlebt? Die Gilde – konnten die Raketen sie schützen?)

(Kinder stehen auf dem Felsen bei Sheon und sehen, wie rote Sonnen über dem Horizont aufblühen. Rauch bedeckt den Himmel. Donner erschüttert das Land.)

(In den Korridoren Dsonans laufen die Leute verwirrt durcheinander und wissen nicht, wohin sie sich wenden sollen.)

Die Sonne wirbelt über das Kanzeldach, und Männer, die wie große Insekten aussehen, bedienen die Steuerung. Das Flugzeug hängt am Himmel, und die Zeit bleibt stehen. Der Krieg setzt sich fort während eines Augenblicks, der für immer erstarrt, ganz Krieg, ganz Zeit.

Sagot sitzt in ihrer einsamen Halle. Donner ist zu hören. Sie sitzt zerbrechlich und eindrucksvoll am Ende dieses Raumes, vor all den leeren Schreibtischen, und wartet.

Ein Shuttle hält auf einem Fleck an, und das Universum rauscht daran vorbei und fegt die Welt aus seiner Reichweite.

Profane Dinge wollten weiter erledigt werden und mußten es auch. Es gab nun einmal körperliche Bedürfnisse, und Dorn kümmerte sich beharrlich um sie, nachdem Duun ihm einmal gezeigt hatte, wie die Dinge funktionierten. Er nahm eine Art Frühstück zu sich und stellte fest, daß seine Hände nun nicht mehr ganz so weh taten. Besatzungsmitglieder schwebten durch die Kabine, getrieben von ähnlichen Bedürfnissen, und kehrten wieder zurück. Die Geschehnisse hatten immer noch etwas Unwirkliches, wie der schwebende Kurs, dem sie in gemächlichem Tempo folgten, langsam wie in einem Traum.

»Wohin fliegen wir, Duun?«

»Nach Gatog.«

»Ist das die Station?« Dorn hatte diese Bezeichnung noch nie gehört.«

»Sie ist eine von ihnen«, antwortete Duun.

(*Gibt* es denn mehr als eine?) Sagots Lehren bekamen Risse und zerbrachen in Zweifel. (Ist keine Wahrheit vollständig?)

»Wir haben einen Bericht erhalten«, sagte Duun. »Die Ghotanin haben einen Gesandten zu Tangan geschickt, um ein Gesprächsangebot zu unterbreiten. Die Kosan-Gilde hat abgelehnt, aber sie wird nachgeben.«

»Ist das ein Teil deiner Lösung?« fragte Dorn. Sein

Verstand arbeitete wieder. Duun betrachtete ihn mit dem bedeckten Hatani-Blick, der die passende Entgegnung zu Dorns Blick war.

»Das Gleichgewicht ist es«, sagte er. »Ich habe nie vorgehabt, die Ghota-Gilde zu vernichten.«

»Sie nennen dich *Sey* Duun.«

»Das ist heutzutage nur höflich.«

»Hast du Kosanin angeführt?«

»Einmal.«

Das war schon alles. Duun ließ sich nicht führen.

Mehr Schlaf und Mahlzeiten und Leute. Das Gel auf Dorns Händen begann abzublättern. Die Besatzung wurde ihm vertraut: Ghindi, Spart, Mogannen, Weig. Unvollständige Namen. Kosenamen. Aber sie reichten. Duun kannte diese Leute und redete in leisem Ton mit ihnen, und manchmal unterhielt er sich auch mit Stimmen, die über Funk vom einen oder anderen Ende ihrer Reise kamen.

Nichts davon betraf Dorn. Und andererseits betraf ihn alles. Er belauschte sie voller Schrecken und verstand nichts außer Städtenamen und dem Namen Gatogs und danach nur Jargon.

Abfangen, hörte er einmal, und sein Herz ließ einen Schlag aus. Er blickte in Duuns Richtung und tat es immer noch, als Duun das Gespräch unterbrach.

»Elritze«, sagte Duun und schwebte auf ihn zu. Und gab ihm mit einem Nicken zu verstehen, daß er ihm folgen sollte.

Duun glitt dorthin, wo sie stets schliefen, und hielt mit einer graziösen Bewegung an. Dorn streckte einen Fuß und eine halbverheilte Hand aus und schaffte es ebensogut. »Sind Ghotanin auch hier?« wollte er wissen.

»Vielleicht«, erwiderte Duun. »Es ist nicht unsere Aufgabe, sie zu bekämpfen.«

»Ist das ein Spiel?« fragte Dorn wütend. »Soll ich herausfinden, was wir vorhaben? Wo bin ich hier? *Ist es noch nicht vorbei, Duun?*«

Duun musterte ihn mit einem seltsamen, distanzierten Blick. »Es fängt gerade erst an. Das war nicht die richtige Frage, Haras-hatani. Nichts von alldem war die richtige Frage.«

In Dorn wurde es sehr still.

»Denk darüber nach!« sagte Duun. »Sag mir Bescheid, wenn es dir klargeworden ist!«

Die Leere, die an ihm vorbeigeeilt war, die ihn umgeben hatte, schrumpfte zu einer einzigen, vertrauten Dimension zusammen.

(»Noch einmal«, sagte Duun, der neben ihm im Sand stand. *»Noch einmal!«*)

Dorn holte tief Luft und sah Duun an, während dieser sich abstieß und hinauf durch die beleuchtete Luke schwebte wie ein schlanker, grauer, mannsgroßer Fisch.

(Er hat auf mich gewartet. Wo bin ich nur gewesen? Wo war mein Verstand? Es war *Mitleid,* was er für mich empfand.)

(Er *gehört hierher.* Dies ist sein Element, wie Sheon, und der Turm in der Stadt und die Gildenhalle waren es nie.)

Dorn stieß sich ab und streckte seinen Körper, wie Duun es ihm vorgemacht hatte, mit derselben Grazie, und er war sich dessen bewußt. Er glitt in das Licht der Passagierkabine, fand mit einer sicheren Bewegung seinen Berührungspunkt und schwebte zu der Halteposition am Pult, von wo aus er Duun und die anderen sehen konnte.

Sie waren gerade wieder dabei, Durchsagen zu empfangen und zu schicken. Duun hörte zu und antwortete, auch wieder in diesem Jargon, der so wenig Sinn ergab. »Ist es üblich, so zu reden«, fragte Dorn, als eine Pause eintrat, »oder haben wir Feinde hier oben?«

»Ist das deine Frage?« wollte Duun wissen.

»Ich sage dir schon Bescheid, wenn ich sie stelle.« Dorn hielt sich am Pult fest und spürte, wie empfindlich seine Verbrennungen waren. »Wenn das hier ein Ozean ist, dann sollte diese Elritze lieber lernen zu schwimmen. Sie hätte es schon vor Tagen lernen sollen.«

Duun sah ihn an und legte die Ohren in einer Geste zurück, die Dorn schon tausendmal gesehen hatte. »Wir haben hier Feinde. Dieselben, denen wir auch zu Hause gegenübergestanden haben. Die Gesellschaften, die hier oben Fabriken und Bergwerke betreiben, setzen Ghotanin als Wachen ein. Und manche von ihnen haben Schiffe. Nicht solche wie das Shuttle. Das Shuttle ist gar nicht für das gebaut, was wir machen. Schiffe sind unterwegs, teilweise Freunde, teilweise nicht. Wir haben unseren gesamten Treibstoff verbraucht, um der Anziehungskraft zu entrinnen. Es war kein geplanter Start. Wir haben das Reserveshuttle genommen. Eines wird immer startbereit gehalten, denn die Gesellschaften mögen es, wenn ihre Fahrpläne eingehalten werden. Und es anlaufen zu lassen, ohne daß Shbit und die Ghotanin diesen Befehl bis zu mir zurückverfolgen konnten – das war ein schwieriges Stück Arbeit.«

(Dann wußtest du alles im voraus! Verdammt, Duun ...)

Vielleicht lächelte Duun; auf seiner vernarbten Seite waren solche Bewegungen zweideutig und machten es trügerisch, ihn zu deuten. Es konnte auch eine Grimasse sein. »In diesem Moment«, sagte er, »sind wir auf dem Weg nach Gatog. Es liegt ein Stück weit draußen. Natürlich sind wir nicht in der Lage anzuhalten, aber das ist kein großes Problem. Ein Minenfahrzeug ist bereits unterwegs, um in ein paar Wochen auf unserem Kurs zu sein. Ein einfacher Bergungsjob. Falls nichts dazwischenkommt. Wir sind sehr langsam. Unsere Feinde nähern sich mit zehnfacher Geschwindigkeit. Wir sind nicht bewaffnet. Die anderen schon. Und unglücklicherweise unsere Freunde ebenfalls. Es ist eine sehr heikle Sache, Elritze, Stunde um Stunde. Ein Schiff verbraucht Treibstoff; das gilt auch für die andere Seite. Jedes Manöver verändert den Abfangpunkt und den

Zeitplan. Wir sind die einzige feste Größe, weil wir nicht manövrieren *können,* nicht mehr als ein Planet oder Mond. Wir segeln einfach dahin. Und jede Stunde verbrennen die Schiffe dort draußen ein wenig Treibstoff, rechnen nach, entdecken, was der Feind tut, rechnen noch einmal, manövrieren und zünden wieder. Immer schneller. Es hängt davon ab, wie bereit eine Crew ist zu sterben, und an welchem Punkt sie sich festlegt. Für die nächsten unserer Freunde ist die Heimatwelt schon fast die Grenze zur Unendlichkeit: Sie sind nicht dafür gebaut zu landen, und wenn ihnen der Treibstoff ausgeht, können sie nicht mehr die erforderliche Vektorenänderung vornehmen und zurückkehren. Ein Gravitationsschacht ist ein gefährlicher Abhang, und ein Schiff, das alles verbraucht hat, kann sich sehr schnell in der Situation befinden, daß es haltlos bergab rutscht. Für unsere Feinde liegt die Grenze zur Unendlichkeit *in* der Unendlichkeit – oder bei irgendeinem Stern in hundert Lichtjahren Entfernung. Und irgend jemand könnte sie schließlich wieder zurückholen. Sie müssen nicht so tapfer sein. Oder so vorsichtig.«

»Was werden unsere Freunde tun?«

»Einige von ihnen sind Hatani.«

»Dann werden sie tun, was sie tun müssen.« Das Gildenhaus. Das Gelächter, das sich nicht mehr grausam anhörte, sondern unschuldig und tapfer. (In dem Moment wußten sie noch nicht, daß sie in solch unmittelbarer Gefahr waren. Selbst Hatani haben es nicht erkannt. Sie sahen die Ghota; sie wußten, daß Probleme Einlaß gefunden hatten, aber sie konnten sie noch nicht ganz überblicken.) »Sind sie bewaffnet?«

»Ja.«

Dorn sah sich um, betrachtete die Besatzung, die so unaufhörlich arbeitete, die ruhig über Funk sprach und manchmal untereinander Scherze trieb oder verrückte Sachen machte, zum Beispiel einen Bissen Nahrung zu einem anderen Mitglied von der Crew hinüberschwe-

Zwischendurch: [redacted] Wenn man in einer so angespannten Situation ist wie die Crew und nicht weiß, was auf einen zukommt, ist im wörtlichen Sinne „alles in der Schwebe“ – sogar die Nahrung. [redacted] Bei uns auf der Erde geht es da wesentlich bodenständiger zu. Da hat man ganz andere Möglichkeiten, Spannungszustände zu überwinden. Man legt einfach öfter mal eine kleine Pause ein und bereitet sich eine kleine Mahlzeit zu. Die läßt sich auf gewohnte Weise Schluck für Schluck genießen ... [redacted]

ben ließ, damit er ihn auffing. »Das sind tapfere Leute«, sagte Dorn, als stünde er am Fuß eines gewaltigen Berges. Er empfand diese Art Ehrfurcht, die in seinem Innern für Stille sorgte. Er dachte an Manan und seinen Copiloten, an das Flugzeug, das vor dem Mahlstrom davonflug, den das Shuttle gleich entfesseln würde. An die Frau vor der Shuttle-Luke, die ihn und Duun einschloß und selbst auf der zertrümmerten Welt zurückblieb.

An Sagot, die ihn zum Abschied küßte.

An Tangan, der es hinnahm, daß ihn ein alter Schüler verriet, und der einem weiteren neu angekommenen Jungen mit Freundlichkeit begegnete.

Tränen füllten Dorns Augen, und er wischte sie weg und merkte, daß Duun ihn ansah. »Entschuldige, Duun. Ich weiß nicht, warum ich das mache.«

»Weißt du immer noch nicht, daß ich das nicht kann?« fragte ihn Duun.

Dorn starrte ihn an, und die Tränenspuren auf seinem Gesicht trockneten.

»Duun«, sagte Weig. Und Duun begab sich zu ihm, um festzustellen, was Weig wollte.

»Wir haben nur noch zwanzig Stunden«, sagte dieser.

Dorn mußte auch mit dem Raumanzug üben. »Wenn wir getroffen werden, hast du dann zumindest noch eine Chance«, meinte Duun und öffnete den langen Spind, der sich an eine Seite der Brücke schmiegte und in dem Raumanzüge sich aneinanderkuschelten wie Embryos im Mutterleib. Duun zog einen heraus und schob ihn Dorn zu. Die Verschlüsse standen offen. »Probier ihn!«

Dorn krümmte sich zusammen und steckte die Füße hinein, kämpfte dann mit dem Rest. Duun zeigte ihm einmal, wie er die Verschlüsse handhaben mußte, und ließ ihn dann immer wieder üben, so lange, bis Dorn die

Hände weh taten. Duun zeigte ihm, wie die Rucksäcke an die Hinterseite der Sitze paßten und wie ein Automat an der Rückenlehne den Helm herabschwenkte und ihm in die Hand drückte. »So mußt du nicht stundenlang in der verdammten Montur sitzen«, sagte Duun und zeigte ihm dann die Luftschläuche zum Notvorrat des Shuttles, auch, wie er die Verbindungen wieder lösen und den Rucksack benutzen konnte. »Erst den Helm auf, dann die Verbindung lösen, und du hast genug Luft im Anzug, um den Rucksack zu holen und anzuschließen.« Duun zwang ihn, es immer wieder zu versuchen, bis er erschöpft war.

»Schlaf ein Weilchen«, sagte Duun anschließend. »Du wirst es brauchen.«

Dorn war erstaunt, daß Duun es so leicht tun konnte, festgeschnallt auf seiner Liege unten in ihrer Kabine. Und es wunderte ihn noch mehr, daß oben in der Betriebsamkeit und hellen Beleuchtung der Brücke Ghindi und Spart sich in einer Ecke neben den Wandschränken festbanden und sofort in tiefen Schlaf fielen, während Weig und Mogannen weiter am Computer arbeiteten. Dorn schnallte sich neben Duun an und versuchte einzuschlafen, schaffte es wenigstens, sich auszuruhen; aber das Flugzeug schlich als Alptraum in seinen Halbschlaf, und auch die Flucht – und Betans Tod.

Da schnallte er sich wieder los und schwebte hinauf zur Brücke, wo er Ghindi und Spart bei der Arbeit antraf und die beiden anderen schlafend. Der Computer tickte vor sich hin. Dorn näherte sich behutsam von der Decke her, hängte sich kopfunter über Ghindis Platz, ein Stück weiter hinter ihr, so daß er den Bildschirm sehen konnte.

Ghindi drehte ihren Sessel herum und blickte auf. Sie zeigte diesen Ausdruck, der typisch für Leute war, die ihm direkt ins Gesicht sahen; doch sie unterdrückte ihn sofort und zeigte einen, den Dorn nicht richtig deuten konnte: Erschöpfung? Traurigkeit? War es Zuneigung?

Es ergab keinen Sinn. Dorn drehte sich taumelnd um, indem er die Hand bei der Drehung zur Hilfe nahm. Vielleicht ergab Ghindis Gesicht mehr Sinn, wenn er es aufrecht sah.

»Es tut mir leid«, sagte er, weil er sie bei der Arbeit gestört hatte. Er wollte wieder verschwinden und sich unten verstecken, bevor Duun es herausfand.

Sie starrte ihn an. Verwirrung fügte sich zu der Mischung hinzu. Sie waren beide müde und ein wenig verrückt. Sie konnten sich einander nicht verständlich machen. »Wir bringen dich hin«, sagte sie.

(Nach Gatog?) Dorn war bestürzt. Er zeigte es wie ein Kind. Weniger wäre ihm gegenüber Ghindi unehrlich vorgekommen. »Bist du Kosan?« fragte er sie. Er erinnerte sich an die Piloten.

»Tanun«, benannte Ghindi ihre Gilde. *Tanun* – die Seefahrer-Gilde. Es kam Dorn passend vor.

»Ghindi«, sagte Spart von seinem Terminal her. »Wir haben wieder eine Zündung bei der *Kandurn* registriert.«

Ghindi drehte sich um, als wäre Dorn plöztlich aus ihrer Welt herausgefallen. »Es wird knapp für uns, nicht wahr?«

»Es wird knapp für uns. Ich denke, wir wecken lieber Weig und Mogannen.«

Dorn drehte sich, fand Halt für seinen Fuß und tauchte zur Luke hinunter, segelte hindurch in das matte Licht, taumelte gegen eine Wand und kam zum Halt. »Duun! Sie rufen die Crew auf! Es hört sich an, als würde die Zeit für uns knapp!«

Duun regte sich im Schweben und blickte zu ihm auf. »Wie knapp?«

»Ich weiß nicht! Ich kann es nicht genau sagen, außer, daß wir jetzt ein gutes Stück weniger Zeit haben, als wir vorher dachten; einmal waren es vierzig Minuten, und dann erfolgte wieder eine Zündung.«

Duun stieß sich vom Boden ab und schoß nach oben

wie ein Schwimmer zum Licht. Dorn stieß sich auch ab und folgte ihm.

Mogannen und Weig zogen sich gerade die Raumanzüge an. Vor einem Pult standen drei freie Sitze, die zurückgefahren und verriegelt werden konnten. Duun tat das mit den beiden, die ihm und Dorn zugewiesen waren, wenn sie sich auf der Brücke aufhielten. »Wenn es dazu kommt«, sagte Duun. »Anzug jetzt dichtmachen.«

Alles verlief sehr ruhig. Die Brückenroutine setzte sich fort, nur durchbrochen durch das Anlegen der Raumanzüge. Spart und Ghindi taten es nach den beiden anderen und kehrten dann zu ihren Plätzen zurück. Duun schwebte frei in der Luft, im Raumanzug, aber ohne Helm. Das Warten wurde langweilig. Dorns Herz, das erst in Panik geklopft hatte, konnte das nicht aufrechterhalten. Die Panik verebbte zu anhaltender Bedrückung. Er wollte etwas Wasser trinken. Falls er es getan hätte, hätte er es möglicherweise bedauert. Mit solchen geringfügigen Demütigungen zogen sich die schlimmsten Augenblicke dahin. Dorn dachte an jukkende Stellen, die ihm nicht zugänglich waren. Sein Schweiß sammelte sich im Raumanzug, konnte dort nicht verdunsten. Dorn hing mitten in der Luft und suchte im Sichtfenster nach anderen Ablenkungen, während die Zeit langsam dahinkroch und die mit Pieplauten eintreffenden Durchsagen methodisch über die verrückte Angelegenheit summten, daß Ghotanin sie zu töten versuchten. Die Schiffe überschritten jetzt die Grenzen ihrer Reichweite. Ruhige Stimmen berichteten die Tatsache und gaben ihnen Bezeichnungen wie ›Null-Rückkehr‹ und ›Wendepunkt Zero‹.

(Und, seltsam genug, man bekommt die Sterne gar nicht viel zu sehen. Man sieht sie vom Shuttle aus, wenn man von der Frontseite anfliegt ... Es ist schön.)

Ein Stern leuchtete auf, während Dorn zusah, wurde immer heller, und Dorns Herz schlug heftig. »Duun! Weig!« Der Stern wurde zu einer Kugel.

»Auf deinen Platz!« schrie Duun und schoß selbst dorthin. Dorn tauchte hinab, packte die Rückenlehne und zog sich an den Armlehnen hinein, packte nach den aufgerollten Gurten und begann sich anzuschnallen. Er blickte auf, nach vorne, wo der Stern gewesen war. Jetzt war er verschwunden. »Wo ist es?« Sie hatten nicht gedreht, konnten es auch gar nicht: Das Shuttle hatte längst keinen Treibstoff mehr.

»Den Helm«, sagte Duun. Dorn drückte den Schalter auf seiner Armlehne, zog den Verbindungsschlauch und den Kommunikationsstecker hoch und schloß beides an, als der Helm herabkam. Er schloß ihn fest an und wählte den dritten Kommunikationskanal. Der erste war vereinheitlicht, der zweite nur für Crewgespräche, der dritte nur für Nicht-Crewangehörige, also für ihn und Duun. Er konnte den eigenen Atem hören und den Duuns, und letzterer war gleichmäßiger als seiner.

(O ihr Götter, wie kann man sich nur an so etwas gewöhnen?)

Wieder tauchte ein Stern auf. Alles geschah lautlos. Nur die Atemgeräusche waren zu hören und die fernen Geräusche der Shuttlefunktionen, die allgegenwärtig waren, aber durch die Helme gedämpft.

Dorn wechselte zwischen den Kanälen, hörte die Gespräche der Besatzung und die eintreffenden Durchsagen. Schweiß sammelte sich auf seinem Körper, und ein Arm stand im Begriff einzuschlafen, bis er ihn verschob. (»Die verdammten Anzüge passen nie richtig«, hatte Duun gesagt.) Aber dieser Anzug war besser als die Fliegermontur, denn er saß lockerer.

(Noch ein Stern. Sind es Raketen oder Schiffe? Sind es sterbende Schiffe?)

Die Gespräche der Besatzung hörten sich für ihn sinnlos an, denn sie strotzten von Codes. Er schaltete wieder auf den dritten Kanal um. »Duun, was geschieht eigentlich?«

»Sie sind jetzt untereinander in Reichweite. Und wir

in ihrer, wenn auch die Genauigkeit uns betreffend viel geringer ist. Die Hatani haben sie abgefangen, sie ausmanövriert, falls sie nicht einen vorbeilassen. Wenn sie das tun, bekommen sie keine zweite Chance mehr, und auch wir könnten ihn nicht aufhalten.«

Die Blitze setzten sich fort. Dorn schloß die Augen und öffnete sie wieder, und er wünschte sich, er könnte es wagen, den Helm abzunehmen. Die Luft war kalt und stach in Hals, Nase und Augen.

»Das ist die *Ganngein*«, meldete sich Weig auf dem dritten Kanal. »Sie haben alle erwischt. Die Trümmer kreuzen unseren Kurs. Das ist alles.«

»Was ist mit der *Ganngein?*« wollte Duun wissen.

Eine Pause. »Null-Rückkehr. Dasselbe gilt für die *Nonnent.* Die *Ganngein* wünscht uns alles Gute und sagt, daß sie in Verbindung bleibt. Sie versuchen gerade, ihre Position zu bestimmen; sie sind aus ihrem Kurs geworfen worden.«

»Kann die Station nicht jemanden schicken?« fragte Dorn. »Oder die Heimatwelt?«

»Die Station ist in Ghota-Händen«, sagte Duun. »Unglücklicherweise. Die Hatani dort waren zu wenige. Aber es liegt jetzt kein Schiff mehr dort – die Hatani haben es sich geschnappt, dank den Göttern, andernfalls hätten uns die Ghotanin noch eingeholt. Es waren die Ghota-Außenposten, die dort draußen auf uns gelauert haben. Die Station hat noch ein Shuttle übrig, die Heimatwelt auch ein paar. Aber ein Shuttle kann die *Ganngein* nicht aufhalten. Es geht gar nicht darum, deren Masse abzubremsen, was auch schon unmöglich wäre. Es geht lediglich darum, ein Andockmanöver durchzuführen, um die Besatzung herauszuholen. Aber selbst dazu fehlen die erforderlichen Geschwindigkeiten.«

(Sphittis Stimme: »Hier jetzt ein Anwendungsproblem. Wenn du mitten in der Luft schweben würdest, ohne Reibung und ohne Schwerkraft ...«)

(»Das geht gar nicht.«)

(»Sagen wir einmal, es ginge.«)

(Winkel und Linien auf einem Bildschirm im Schulzimmer ...)

Die Crew und die der zum Untergang verurteilten Schiffe redeten lange miteinander, rein geschäftsmäßig.

»So sieht es aus«, hörte Dorn jemanden sagen. »Wir werden in den Schacht fallen – sieht so aus, als geschähe es in drei Tagen. Es könnte schlimmer kommen, zum Beispiel vier.«

»Wir haben verstanden«, antwortete Weig. Trauer klang in seiner Stimme mit. Dorn hörte zu und betrachtete die Lichtpunkte. Ein Arm und ein Bein waren eingeschlafen. Niemand machte Anstalten, sich den Raumanzug auszuziehen. *Die Trümmer kreuzen unseren Kurs.* Es fiel ihm wieder ein. Die beiden anderen Schiffe unterhielten sich eine Zeitlang. Keiner hatte bessere Nachrichten.

(Das hier ist noch schrecklicher als bei Flugzeugen. Diese Stille. Diese Unvermeidlichkeit bei Schiffen, die bei solchen Geschwindigkeiten aufeinandertreffen, über Entfernungen, die Tage benötigen. Bei Betan ging es schnell. Diese Männer und Frauen aber haben noch Zeit zu reden, zu essen und zu schlafen und noch dreimal wieder aufzuwachen, bevor sie über den Schacht fliegen und gefangen und hineingezogen werden, bevor der Aufschlag kommt.)

»... wir denken«, meldete die *Nonnent,* »wir denken, daß unser Winkel vielleicht für den Transit reicht. Genau wissen wir es noch nicht.«

»Dann entgeht uns eure Gesellschaft«, sagte die *Ganngein.*

Eine lange Pause. »Ja, wir verstehen.« Eine ruhige Stimme von der *Nonnent.*

»Seid nicht traurig. Das ist keine Reise, die wir unbedingt mit jemandem zusammen machen wollen.«

Hatani. Oder Tanun-Gilde.

Lange herrschte Schweigen. Schließlich tauchte ein

Loch im Weltraum auf, erst ganz klein, das dann größer wurde und die Sterne fraß. »Da draußen ist etwas, Duun. Worum handelt es sich?«

»Staub«, antwortete Duun. »Teilchen. Wir schalten die Lampen nicht ein. Wir sparen die Energie, die wir noch haben, und ausweichen können wir ohnehin nicht.«

(Wie weit kann es uns noch bringen? Was, wenn ein weitgehend funktionsfähiges Schiff auf unserem Weg liegt?)

(Dumme Frage, Dorn.)

Warten und nochmals warten. Alle Sterne waren verschwunden. Hin und wieder kamen Durchsagen von den Schiffen. Sie sprachen von der Wolke.

Die Störungen begannen. Die Sendungen brachen ab. Ein Geräusch drang durch den Helm, ein ferner Hammerschlag. Dann noch einer. Die Geräusche beschleunigten zu einem raschen Hämmern. Es hörte wieder auf.

»Wir sind immer noch drin«, sagte Weig. »Das wird ... uhh!«

Der Aufprall dröhnte durch den Körper des Shuttles und durch das Deck. Dorn umklammerte mit den behandschuhten Händen die Armstützen und vergaß den Schmerz. Eine Zeitlang war es still.

»Ist an der linken Tragfläche hängengeblieben«, sagte Mogannen. »Wir unterliegen jetzt einer leichten Drehung. Auf keinen ...«

Ein weiterer Aufprall. Und noch weitere, einer nach dem anderen. Dann Stille. Ein gelegentlicher Schlag, aber keine großen Schläge mehr.

(Stücke von den Ghotanin. Oder von einem der unseren. Wir fliegen durch eine Wolke toter Schiffe. Tot. Leichen. Oder Teile von ihnen. Blut würde dort draußen zu rotem Schnee gefrieren.)

Die Sterne kehrten zurück. »He!« schrie Weig. »Wir sind durch!«

(Für mich. Für mich und Duun, all die Toten zu Hause. Die *Ganngein* und die *Nonnent.* Ghota- und Hatani-Schiffe.)

»Da draußen ist ein Schiff«, sagte Spart, und Dorn blieb fast das Herz stehen. »Es ist die *Deva.* Sie wird uns in etwa neun Stunden aufnehmen.«

»Den Göttern sei Dank«, sagte Mogannen.

»Wir steigen aus«, erklärte Duun. »Sie können unsere Drehung nicht anhalten, um uns zu übernehmen. In Raumanzügen sind wir leichter zu handhaben.«

Die *Deva* schaltete ein Licht für sie ein. Es umkreiste sie. Das Shuttle drehte sich langsam, ein keilförmiger Schatten vor der Sonne. Trümmer hingen an einer Tragflächenkante und am Heck. Dorn spürte eine Berührung am Bein, und es war Duun, der an ihm zog, dann etwas manövrierte und ihn an der Hand packte. In ihrer Nähe bildeten drei der anderen eine Kette. Einer war noch frei, aber nicht in Gefahr. Das Leuchtfeuer der *Deva* kam zum Stillstand, strahlte zwischen den Sternen, eine weiße und blendende Sonne.

Die *Deva* war innen nicht so schön wie das Shuttle – bestand nur aus nacktem Metall und Plastik; aber Shonunin waren an Bord und hießen sie willkommen.

»Duun-hatani«, sagte der Kapitän.

»Schön, Sie zu sehen, Ivogi-tanun«, sagte Duun.

Dorn hielt den Helm in den Händen. Er sah die Blicke der anderen, der Crew, die ihn anstarrten, als wäre er ein seltsamer Fisch, den sie mit ihren Netzen aus dem Meer gezogen hatten.

»Das ist Haras«, stellte Duun ihn vor. »Hatani-Gilde.«

»Wir haben davon gehört«, sagte Ivogi-tanun.

FÜNFZEHNTES KAPITEL

Die *Ganngein* schwieg jetzt. Seit vier Tagen. Störungen verzerrten die Stimme der *Nonnent.* Die Heimatwelt sprach in Chiffren, und die *Deva* besaß keine entsprechenden Einrichtungen. Gatog antwortete stets, ebenfalls chiffriert, wenn es auch der Code der *Deva* war. Maschinen lasen ihn vor. Nur selten war eine Stimme zu hören, bis zuletzt, als Gatog im Sichtfenster der *Deva* aufschimmerte wie ein Häufchen Juwelen.

(Es wirkte unheimlich, bis wir es sahen. Es sieht aus wie ein Schmuckgegenstand. Warum befindet es sich hier draußen?)

»Duun, was ist Gatog überhaupt?«

Duun schwieg. Dorn zitterte und sah sich die Station von der Stelle auf der Brücke aus an, wohin Ivogi-tanun sie gerufen hatte. Es war idiotisch gewesen. Vielleicht lag es an den ganzen anderen Schrecknissen. Aber es schien keinen anderen Bestimmungsort zu geben. Die Heimatwelt und Gatog unterhielten sich an ihnen vorbei in irgendeiner rätselhaften Sprache, teilten Geheimnisse miteinander. Und die Heimatwelt hatte die *Ganngein* verschluckt ... »Ihr Götter!« hatte die letzte Durchsage von dort gelautet, oder sie hatte sich so ähnlich angehört. Dann nur noch Störungen, auch von der *Nonnent.* »Sie sind hinter den Planeten«, sagte Duun. Sie rechneten damit, daß die Funkverbindung wiederaufgenommen wurde. Aber das Schiff wurde nie wiedergefunden, obwohl die *Deva* bei Gatog nachfragte. »Wir haben es auch verloren«, meldete Gatog, eine der wenigen unchiffrierten Sendungen, die sie von diesem geheimnisvollen Ort empfangen hatten.

(Kann Schweigen hier so wichtig sein, bei dieser Entfernung von der Heimatwelt?)

Die Lichter strahlten vor dem Hintergrund der Sterne, weiß und golden, eine Ansammlung hier und eine weitere ein Stück weit entfernt.

»Fünf Minuten bis zum Bremsmanöver«, sagte Ivogi.

»Geh nach achtern!« sagte Duun zu Dorn. Die *Deva* verfügte über keine freien Sitze für sechs Passagiere. Sie mußten sich an einer schmalen Stelle sichern, wo das Schiff passende Einrichtungen für Passagiere während Manövern besaß. Dort gab es kein Sichtfenster, und auch sonst nichts außer Polsterungen. Dorn begab sich mit den anderen dorthin. Duun kam nicht mit.

Aber nach der heftigen Zündung kam er doch zu ihm. »Wir ziehen die Raumanzüge an und gehen hinüber«, sagte er.

Die *Deva* war ein kaltes und graues Schiff, erfüllt vom Geruch kalten Metalls, der Elektrizität, ihrer Körper, ihrer Nahrung und ihrer Ausscheidungen. Aber sie war andererseits ein nun vertrauter Ort, und Dorn sah sich in ihr um, während er seinen Raumanzug schloß. Er erledigte das eigenhändig und betrachtete die *Deva* und dachte an Sheons Wälder und an die Feuerstelle dort. Seine Gedanken sprangen von einem zum anderen. Von dort zu den glitzernden Lichtern.

(Duun, ich habe Angst. Ich will wieder auf den Planeten zurück, Duun, ich will zurück nach Hause. Ich habe dort manches kennengelernt, aber jetzt ziehe ich von einem Ort zum nächsten, und du veränderst dich, Duun, du entfernst dich von mir, sprichst mit Weig, sprichst mit Ivogi, redest eine Sprache, die ich nicht verstehe, und du hast dein Interesse an mir verloren. Du gehst immer weiter fort.)

(Sieh mich nicht so an. Plane nicht, mich zu verlassen. Ich durchschaue dich, Duun, und was ich dabei sehe, macht mir Angst.)

»Leben Sie wohl«, sagte Ivogi, und die Luke der *Deva* spie sie wieder aus, so unpersönlich, wie sie sie aufgenommen hatte.

Dorns Hand erstarrte in all dieser unversöhnlichen Dunkelheit an der Manövriervorrichtung. Er schwebte dahin. Sein Blick wechselte heftig von Licht zu Licht zu Licht – und er sah eine große aufgehängte Schüssel, groß wie ein Haus oder dicht vor ihnen: Seine Augen konnten die Perspektive nicht abschätzen. Ein Metallgewebe erstreckte sich in die Ferne und verdünnte sich dort zu bizarrem Filigran, und es war gesprenkelt mit funkelnden Lichtern. »Gatog«, sagte Duun mit durch den Lautsprecher verfremdeter Stimme. »Diese Schüssel ist das große Ohr. Es lauscht. Ebenso wie ein weiteres, ein beträchtliches Stück weiter draußen im Sonnensystem. Im Orbit um Dothog.«

(Wonach lauscht es?) Aber Dorn konnte keine Frage mehr stellen. Seine Seele war taubgehämmert durch zu viele Antworten. Duun zog an ihm und drehte ihn, richtete ihn auf ein neues *Unten* aus, mit einem solchen Wechsel der Perspektive, daß sein Gleichgewichtssinn ihm einen Schrecken einjagte.

Ein großer Abgrund gähnte vor ihm, ganz in grünes Licht getaucht: Er erstreckte sich durch einen riesigen rotierenden Schacht zu einem Kern; und Dorns periphere Sicht formte diesen zur Nabe eines gewaltigen Rades.

Wieder eine Drehung, und dort waren Weig und die anderen, die Duun und ihm den Rücken zukehrten und zu einem großen beleuchteten Gerüst blickten, das irgend etwas festhielt – etwas, von dem die Lampen nicht ganz die Dunkelheit vertreiben konnten. Es wirkte älter als die schimmernden Träger, die es umfaßt hielten, und es war ein Metallzylinder, der nicht mehr glänzte.

»Das ist ein Schiff«, sagte Duun. »*Das* Schiff.«

Dorn schwieg. Er hing dort verloren, nur von Duuns Hand gehalten. Er wünschte sich gar nicht mehr, im *Innern* zu sein, wo immer das auch sein mochte, wollte es gar nicht mehr lieber, als für immer hier draußen im Schein dieser Lichter zu schweben. (Ist das der Ort? Ist es das, was soviel kostet? Muß ich noch weiter, oder ist dies für uns der Punkt, um anzuhalten? Duun, Duun, ist das deine LÖSUNG?)

Duun hielt ihn weiter an der Hand und tauchte nach unten (oder oben) in den Schacht, der so grün war wie Sheons Blätter. Die Wände wirbelten und kreisten um sie herum.

Im Herzen des Schachtes, in der Nabe, war eine Luke, die goldenes Licht verströmte. Sie schwebten hindurch, gefolgt von Weig und den anderen.

Dann ging die Luke zu, und sie befanden sich in einer weiten Kammer mit mehreren Metallstangen darin sowie einem Schild, das zeigte, wo *unten* war. Duun packte eine Stange, während er weiter Dorn festhielt; auch Mogannen und Ghindi verschafften sich Halt, und Spart und Weig nahmen eine weitere Stange. Ein heftiger Schlag erfolgte, der sie ins Schwanken brachte und hochriß.

»Festhalten«, sagte Duun, als Dorn selbst nach der Stange griff. »Es passiert gleich noch einmal. Wir sind auf dem Weg zum Rand.«

Es war wie auf einem fahrenden Schiff; Die Bewegung *abwärts* fühlte sich auf einmal erschreckend *seitwärts* an, und der Zylinder schien langsam zu kippen, als er mit einem Ruck zum Halten kam und die Tür aufging.

Helfer warteten draußen, Männer und Frauen in normalen Kilts, die ganz weiß waren. Duun nahm seinen Helm ab. Dorn und die anderen folgten seinem Beispiel.

(Schaut euch satt. Starrt mich an.) Dorn hielt den Blick abgewandt und reichte seinen Helm einer Frau, ohne sie anzusehen. »Sey Duun«, sagte ein Mann. »Man würde gern im Büro mit Ihnen reden.«

»Man wird sich schon zu mir bemühen müssen«, versetzte Duun. Er schälte sich aus dem Anzug, setzte sich und zog die Stiefel aus. Ein Helfer wollte das Gepäck aufheben, aber Dorn machte eine Bewegung dorthin und trat auf den Riemen. Der Helfer überlegte es sich anders. Und Duun lächelte mit der verzerrten Seite. Es war richtig gewesen. Nach einer so langen Reise wußte Dorn etwas, wenn es auch nur etwas so Geringes war. Sie faßten ihn nicht an und auch nicht Duun, und sie ließen die Finger vom Gepäck.

Weig und seine Crew verabschiedeten sich. »Duun-hatani«, sagte Weig, und sonst nichts. Er schien bewegt. »Weig-tanun«, sagte Duun, »wenden Sie sich an mich, wenn etwas schiefgeht.« Er lächelte verzerrt. »Nicht alle meine Lösungen sind so verflucht schwierig.«

»Ich werde es nicht vergessen«, sagte Weig und führte seine Leute weg; aber Ghindi blickte einmal zurück, und Dorn spürte, wie sich etwas in seinem Herz regte.

»Komm!« sagte Duun und stand auf. Sie mußten durch eine andere Tür, die sich zu einem schmalen Spalt öffnete.

(Röhren. Der Ort, der sich dreht. Röhren und Leute wie ich ...)

Aber solche Leute waren hier nicht zu finden. Dorn nahm das Gepäck und folgte Duun den verlassenen Korridor entlang, der sich nach oben krümmte und sie in einen anderen Raum führte.

Hatani warteten dort auf sie, insgesamt drei. Dorn sah die grauen Umhänge und empfand tiefe Erleichterung. »Tagot, Desuraan, Egin«, stellte Duun sie vor. »Haras.«

Höflichkeiten wurden ausgetauscht. Dorn verneigte sich und blickte wieder auf, in vorsichtige Hatani-Gesichter, die niemandem ihre Gefühle offenbarten. Dorn hielt das Gepäck mit Händen, an denen noch die letzten Fetzen von dem Gel hingen, und es war, als hätte er in einem tobenden Sturm der Gefühle anderer gestanden, der Ängste und Bedürfnisse anderer, und jetzt plötzlich Ruhe gefunden.

»Wir ruhen uns aus«, sagte Duun.

»Duun-hatani. Haras.« Tagots Hand wies ihnen den Weg, und er ging mit ihnen, gefolgt von den anderen, und diese Ordnung wurde mit nur angedeuteten Gesten hergestellt, die keinen Zweifel daran ließen, daß Duun sie hinter seinem Rücken duldete. Dorn schlang sich den Trageriemen über die Schulter und ging ein wenig hinter Duun, zerzaust und mit einem erneut wundgeschürften Knie, mit den roten Narben von Verbrennungen an den Händen, das Haar locker und stets dabei, ihm über die Augen zu fallen. Aber auch Duun war narbig, und auch Duuns silbernes Fell war an den Schultern und am Kreuz schweißfleckig.

(Haben wir endlich einen Platz gefunden? Hatani leben hier. Ist dies ein Platz, von dem wir nicht mehr vertrieben werden?

Sie kamen an Türen vorbei; sie fuhren mit einem Aufzug zwei Stockwerke tiefer; sie folgten einem gebogenen Gang, der der Stadtturm in einem verzerrten Spiegel hätte sein können.

Sie öffneten eine Tür; ein Hatani wartete dahinter in einem kurzen Gang und öffnete eine weitere Tür für sie. Sie führte in einen Raum mit kahlem Fußboden, der erhöht war, so als wäre er eine einzige Erhebung, auf der weitere Erhebungen errichtet waren. Die Wände waren kahl und weiß. Ein älterer Hatani wartete hier. »Eure Zimmer sind sicher«, sagte er und ging hinaus, ruhig, ökonomisch, nachdem er alles gesagt hatte, was gesagt werden mußte.

»Essen, Bad, Bett«, sagte Duun. Dorn setzte das Gepäck ab, und Duun öffnete es und holte seinen Umhang hervor. Ein weiterer Umhang war hineingewickelt. »Das ist deiner.« Duun legte ihn auf die Erhebung. »Wenn du ihn brauchst.«

Dorn sah ihn an und dann Duun. Und Duun ging weg, auf der Suche nach den Dingen, die er genannt hatte.

Sie waren hier nicht endgültig in Sicherheit, wie Duun wußte. Überall, wo man Shonunin fand, bestanden Möglichkeiten zur Korruption und dazu, ein Ziel zu treffen. Die Ghotanin hatten in Gatog Eins gedacht, sie hätten sich mit dem Shuttle das verwundbarste Ziel ausgesucht; bei Gatog Zwei würde der Kampf wahrscheinlich näher an der Station selbst stattfinden, aber die Ghotanin konnten es sich auch anders überlegen und ihre Aufmerksamkeit hierher lenken. Die Dallen-Gesellschaft bezahlte sie nicht mehr. Es bestand die Wahrscheinlichkeit, daß sie jetzt versuchen würden, die planetennahe Station zu halten und Tangan matt zu setzen, der mit seinen Kosan- und Tanun-Verbündeten die Shuttlehäfen und die planetengebundenen Steuerungen der Satellitenverteidigung kontrollierte. Mit diesen wenigen Shuttles würden nicht viele in den Weltraum gelangen. Für die meisten Leute auf der Heimatwelt war der Weltraum jetzt außer Reichweite, vielleicht für viele Jahre, und die planetennahe Station der Schiffe beraubt, falls die Ghotanin die wenigen riskierten, die sie bislang außerhalb der Konfliktzone gehalten hatten.

Duun trottete in das abgedunkelte Schlafzimmer und gab sich dabei nicht viel Mühe, ruhig zu sein; und erschöpft, wie Dorn war, wachte der Junge wahrscheinlich auf. »Ich bin's, Duun«, sagte dieser. »Schlaf weiter! Ich habe etwas zu erledigen. Hatani stehen vor jedem Eingang zu diesen Räumen, und ich kenne sie. Also schlaf weiter.«

Dorn regte sich in seinem Bett, drehte sich auf den Rücken und blickte in dem Dämmerlicht zu Duun auf. Dorn roch hauptsächlich nach Seife. Er hatte sich gewaschen und rasiert. »Du kommst wieder zurück?«

»O ja.« (Also spürt er etwas.) »Schlafe tief, Dorn. Hier kannst du es. Bei denen, die draußen wachen. Entspann dich!«

Duun ging, und diesmal schloß er die Tür.

Duun war wieder zurück, begleitet von Besuchern. »Wer sind sie?« erkundigte sich Dorn beim Frühstück. »Leute, die dich sehen wollen«, sagte Duun und bedachte ihn über den unvertrauten Tisch hinweg mit einem zurückhaltenden und kritischen Blick. »Iß zu Ende und sorg dann dafür, daß du vorzeigbar bist. Ich möchte nicht beschämt werden.«

Dorn stellte den Teller vor seinen Knöcheln ab und legte den Löffel hinein. »Nein, iß zu Ende!« sagte Duun. »Du hast noch Zeit. Du hast Gewicht verloren.«

»Ich hab das Zeug noch nie gemocht.« Es war das grüne Hackfleisch, das er zu Hause jeden Tag auf dem Teller hatte. Es schmeckte wie das Fischöl in seinen Tabletten. Von denen er als Kind einmal eine zerbissen hatte. »Mir ist ohnehin schon schlecht.«

»Machen die Leute dir Sorgen?«

(Fehlt dir etwas, Elritze?)

»Ihre Gesichter schreien mich an«, sagte Dorn. Es war die beste Formulierung, mit der er es erklären konnte.

Duun betrachtete ihn, reglos wie ein Teich im Winter. »Zu viele Bedürfnisse suchen dich heim, nicht wahr, Haras-hatani?«

»Duun, wie sieht es zu Hause aus? Hast du etwas von dort gehört?«

(Er will diese Frage nicht beantworten. Er will sie überhaupt nicht hören.) »Sagot wünscht dir alles Gute«, antwortete Duun.

(Er lügt, ganz sicher lügt er! Er kann sein Gesicht gut dabei beherrschen.) Aber es sah doch so aus wie die Wahrheit. (Sagot in ihrem Zimmer, wo sie auf mich wartet ... o ihr Götter, ich will nach Hause, Duun!)

»Ich bin froh«, sagte Dorn. »Richte ihr das von mir aus!«

»Ich gebe es weiter. Iß dein Frühstück!«

Dorn drehte sich auf der Erhebung um und schwang die Beine hinunter, verfehlte dabei die Teekanne.

»Dorn.«

Dorn hielt inne; es war ein Reflex.
»Zieh deinen Umhang an!« sagte Duun.

Sie waren größtenteils alt, die Besucher, zwei von ihnen sogar sehr alt, gezeichnet von der bleichen Maske des Alters: ein Hatani und ein Vertreter der Kosan-Gilde. Ein paar Shonunin mittleren Alters waren auch da, einer mit dem dunklen Kamm der Rigon, einer mit der Silberspitze der eisigen Insel Soghai: Dorn hatte von solchen Leuten gehört, aber noch nie einen von ihnen gesehen. Dies hier war eine Frau, eine Hatani, und sie war die schönste Frau, die er je gesehen hatte. Sogasi, stellte Duun sie vor, und Dorn speicherte diesen Namen in seinem Gedächtnis, wie er auch die Namen der anderen verstaute, in ihrer Reihenfolge und nach der Gilde, Hatani und Tanun und Kosan. Der Tanun starrte ihn mit der Offenheit an, die er auch schon bei Ghindi und Weig und den anderen gesehen hatte; der Blick des Kosan zeigte etwas wie Furcht und Verlangen. Die Hatani schirmten ihre Gefühle vor ihm ab, und er war dankbar dafür.

Die Besucher redeten ihn nicht an. Nur wenige sahen ihm auch nur direkt in die Augen, aber die Hatani taten es. (Danke, übermittelte Dorn ihnen, indem er sein Gesicht etwas entspannte, und er erhielt diese Nachricht mit dem bloßen Zucken des Muskels über einem Auge zurück.) »Wir unterhalten uns später«, sagte der alte Kosan zu Duun. »Sagen Sie ihm, daß wir uns freuen, ihn gesehen zu haben«, fügte ein Tanun hinzu, und Dorn freute sich jetzt noch mehr über den Hatani-Umhang, der ihm etwas Schutz verlieh und ihm erlaubte, für ihre Augen noch mehr zu sein als nur mit einer glatten Haut und Andersartigkeit ausgestattet. »Danke«, sagte Dorn leise für sich selbst, ohne auch nur eine Andeutung von seinem Schmerz. »Es war eine lange Reise, Voegi-tanun. Ich wünschte, andere hätten es auch bis hierher schaffen können.«

Er schockierte sie irgendwie. Er drängte sich einfach in das Gespräch, jedoch mit einer Höflichkeit, die er für richtig hielt und die zumindest echt war, und er weigerte sich, sich etwas daraus zu machen, ob sie ihn anspuckten oder sich bei ihm bedankten. Er hatte es versäumt, das zu Ghindi und Weig zu sagen; zu der Frau an der Luke; zu den Piloten und zu Sagot. Er jagte Voegi Angst ein. (Dieser Mann hat gar nicht mit mir sprechen sollen, und er denkt jetzt, er hätte etwas getan, was seine Gilde mißbilligen wird.) Tanunin schrien mit ihren Bewegungen alles hinaus, was sie empfanden, auch Voegi jetzt mit dem kleinen Schritt rückwärts, dem Rückzug in die Nähe seines Älteren, den nach hinten gelegten Ohren. Auch die anderen Tanunin bewegten sich, machten vage Verbeugungen und trafen alle Anstalten, zu gehen. Die Kosanin waren noch deutlicher. Der älteste Hatani blickte zu Duun und erhielt seine Entlassung. Also drehten sich die Hatani um und wiesen den anderen den Weg hinaus.

»Was sollte das?« erkundigte sich Dorn.

»Komm, folge mir!« sagte Duun.

Sie durchquerten nach vielen Korridoren einen großen Raum, wo eine Handvoll Arbeiter in weißer, den ganzen Körper bedeckender Kleidung an Terminals beschäftigt waren. Überall Computer, Reihen auf Reihen überwiegend unbesetzter Erhebungen. Die wenigen anwesenden Arbeiter drehten sich neugierig um und machten schockierte Gesichter, und einer nach dem anderen standen sie auf. »Bleiben Sie sitzen!« sagte Duun. Seine ruhige Stimme drang bis zu den Wänden dieses gewaltigen Raums und unterbrach alle derartigen Bewegungen. Mit noch leiserer Stimme fügte er hinzu: »Das hier ist das Kontrollzentrum. Im Moment kommt nichts herein; die Tätigkeiten hier beschränken sich auf das Haushalten.«

»Was machen sie überhaupt?« fragte Dorn, da er sich aufgefordert fühlte, Fragen zu stellen.

»Sie überwachen die Einrichtungen.« Duun führte ihn in die nächste Ecke des Raums und benutzte eine Karte, um die Tür eines Aufzugs zu öffnen. Es war dieselbe Art Aufzug, mit der sie ins Rad hineingefahren waren. Dorn packte die nächste Haltestange, als die Tür zuging. Sie beide hielten sich fest.

»Wohin fahren wir?« wollte Dorn wissen. Duuns Zurückhaltung machte ihn ganz verrückt. (Aber was würde ich schon erfahren, wenn er mir etwas sagte? Er kann mir nichts mitteilen. Er kann mir nur Rätsel aufgeben, damit ich den Dingen selbst auf die Spur komme, so gut ich kann.)

»In der Zukunft«, antwortete Duun. (Die Wahrheit und die Unwahrheit.) Der Aufzug verlagerte sich, und die stärkste Kraft war die, mit der sie sich an der Stange festhielten, während andere Kräfte mehr oder weniger vieldeutig schienen und sich veränderten und überlagerten. »Du hast die Heimatwelt gesehen in all ihren Aspekten, vom einfachsten bis zum vielschichtigsten; ihre Vergangenheit; ihre Gegenwart; du bist nun in Gatog: Erkennst du kein Paradoxon?«

»Ich bin hilflos, Duun. Sollte ich es denn erkennen?«

»Deine Welt heißt Wandel. Fluß und Wechsel.«

»Fahren wir wieder nach Hause?«

»Ist das deine Frage?«

Der Wagen verlagerte sich erneut und schien die Richtung gewechselt zu haben. Dorn umklammerte die Stange und blickte zur Kontrolltafel und dann wieder zu Duun. »Wir haben den Kern durchquert«, erklärte dieser. »Jetzt fahren wir wieder nach außen.«

»Warum haben sie mich erschaffen, Duun?«

Duun begegnete verspätet seinem Blick. Duuns Gesicht zeigte eine schreckliche Erheiterung. Der narbige Mund spannte sich an der verletzten Stelle. »Ist das die Frage? Ich beantworte sie.«

»An diesem Ort?« Dorns Herz jagte. Die Panik setzte ihm zu. »Komme ich von hier? Von *hier?*«

»Ich werde dir etwas zeigen. Wir sind gleich da.«

(Ich will es nicht sehen! Halt ein, Duun! Duun, *erzähl* es mir, zeige mir nichts!)

Der Wagen wurde langsamer; drehte sich und hielt mit einem heftigen Ruck an. Die Tür öffnete sich zu einem Raum, der dem, von wo sie kamen, sehr ähnelte. Hier waren jedoch sämtliche Erhebungen unbesetzt und die eingebauten Monitore dunkel. Dorn folgte Duun aus dem Aufzug. Der Boden war kahl und kalt, wie alle Böden in dieser Station. Wie auf einem Schiff. Wie in einem Labor. Kein Fuß hinerließ Spuren. Nichts blieb zurück, wenn man hindurchging, keine Andeutung von Zeit oder Wandel. Es belastete Dorn. Er sah Fenster. Duun drückte einen Schalter an der Wand, und entlang der gegenüberliegenden Wand wurden die Fenster lebendig und zeigten die Lichter, die Träger und die seltsamen Formen, die Gatog ausmachten.

»Das ist vielleicht ein Anblick, wie?« meinte Duun. »Siehst du nicht die Diskrepanzen?« Duun ging zu einem Pult und drückte einen Knopf.

Geräusche setzten ein, von Störungen durchsetzt, ein zischendes Prasseln. »... Stopp ...«, sagte eine Stimme; es war tatsächlich eine Stimme. »... ihr ... Planet ...«

(Ihr Götter! Ihr Götter – *die Bänder!*)

Duun drückte einen weiteren Knopf. (Ein Piepen. Ein Wort. Zwei. Wort ...) Dorn trat auch an die Konsole und lehnte sich neben Duun darauf. Sein Herz hämmerte heftig. »Es kommt von hier.«

Duun schaltete die Geräusche ab. Die Stille war betäubend. Duun ging weg, den Gang hinauf zur Illusion der Fenster, und Dorn folgte ihm auf diesem Boden, auf dem keine Spuren zurückblieben, und blieb stehen, als die Fenster sein ganzes Blickfeld ausfüllten. Duun hob den Arm und deutete nach draußen. »Das ist es, was das Ohr auffängt. Es lauscht, Elritze, es lauscht nach draußen, über dieses Sonnensystem hinaus. Und was nennt es uns?«

»Zahlen.« Dorn blickte hinaus und verlor jedes Gefühl für oben und unten. Seine Sicht taumelte zwischen Lichtern, der Gestalt Gatogs und den gelegentlichen hellen Sternen, und Duun war ein grau behängter Schatten vor dieser bodenlosen Leere. »Es spricht von den Sternen, den Elementen ... Hör auf zu spielen, Duun! Wer sendet das alles?«

»Leute.« Duun wandte sich ihm zu. »Leute wie du, Elritze.«

Es war sehr still im Raum. Es hatte nie eine solche Stimme gegeben. Nirgendwo war eine solche Stimme zu vernehmen. Die Fenster waren eine Illusion, und die Welt war eine.

»Nein, Duun.«

»Weißt du es besser?«

»Verdammt noch mal, Duun ... *tu mir das nicht an!*«

»Du wolltest eine Antwort. Es bleibt noch eine Frage. Willst du sie stellen?«

»Wer bin ich?«

»Ah.« Duun trat ans Fenster und verdeckte ein Licht. »Du bist ein genetischer Code. Ich ebenfalls. Aber deiner ist anders.«

»Ich bin kein Shonun?«

»O ihr Götter, Elritze, das weißt du doch schon seit Jahren!« Duun sah ihn an, ein Schatten im Zwielicht vor dem hellen Hintergrund, grau vor der Leere. »Du wußtest nur nicht, was du sonst sein könntest. Die Welt enthielt alles, was dir möglich schien. Ich habe dich erschaffen. Einen Code in eine Eizelle einführen, und es war nicht der erste Versuch. Tausende von Versuchen fanden statt, bis die Meds es herausgefunden hatten. Eine ganze Technologie war dazu nötig; den größten Teil hatten wir schon – unsere eigene Leistung. Aber du warst ein besonderes Problem. Und du warst – der Erfolg. Sie brachten dich zu mir. Sie wollten es nicht; sie hatten sich so hart darum bemüht, dich zu erzeugen. Glaubst du mir, Elritze? Sage ich die Wahrheit?«

»Ich weiß es nicht, Duun.« Dorn wollte sich setzen. Er wollte irgendwohin gehen. Er sah keine Zuflucht auf diesem Boden, unter diesen Fenstern.

»Es ist die Wahrheit«, sagte Duun. »Das Ohr fängt diese Botschaften auf. Vielleicht liegt es irgendwie an den Gehirnbahnen; vielleicht hat es etwas damit zu tun, das eigene Gesicht zu kennen. Vielleicht liegt es an beidem, daß du die Laute auf den Bändern perfekt wiederholst; kein Shonun kann mit diesen vielen Konsonanten fertig werden – kein Shonun kann die Ausdrücke der Gesichter auf diesem Band lesen – außer vielleicht mir, vielleicht manchmal auch Sagot. Du hast es mir beigebracht. Du hast mir deine Reflexe und deine innersten Gefühle beigebracht; und als wir dir den Wortschatz vermittelt hatten, warst du in der Lage, selbst dahinterzukommen. Vielleicht liegt es an den andersartigen Gehirnbahnen, die Götter allein wissen es. Du fingst an, damit klarzukommen. Dazu bist du erschaffen worden.«

»Um hier zu leben? Um *damit* zu arbeiten?«

»Sagt dir das nicht zu?«

»Duun – bring mich nach Hause. O ihr Götter, bring mich wieder nach Hause!«

»Haras, brich hier nicht vor mir zusammen. Du bist nicht soweit gekommen, um mich wie ein Kind anzubetteln.«

Dorn ging näher zum Fenster und stellte sich mit dem Rücken dazu. Damit ersparte er sich den Ausblick. Damit setzte er Duuns Gesicht ins Licht und das eigene ins Dunkel. »Komm mir nicht mit Tricks! Ich kann nicht ...« (*Kann nicht,* Elritze?) Schweigen trat ein.

»Die Sendungen treffen in regelmäßigen Abständen ein«, sagte Duun mit ruhiger und gleichmäßiger Stimme. »Sie wiederholen sich zum größten Teil. Was sagen sie?«

»Ich habe es dir schon gesagt.«

»Du ermutigst mich.«

»Wozu?« Dorn blickte zum Fenster hinauf; die Perspektive zerstörte die Illusion und verwandelte sie in eine bedeutungslose bloße Mischung aus grellem Licht und Dunkelheit. Er zuckte davor zurück und drehte sich wieder um. »Ist das der Grund, warum sie Angst vor mir haben?«

»Ich habe ein Alien angenommen, es gehalten, es gefüttert und gewärmt – es war klein, aber es würde noch wachsen. Ich nahm es mit hinauf auf einen Berg und lebte allein mit ihm. Ich schlief mit ihm unter einem Dach, ich machte es wütend, ich ermutigte es und trieb es an – und ich hatte Alpträume, Elritze, in denen ich davon träumte, daß es sich gegen mich wandte. Manchmal, wenn ich es hielt, kriegte ich eine Gänsehaut. All das habe ich gemacht.«

(Duun ... O ihr Götter ...) Es ging schon über jeden Schmerz hinaus.

»... Ich war ihm gegenüber mehr als fair. Ich gab ihm alles, was ich hatte. Ich tat einen Schritt nach dem anderen. Ich machte einen Shonun aus ihm. Ich lehrte es; stritt mit ihm; entdeckte seine Gedanken und vermittelte ihm Schritt für Schritt alles, was ich wußte. Jede Chance. Du wuchsest zu einem Shonun heran. Niemand wußte, was davon zu erwarten war. Als ich Ellud sagte, ich würde dich zu einem Hatani machen, war er entsetzt. Als die Welt es erfuhr, brach beinahe Panik aus. Egal. Das drang nie bis zu dir. Als ich Ellud sagte, ich würde dich zur Gilde bringen – na ja, Hatani war schon schlimm genug; ihre Urteile sind nur begrenzt. Aber dich in die Gilde zu führen – das war ein Erdbeben. Und du hast gewonnen. Du hast Tangan gewonnen. Du hast alles erreicht, Elritze.«

»Liebst du mich, Duun?«

(Zustoßen und ausweichen.) Duuns vernarbtes Ohr zuckte, und er lächelte. Dieses Lächeln spiegelte Trauer und Zufriedenheit zugleich. »Das ist eine Hatani-Frage.«

»Ich habe beim besten gelernt.«

(Ein zweiter Angriff.) Duuns Mund spannte sich an der vernarbten Seite. »Ich will dir eine Geschichte erzählen, Elritze.«

»Ist sie gut?«

»Sie handelt davon, wie ich meine Finger verlor. Du hast es dich immer gefragt, nicht wahr? Das dachte ich mir. Niemand stellt an seine Verwandten die Fragen, die ihn wirklich interessieren – nachdem er herangewachsen ist. Und man kommt niemals auf die guten Fragen, bis es bei weitem zu persönlich geworden ist, sie zu stellen.«

»War es mein Fehler?«

»Ah, ich habe deine Deckung durchbrochen.«

»Erzähl mir die Geschichte, Duun!«

»Wir waren ausgesprochene Anfänger – ich bin sicher, daß Sagot dir das meiste davon erzählt hat. Die Tanun-Gilde führte uns in den Weltraum; zunächst war es nur ein bloßer Halt dort. Der Mond. Eine Station. Dann kamen die Gesellschaften nach. Wir hatten da und dort wissenschaftliche Stützpunkte. Die Hatani-Gilde, Ghota, Tanun – da und dort auch Kosan, aber nicht viele. Eine Menge normale Leute, die taten, was normale Leute tun – Geld machen, überwiegend. Oder etwas lernen. Der Welt ging es damals ziemlich gut. Dann tauchte ein Schiff auf.« Duun hob das Gesicht etwas, eine Geste in Richtung des Fensters und der Lichter. »Das Schiff da draußen.«

»Kein Shonun«, sagte Dorn.

»Kein Shonun. Es war ganz schön übel zugerichtet, als ich es zum ersten Mal zu Gesicht bekam. Es ist nicht klar, was zu Anfang passierte. Es jagte der Dothog-Mission einen höllischen Schrecken ein, und jemand fing an zu schießen. Niemand weiß genau, welche Seite. Es handelte sich natürlich um Ghotanin. Es blieb nicht genug von ihnen übrig, um die Verantwortlichen festzustellen. Aber das Schiff verließ danach nicht das Sonnensystem – es war zu schwer beschädigt. Es flog weg, schneller, als es irgend jemand glauben wollte; Ghotanin und Kosanin verfolgten es, so gut sie konnten ... wir konnten einander zumindest immer mitteilen, wohin es sich wandte. Und während der nächsten zwei Jahre verfolgten wir dieses Schiff und schossen darauf. Wir. Tangan hatte mich heraufgeschickt. Ich war zuerst nicht Leiter der Mission, aber ich überlebte länger. Wir schlugen ständig auf das Schiff ein; wir verloren selbst Schiffe. Seine Manöver wurden langsamer. Wir wußten, daß es Nachrichten funkte. Wir wußten, daß es sie zu jemandem außerhalb des Sonnensystems funkte, und wir brachten es schließlich zum Schweigen. Wir fraßen es stückweise weg, und endlich hatten wir es auf eine Geschwindigkeit heruntergedrückt, mit der wir mithalten konnten. Wir enterten es. Einer von ihnen war noch am Leben. Wir versuchten, ihn lebendig gefangenzunehmen. Das war mein Fehler.« Duun hob die verstümmelte Hand, die Handfläche nach außen gewandt. »Er erwischte alle, die von uns übriggeblieben waren. Eine einzelne Explosion. Ich kam durch und erwischte ihn. Ich tötete ihn. Wir fanden später heraus, daß das Schiff so eingerichtet war, daß er es hätte zerstören können. Aber er tat es nicht. Wir fanden vier weitere, im Vakuum erstarrt. Und ihn. Vielleicht war er verrückt geworden. Vielleicht glaubte er, noch etwas länger leben zu können. Vielleicht hatte er Angst, auf diesen letzten Trick zurückzugreifen. Aber ich kam zurück. Wir bargen das Schiff mit allem, was es enthielt.

Es veränderte die Welt, Dorn. Bis dahin hatten wir geglaubt, allein zu sein. Und dieses Ding war ein Alptraum. Zwei Jahre. Zwei Jahre, in denen wir ihm alles entgegenwarfen, was wir hatten, und sie hatten nur fünf Leute an Bord. Nur fünf! Sie zerstörten fast unsere Welt. Was sie uns gekostet haben ... o ihr Götter! Nichts blieb, wie es war. Panik herrschte. Sie kamen zu mir, die Ratsmitglieder. Ich war nun sehr berühmt. So war es in den ersten Tagen; wir hatten das Schiff verdammt nahe an der Heimatwelt aufgehalten, und darum hatten wir auch so erbittert gekämpft und hatte es uns so viel gekostet. Der Rat bat mich, etwas zu tun. Tangan hatte sie abgewiesen. Ein Hatani-Urteil? fragte ich sie. Ist es das, was ihr wollt? Wir geben dir alles, sagten sie, jede erdenkliche Hilfe. Unsere volle Unterstützung. Ich sagte ihnen, sie wären Dummköpfe. Sämtliche Provinzen hämmerten an ihre Tür und verlangten Maßnahmen; sie wurden von den Gesellschaften bedrängt, den Gilden, die alle in unterschiedliche Richtungen drängten, und Kosan und Ghota, die uneins waren. Du bist dort draußen gewesen, sagten sie; gib uns eine Lösung. Ich nahm sie beim Wort.« Duun deutete zum Fenster. »Ich wußte, daß Funkbotschaften von diesem Schiff ausgestrahlt worden waren, während wir es jagten. Ich dachte, es könnten Antworten eintreffen, die wir nicht hörten. Ich rief Wissenschaftler zusammen. Ich befahl, Gatog zu bauen. Ich befahl, das Schiff zu untersuchen. Ich befahl, es nachzubauen, wenn es möglich war. Ich befahl – dich zu erschaffen. Du bist er, Dorn, du bist der Mann, der auf diesem Schiff war. Geboren aus seinem Blut, seinen Zellen. *Du bist mein Feind!* – Ich stellte dich wieder her. *Du bist mein Krieg* – meine Art, einen Krieg zu führen, von dem wir nicht wußten, wie wir ihn führen sollten. *Du bist meine Antwort.* Ich wußte, wie du aussehen würdest – wie du in einem weiteren Jahrzehnt aussehen wirst. Ich wußte, zu was du heranwachsen würdest – körperlich gesehen. Aber jetzt weiß ich, wen ich getötet habe. Was er hätte werden können – wenn er mein Sohn gewesen wäre.«

Dorn schloß die Augen. Ihm kamen die Tränen. (»Weißt du immer noch nicht, daß ich das nicht kann?«) Die Augen liefen, wenn er blinzelte, und zerstörten das Bild von Duun, als er diesen wieder anblickte. »Du manipulierst mich.«

»Natürlich. Ich bin Hatani. Ich habe es immer getan. Das sagte ich dir schon.«

»So, wie du Tangan manipuliert hast. Ihr Götter – *warum?* Was willst du erreichen?«

»Du bist der nicht enden wollende Alptraum der Welt. Ein böser Traum. Alles, worüber die Heimatwelt verfügt, ging in den Bau von Gatog ein und in den dieses anderen Schiffes ... Verstehst du, was es bedeutet, in der industriellen Entwicklung einen so großen Sprung zu machen? Neue Materialien, neue Verfahren, eine neue Physik – neue Ängste und neues Geld und alles, was das begleitet. Politik. Die Gesellschaften. Eine Welt, die gerade erst in den Weltraum hinausgegriffen hat und – ganz plötzlich – Entdeckungen macht, die sie erschüttern. Energien, die wir, mögen die Götter uns beistehen, immer noch zu entwirren versuchen, Technologien voller Potentiale, mit denen wir noch nicht fertig werden können, mit allem, was das bedeutet. Als dieses Schiff seine Botschaften sendete, wußten wir noch nicht, wieviel Zeit wir hatten, bis vielleicht eine Antwort eintraf. Wir wissen jetzt, daß das Schiff von einem Stern kam, der neun Lichtjahre entfernt ist. Das war, als die erste Botschaft kam – achtzehn Jahre, nachdem dieses Schiff zum ersten Mal gesendet hatte. Wir wissen nicht, wie schnell das Schiff flog, um hierher zu gelangen. Wir fangen gerade erst an, das zu begreifen. Es ist schnell. Sehr schnell. Schneller als das Licht. Zuerst war ich naiv. Ich stellte mir vor, wir hätten noch Jahre – ein halbes Jahrhundert, bevor sie hier ankommen könnten. Ich wollte das Schiff nachbauen. Ihnen eine Lektion erteilen. Die Kosan-Gilde schicken, um sich mit ihnen zu befassen, und Hatani, um die Sache zu erledigen. Inzwischen wissen wir viel mehr – zum Beispiel, wie hoch die Kosten eines solchen Schiffes sind, wenn man jedes Teil und jedes Verbindungsstück mit einer neuen Technologie herstellen muß, wie hoch auch die sozialen Kosten der Veränderung sind. Aber es machte uns reich. Es setzte uns in die Lage, uns selbst zur Hölle zu jagen. Die Bänder, Elritze, die Bänder – haben wir von diesem Schiff geborgen. Das Gerät, das sie abspielt, die Drogen, die wir zusätzlich fanden. Eine ganz neue Kategorie von Drogen, ein neues Laster. Ihr Götter, ich mußte so vorsichtig mit dir sein. Jede Substanz, jede verdammte Pflanze, die du anfaßtest – trieb die Meds zum Wahnsinn. Livhl konntest du nehmen, auch Sjuuna und Mara; Dsuikin nie ...«

(»Probier das, Elritze, probier es mit der Zunge; schlucke nie etwas gleich hinunter ...«)

»... du verträgst die meisten Sachen; wir vertragen die meisten von deinen. Dank den Göttern ist das so, oder du hättest praktisch in Isolation gelebt.«

(Sheon, die Blätter, die sich im Sommerwind bewegen, grün und duftend ...)

(Der stechende Geruch von Lugh-Blumen auf der langen Straße, die von zu Hause hinab ins Exil führte ...)

»Bin ich der einzige, Duun?«

»Ja. Es gab Auseinandersetzungen über diesen Punkt. Viele Auseinandersetzungen. Alles, was sie sahen, waren die Bänder; sie mußten sie verstehen. Falls er nicht überlebte, falls er einen Unfall hatte ... Aber es gab auch mich nur einmal, Elritze; und ich mußte dich lehren, auf meine Art; von dir lernen, auf meine Art. Falls du isoliert gewesen wärst, dann ich auch. Wir waren aneinander gebunden. Um dich zu dem zu machen, was du bist, wurde ich gebraucht und wurden diese Bänder gebraucht, Elritze. Einige davon – die Götter wissen es, vielleicht nur Unterhaltung für die Crew, das eine, das der Schlüssel war. Es gibt noch mehr. Das Audio, das du gehört hast, stammt von Gatog. Die Botschaften treffen regelmäßig ein. Weißt du, was sie bedeuten? Ich denke, sie lauten: ›Hier sind wir. Ihr habt unseren Gesandten umgebracht.‹ Aber ich weiß nicht, was sie sonst noch sagen. Ich weiß nicht, wie lang sie noch warten werden. Sie wissen, daß wir ein Schiff haben. Sie wissen alles, was der Pilot ihnen funkte. ›Sie bringen mich um. Ich komme nicht weg. Es sind arme Primitive. Sie taugen nicht viel, aber nehmt euch vor ihnen in acht!‹«

»Glaubst du, daß sie angreifen werden?«

»Ich hatte geplant, daß wir uns in die Lage versetzen, zu ihnen zu kommen – was immer sie auch tun. Aber so, wie das Schiff funktioniert – oder wie unsere Leute glauben, daß es funktioniert ... Wenn wir uns dabei vertun, könnten wir Gatog verlieren. Wir könnten alles verlieren. Die Ironie, Elritze, besteht darin, daß wir es auf sichere Entfernung hinausschaffen und es dort versuchen könnten – aber dann würden wir dieses Schiff fliegen, ohne zu wissen, wie es funktioniert. Sogar dann, wenn es funktioniert. Und wir können diese Art von Antrieb nicht in der Nähe von irgend etwas anderem starten. Und wie man mir sagte, auch nicht aus dem Stand. Die schreckliche Wahrheit ist – wir kennen die letzten Einzelheiten nicht. Wir wissen nicht, wie man es fliegt. Wüßten wir es, hätten wir die *Ganngein* und die *Nonnent* retten können. Es ist schnell genug, sogar innerhalb eines Sonnensystems. Außerhalb – mögen die Götter uns helfen, wir wissen es nicht.«

»Wird von mir erwartet, in dieser Sache etwas zu unternehmen?« Dorn zitterte, ein kurzer Schüttelkrampf. »Bin ich das, was die Ghota aufhalten wollen?«

»Ich bin bislang drei Arten von Leuten begegnet: Denjenigen, die das Universum für gut halten; denjenigen, die es für schlecht halten; und denjenigen, die nicht mehr darüber nachdenken wollen, als sich nicht vermeiden läßt. Ich ziehe die ersten beiden Arten vor. Die letzte kann jeder mieten. Die Dallen-Gesellschaft will dir Einhalt gebieten, weil sie Angst vor dir hat. Anderen geht es genauso. Die Ghota haben nur deshalb verdammte Angst, weil du Hatani bist und keiner von ihnen. Sie sind am Ende, und sie wissen es. Die Welt kann sie sich nicht mehr leisten. Sie kann sich keine Unwissenheit mehr leisten. Die Gilden der Tanun und Kosan – für sie bist du die Hoffnung.«

»In welcher Beziehung? Soll ich dieses Schiff *fliegen?*«

»Ich weiß nicht. Vielleicht. Eines Tages. Was würdest du dann tun?«

»O ihr Götter!«

»*Jetzt* weißt du, wozu du da bist.«

»Stell diese Frage nicht! Duun …«

»Haras-hatani, was wirst du tun?«

Dorn ging ein Stück weit weg, hob die Hände an den Kopf und ließ sie wieder fallen. Er hatte keine Gedanken mehr. Nichts außer zusammenstürzenden Bildern. (Die Felsen im Sand, jeder mit einem Hatani. Tangans gealtertes Gesicht und das Sagots verschwammen. Manans unpersönliche Stimme: »Das war ein Fehlschuß auf ihrer Seite, ein Treffer auf unserer. Sie stürzt ab.« Die Stimme der *Ganngein:* »Das ist keine Reise, die wir unbedingt mit jemandem zusammen machen wollen.«)

Er drehte sich wieder zu Duun um. Zu einem unbeweglichen Schatten vor der gewaltigen Illusion der Fenster.

»Nun?« fragte Duun.

»Ich bin noch nicht einmal achtzehn Jahre alt!«

»Ich habe nicht gesagt, daß alles an dir lag. Du bist nicht für die Ghota verantwortlich. Man kann dir nicht die Schuld für die Dummheit der Welt geben. Aber sie brennt, Haras-hatani. Und vielleicht sind diese achtzehn Jahre alles, was die Welt haben wird. Was willst du tun, um aufzuhalten, was kommt?«

(Zur Heimatwelt zurückkehren? Wie könnte ich es aufhalten? Wer würde auf mich hören? Die Hatani. Die Tanun-Gilde; die Kosanin würden auf Duun hören.)

(Ein Raum mit einem Bett, einem Bad, einem Feuer und versteckten Tricks. Welches ist meine Bleibe? Dieser Ort. Diese Welt. Wie soll ich das Feuer löschen, außer mit meinen bloßen Händen? Bin ich ein zweifacher Dummkopf?)

(*Jetzt* weißt du, wozu du da bist.)

Dorn blickte sich um zu den Fenstern, der glitzernden Ausdehnung Gatogs, den Computerbänken. (Die Ghotanin fürchten etwas. Dies hier. Seine Verwendung.)

(Die Bänder. Die Stimmen.)

»Ich verstehe«, sagte er. »Du weißt bereits, was du von mir erwartest. Du denkst, daß du es weißt. Du fragst dich, was ich denke. Gehirnbahnen? Ist es das?«

»Vielleicht hoffe ich nur auf etwas Besseres. Sag mir deine Lösung!«

»Das Schiff hat gesendet. Sind die Botschaften überlichtschnell hinausgegangen?«

»Nein. Lichtschnell.«

»Dann wußte der Pilot, daß sie nicht rechtzeitig kommen konnten. Er bat nicht darum, gerettet zu werden.«

»Nein. Darauf konnte er nicht hoffen. Was hat er dann gewollt, Hatani?«

»Woher soll ich das wissen? *Du* warst mein Lehrer.«

»Vielleicht kannst du es nicht. Du bist zu einem großen Teil Shonun.«

»Aber die Botschaften begannen achtzehn Jahre später einzutreffen. Sie sagen – ›Hallo, hier sind wir.‹ Und sie fahren damit fort. Und er sagte: ›Ich werde sterben; sie töten mich, und sie haben solche kleine Schiffe.‹ Sie *wissen,* daß wir nicht zu ihnen kommen können, nicht wahr?«

»Sie wissen es spätestens, seit diese Nachricht sie erreichte – neun Jahre, nachdem er tot war. Und achtzehn Jahre nach diesem Angriff auf ihr Schiff trafen ihre ersten Botschaften bei uns ein. Und sie kommen weiterhin.«

»Seit wann empfangt ihr sie jetzt? Fünf Jahre?«

»Fast sieben.«

Dorn schloß für einen Moment die Augen, öffnete

sie dann wieder. »Die Leute hätten erleichtert sein sollen.«

»Manche waren es auch. Andere wurden einfach nur erinnert. Und wieder andere behaupteten, das Schiff wäre in Wirklichkeit gar nicht überlichtschnell gewesen; nichts könnte das sein; die Botschaft wäre nur ein Trick und zeitlich so abgestimmt, daß sie unsere Wachsamkeit herabsetzt; ihre Schiffe würden dann unterlichtschnell kommen. Und bald. Und sie mieteten die Ghota, die nur das Geld sahen und eine Chance, zu verhindern, daß die Hatani-Gilde die Kontrolle über den Krieg gewann, an den sie, die Ghota, glaubten. Den Krieg, den sie bereits begonnen hatten.«

»Eine Chance, zu bestimmen, wer diesen Schiffen entgegentritt.«

»Ja.«

»Ist es so einfach? Das Schiff dort draußen könnte senden.«

»Noch einfacher. Gatog kann es.«

»Sie würden mich neun Jahre lang nicht hören!«

»Aber dann würde die Heimatwelt wissen, daß es nicht aufzuhalten ist. Daß die Botschaften nicht mehr zurückgenommen werden können, sobald wir mit den Sendungen einmal begonnen haben. Und wir können hier in Gatog endlos durchhalten. Wir können uns die Ghotanin vom Leib halten, und Schiffe von der anderen Seite werden nicht viel mehr als diese neun Jahre brauchen, um hier anzukommen, falls sie uns hören. Manche glauben das wenigstens. Ein Jahr oder zwei, mit der Geschwindigkeit, die dieses Schiff vielleicht hat. Sie könnten auch schon seit Jahren in der Nähe sein – falls wir mit der Überlichtgeschwindigkeit recht haben. Sie könnten morgen kommen. Sie warten vielleicht auf ihre Antwort. Wir hatten keine Möglichkeit, sie zu verstehen – bis jetzt. Wenn sie kommen, was immer sie vorhaben, du bist hier in Sicherheit. Eine Stimme wie ihre. Vielleicht erinnert es sie an ihren Piloten, wenn sie dich sehen. Vielleicht wundern sie sich. Vielleicht denken sie nach und zögern, ihren Plan auszuführen. Die Götter wissen es, aber möglicherweise haben wir in zehn Jahren gelernt, dieses Schiff zu fliegen.«

»Muß die Heimatwelt so lange bluten?«

»Vielleicht. Oder vielleicht werden viele Leute, sobald die Heimatwelt von deiner Lösung erfährt, innehalten und darüber nachdenken. Denk daran, daß du ein Hatani bist. Zur Gilde gehörst. Das ist etwas, das die Welt versteht. Es ist auch ein Teil meiner Lösung. Wenn die Panik verebbt, werden sich die Shonunin daran erinnern, daß die Gilde dich angenommen hat. Sie werden wissen, daß es ein richtiges Urteil ist.«

»Niemand hat gerne einen Hatani unter seinem Dach. Das hat Sagot mir beigebracht.«

»Ja, und du warst fast achtzehn Jahre unter dem Dach der Shonunin. Es stimmt. Die Leute suchen jetzt bei sich selbst nach Schuld. Sie malen sich ein Urteil über ihre Sünden aus. Sie wissen, daß du sie durchschaust. Sie brauchen dir nur ins Gesicht zu sehen, und sie wissen, daß du sie durchschaust. Sogar ich, Elritze. Denn erinnere dich, ich habe dich einmal getötet. Das Gewissen ist ein schrecklicher Gefährte.«

»Duun.« Dorn ging zu ihm hin, ging langsam über diesen Boden, auf dem keine Spuren zurückblieben; er streckte sehr, sehr langsam die Hand aus und faßte an Duuns Gesicht, an die narbige Seite. »Also weißt du, daß ich es könnte«, sagte er. Und nahm die Hand wieder weg.

Stille herrschte im Raum. Techniker standen entlang der Wände, Hatani, Tanunin und Kosanin. »Setz dich zu mir!« sagte Dorn, und Duun setzte sich auf den Platz neben ihm. Dorn zögerte über den Tasten, checkte noch einmal dies und das. Er sprach ruhig und gleichmäßig in das Mikrophon, und seine Worte gingen hinaus, traten die lange Reise an, die von jetzt an jeden Tag Botschaften antreten würden. Minuten bis zur Heimatwelt, und Stunden bis Gathog Zwei und Dothog; neun Jahre bis zu einem anderen Stern. Duuns Haut zog sich zusammen. Er hatte diese Stimme schon einmal gehört, wie sie in dieser Sprache redete, zwei Jahre lang, bevor sie sie damals zum Schweigen gebracht hatten; zweifellos erlebten andere dieselbe Reaktion. Sie würde auf der Heimatwelt und der Station eine neue Panik auslösen. Vielleicht hörte auch die *Nonnent* sie auf ihrer einsamen Reise, falls sie dort darauf gewartet hatten, sie zu hören, und sie würden wissen, daß sie gewonnen hatten.

Dorn verlas auch eine Übersetzung, die nur für ihr eigenes Sonnensystem bestimmt war. (»Ich werde weiter mit den Bändern arbeiten müssen«, hatte er gesagt, denn die Originale befanden sich auf Gatog, und schriftliche Dokumente. Sie besaßen hier eine gewaltige Bibliothek davon, und dazu weitere Bänder. Dorn fürchtete diese Arbeit; Duun wußte, wie sehr. Auch Dorn hatte schon diese Stimme gehört, in Wut und Agonie, den Zwilling seiner eigenen Stimme. Aber die Computer schufen jetzt zunehmend komplexere Datenfelder. Sie waren sich bei bestimmten Wörtern schon sicher. Sie hatten das Alphabet geknackt. Sie arbeiteten die Phonetik aus. Und dieses Studium verzweigte und vervielfältigte sich, das Studium einer seltsamen Geschichte von seltsamen Wesen, die ein Hatani lesen gelernt hatte.)

»Die Botschaft lautet«, sagte Dorn: *»Ich bin Haras. Eins, zwei, drei. Ich bin Haras. Stern G. Sauerstoff. Kohlenstoff. Ich bin Haras. Ich höre euch. Die Welt ist die Erde. Der Stern ist die Sonne. Ich bin ein Mensch. Hallo!«*